AF526474

रेणु की आंचलिक कहानियाँ

रेणु की आंचलिक कहानियाँ

सम्पादक
दक्षिणेश्वर रेणु

वाणी
प्रकाशन

प्रकाशन के उत्कृष्टतम 61 वर्ष

सजिल्द पहला संस्करण : 2009
सजिल्द दूसरा संस्करण : 2024

vaniprakashan.com

वाणी प्रकाशन

4695, 21-ए, दरियागंज, नयी दिल्ली-110 002

फ़ोन : +91 11 23273167, 23275710

शाखाएँ

अशोक राजपथ, पटना-800 004, बिहार

कॉफ़ी हाउस कैम्पस, महात्मा गांधी मार्ग, प्रयागराज-211 001, उत्तर प्रदेश

महात्मा गांधी अन्तरराष्ट्रीय हिन्दी विश्वविद्यालय, वर्धा-442 001, महाराष्ट्र

36/ए, शेक्सपियर सरणी, रानी बिरला गर्ल्स कॉलेज के पास, कोलकाता-700 017, प. बंगाल

sales@vaniprakashan.in
vaniprakashan@gmail.com

RENU KI AANCHALIK KAHANIYAN
edited by Dakshineshwar Renu

ISBN : 978-81-8143-990-1
Collection of Stories

© लेखकाधीन

मूल्य : ₹ 495

इस पुस्तक के किसी भी अंश को किसी भी माध्यम में उपयोग करने के लिए प्रकाशक से लिखित अनुमति लेना अनिवार्य है।

जी.एस. ऑफ़सेट द्वारा दिल्ली-110 095 में मुद्रित

वाणी प्रकाशन का लोगो मक़बूल फ़िदा हुसेन की कूची से

भूमिका

श्री फणीश्वरनाथ रेणु का हिंदी साहित्य में प्रवेश सर्वप्रथम 1945 में साप्ताहिक विश्वमित्र (कलकत्ता) में प्रकाशित 'बटबाबा' शीर्षक कहानी से हुआ। यहीं से शुरू हुआ रेणु का हिंदी साहित्य जगत् में खुद को स्थापित करने का संघर्ष। बटबाबा छपने के बाद रेणु का हौसला बुलंद हो गया और फिर एक-एक कर कई कहानियाँ उन्होंने लिख डालीं। इनमें कई कहानियाँ तो काफी लोकप्रिय साबित हुईं। सन् 1954 में उनका पहला उपन्यास 'मैला आँचल' प्रकाशित हुआ। इस उपन्यास ने पूरे हिंदी साहित्य जगत् में एक सनसनी पैदा कर दी। हर किसी के जुबान पर सिर्फ रेणु का ही नाम था। साथ ही मैला आँचल की सर्वत्र चर्चा। इसके चर्चा में होने का कारण वह भाषा थी जो तत्कालीन हिंदी साहित्य में दर्ज नहीं हुई थी। इस विशेष भाषा जो कि ग्राम अंचलों में बोली जाती थी—को रेणु ने बड़े ही खूबसूरत ढंग एवं सजीवता के साथ मैला आँचल में प्रस्तुत किया है। भारतीय हिंदी कथा संसार में यह पहला उपन्यास था जिसे आंचलिक उपन्यास होने का गौरव प्राप्त हुआ, और रेणु थे पहले साहित्यकार। देखते ही देखते रेणु एक महान शिल्पकार के रूप में हिंदी साहित्य में विराजमान हो गये। इसके बाद रेणु का दूसरा उपन्यास 'परती परिकथा' 1956 में प्रकाशित हुआ। यह उपन्यास भी काफी लोकप्रिय सिद्ध हुआ। इसके साथ रेणु ने कई आंचलिक कहानियाँ भी लिखीं, जिनमें कि प्रमुख रूप से—तीसरी कसम अर्थात् मारे गये गुलफाम, दीर्घतपा, रसप्रिया, तीर्थोदक, एक आदिम रात्रि की महक, तीन बिंदियाँ, अच्छे आदमी, ठेस, भित्ति-चित्र की मयूरी एवं संवदिया हैं।

रेणु के कथा-साहित्य पर कुछ भी लिखना एक युग को जीने जैसा या फिर अथाह समुद्र में गोता लगाने जैसा कठिन और खतरनाक कार्य है। जैसा कि मेरा मानना है। रेणु के कथा समुद्र में जिसमें कई बहुमूल्य धातुओं के जैसी रचनाएँ बिखरी पड़ी हैं। 'रेणु की आंचलिक कहानियाँ' शीर्षक नाम की इस पुस्तक में मैंने कोशिश की है उन तमाम बिखरी बहुमूल्य रचनाओं को एकत्र कर एक खूबसूरत गुलदस्ते में सजाने की।

ऐसा कर सकूँ मैं इसकी चाहत एवं लालच वर्षों से मेरे भीतर बढ़ रही थी। हो सकता है कि मुझसे इस भूमिका रूपी औपचारिकता को जिसे मैं निजी तौर पर संपादक की विवशता भी कहता हूँ, को लिखने में कोई भूल हो गयी हो। विनती है क्षमा करेंगे। पिताजी खुद भूमिका के विरोधी थे।

तीसरी कसम अर्थात् मारे गए गुलफाम

फणीश्वरनाथ रेणु हिंदी कथा क्षेत्र के प्रथम आंचलिक कथाकार के रूप में जाने जाते हैं इसमें कतई कोई संदेह नहीं है। वस्तुतः यह एक प्रयोगवादी रिस्क था जिसे रेणु ने बड़े साहस और आत्मविश्वास के साथ जीवंत कर दिखलाया, जिसे हिंदी साहित्य जगत् ने स्वीकृत भी किया। तीसरी कसम अर्थात् मारे गए गुलफाम उस समय लिखी गयी है जिस दौर में हिंदी कथा के क्षेत्र में नयी कहानियाँ लिखी जा रही थीं अर्थात् शिल्प, वस्तु और भाषा के क्षेत्र में नये प्रयोग हो रहे थे। बिहार के पूर्णियाँ, अररिया, सहरसा क्षेत्र की आंचलिकता के प्रभाव से तत्कालीन कहानियों में यह अपना एक महत्त्वपूर्ण स्थान बना लेती है। शायद यही वजह है कि इस कहानी पर बनी फिल्म को काफी लोकप्रियता मिली। बाद में इस फिल्म को राष्ट्रीय पुरस्कार के रूप में स्वर्ण पदक भी मिला।

—दक्षिणेश्वर रेणु

अनुक्रम

रसप्रिया

धूल में पड़े कीमती पत्थर को देखकर जौहरी की आँखों में एक नयी झलक झिलमिला गयी—अपरूप-रूप!

चरवाहा मोहना छौंड़ा को देखते ही पँचकौड़ी मिरदंगिया के मुँह से निकल पड़ा—अपरूप-रूप!

खेतों, मैदानों, बाग-बगीचों और गाय-बैलों के बीच चरवाहा मोहना की सुंदरता!

मिरदंगिया की क्षीण-ज्योति आँखें सजल हो गयीं।

मोहना ने मुस्कुराकर पूछा, "तुम्हारी उँगली तो रसपिरिया बजाते टेढ़ी हुई है; है न?"

"ऐं!"—बूढ़े मिरदंगिया ने चौंकते हुए कहा, "रसपिरिया?...हाँ...नहीं। तुमने कैसे...तुमने कहाँ सुना बे....?"

'बेटा' कहते-कहते वह रुक गया।...परमानपुर में उस बार एक ब्राह्मण के लड़के को उसने प्यार से 'बेटा' कह दिया था। सारे गाँव के लड़कों ने उसे घेरकर मारपीट की तैयारी की थी—"बहरदार होकर ब्राह्मण के बच्चे को बेटा कहेगा? मारो साले बुड्ढे को घेरकर!...मृदंग फोड़ दो।"

मिरदंगिया ने हँसकर कहा था, "अच्छा, इस बार माफ कर दो सरकार! अब से आप लोगों को बाप ही कहूँगा!"

बच्चे खुश हो गये थे। एक दो-ढाई साल के नंगे बालक की ठुड्डी पकड़कर वह बोला था, "क्यों, ठीक है न बापजी?"

बच्चे ठठाकर हँस पड़े थे।

लेकिन, इस घटना के बाद फिर कभी उसने किसी बच्चे को बेटा कहने की हिम्मत नहीं की थी। मोहना को देखकर बार-बार बेटा कहने की इच्छा होती है।

"रसपिरिया की बात किसने बतायी तुमसे?...बोलो बेटा!"

दस-बारह साल का मोहना भी जानता है, पँचकौड़ी अधपगला है।...कौन इससे पार पाये! उसने दूर मैदान में चरते हुए अपने बैलों की ओर देखा।

मिरदंगिया कमलपुर के बाबू लोगों के यहाँ जा रहा था। कमलपुर के नन्दूबाबू के घराने में अब भी मिरदंगिया को चार मीठी बातें सुनने को मिल जाती हैं। एक-दो जून

भोजन तो बँधा हुआ है ही; कभी-कभी रस-चरचा भी यहीं आकर सुनता है वह। दो साल के बाद वह इस इलाके में आया है। दुनिया बहुत जल्दी-जल्दी बदल रही है। ...आज सुबह शोभा मिसर के छोटे लड़के ने साफ-साफ कह दिया—"तुम जी रहे हो या थेथरई कर रहे हो मिरदंगिया?"

हाँ, यह जीना भी कोई जीना है? निर्लज्जता है; और थेथरई की भी सीमा होती है।... पंद्रह साल से वह गले में मृदंग लटकाकर गाँव-गाँव घूमता है, भीख माँगता है।...दाहिने हाथ की टेढ़ी उँगली मृदंग पर बैठती ही नहीं है, मृदंग क्या बजायेगा! अब तो, 'धा तिंग धा तिंग' भी बड़ी मुश्किल से बजाता है।... अतिरिक्त गाँजा-भाँग सेवन से गले की आवाज विकृत हो गयी है। किंतु मृदंग बजाते समय विद्यापति की पदावली गाने की वह चेष्टा अवश्य करेगा।...फूटी भाथी से जैसी आवाज निकलती है, वैसी ही आवाज—सों-य, सों-य!

पंद्रह-बीस साल पहले तक विद्यापति नाम की थोड़ी पूछ हो जाती थी। शादी-ब्याह, यज्ञ-उपनैन, मुण्डन-छेदन आदि शुभ कार्यों में विदपतिया मंडली की बुलाहट होती थी। पँचकौड़ी मिरदंगिया की मंडली ने, सहरसा और पूर्णिया जिले में काफी यश कमाया है। पँचकौड़ी मिरदंगिया को कौन नहीं जानता! सभी जानते हैं, वह अधपगला है!... गाँव के बड़े-बूढ़े कहते हैं—"अरे, पँचकौड़ी मिरदंगिया का भी एक जमाना था!"

इस जमाने में मोहना-जैसा लडका भी है—सुंदर, सलोना और गुणी।...रसप्रिया गाने का आग्रह करता है, "एक रसपिरिया गाओ न मिरदंगिया!"

"रसपिरिया सुनोगे?...अच्छा सुनाऊँगा। पहले बताओ, किसने..."

"हे-ए-ए हे-ए... मोहना, बैल भागे...!" एक चरवाहा चिल्लाया, "रे मोहना, पीठ की चमड़ी उधेड़ेगा करमू!"

"अरे बाप!" मोहना भागा।

कल ही करमू ने उसे बुरी तरह पीटा है। दोनों बैलों को हरे-हरे पाट के पौधों की महक खींच ले जाती है बार-बार।...खटमिट्ठा पाट!

पँचकौड़ी ने पुकारकर कहा, "मैं यहीं पेड़ की छाया में बैठता हूँ। तुम बैल हाँककर लौटो। रसपिरिया नहीं सुनोगे?"

मोहना जा रहा था। उसने उलटकर देखा भी नहीं।

रसप्रिया!

विदापत नाचवाले रसप्रिया गाते थे। सहरसा के जोगेन्दर झा ने एक बार विद्यापति के बारह पदों की एक पुस्तिका छपायी थी। मेले में खूब बिक्री हुई थी रसप्रिया पोथी की। विदापत नाचवालों ने गा-गाकर जनप्रिया बना दिया था रसप्रिया को।

खेत के 'आल' पर झरजामुन की छाया में पँचकौड़ी मिरदंगिया बैठा हुआ है; मोहना की राह देख रहा है।...जेठ की चढ़ती दोपहरी में खेतों में काम करनेवाले भी अब गीत नहीं गाते हैं।... कुछ दिनों के बाद कोयल भी कूकना भूल जायेगी क्या? ऐसी दोपहरी में चुपचाप कैसे काम किया जाता है! पाँच साल पहले तक लोगों के दिल में हुलास बाकी था।... पहली वर्षा में भीगी हुई धरती के हरे-भरे पौधों से एक खास किस्म की गंध निकलती है। तपती दोपहरी में मोम की तरह गल उठती थी—रस की डाली। वे गाने लगते थे बिरहा, चाँचर, लगनी। खेतों में काम करते हुए गानेवाले गीत भी समय-असमय का खयाल करके गाये जाते हैं। रिमझिम वर्षा में बारहमासा, चिलचिलाती धूप में बिरहा, चाँचर और लगनी—

"हाँ...रे, हल जोते हलबाहा भैया रे...
खुरपी रे चलावे...म-ज-दू-र!
एहि पन्थे, धनी मोरा हे रूसलि...।"

खेतों में काम करते हलवाहों और मजदूरों से कोई बिरही पूछ रहा है, कातर स्वर में—उसकी रूठी हुई धनी को इस तरह से जाते देखा है किसी ने?...

अब तो दोपहरी नीरस कटती है, मानो किसी के पास एक शब्द भी नहीं रह गया है।

आसमान में चक्कर काटते हुए चील ने टिंहकारी भरी—टिं...ई...टिं-हि-क!

मिरदंगिया ने गाली दी—"शैतान!"

उसको छेड़कर मोहना दूर भाग गया है। वह आतुर होकर प्रतीक्षा कर रहा है। जी करता है, दौड़कर उसके पास चला जाये। दूर चरते हुए मवेशियों के झुंडों की ओर बार-बार वह बेकार देखने की चेष्टा करता है, सब धुँधला!

उसने अपनी झोली टटोलकर देखी—आम हैं, मूढ़ी है।... उसे भूख लगी।

मोहना के सूखे मुँह की याद आयी और भूख मिट गयी।

मोहना-जैसे सुंदर, सुशील लड़कों की खोज में ही उसकी जिंदगी के अधिकांश दिन बीते हैं।... विदापत नाच में नाचनेवाले 'नटुआ' का अनुसंधान खेल नहीं।... सवर्णों के घर में नहीं, छोटी जाति के लोगों के यहाँ मोहना-जैसे लड़की-मुँहा लड़के हमेशा पैदा नहीं होते। ये अवतार लेते हैं समय-समय पर जदा-जदा हि...

मैथिल ब्राह्मणों, कायस्थों और राजपूतों के यहाँ विदापतवालों की बड़ी इज़्ज़त होती थी।...अपनी बोली—मिथिलाम—में नटुआ के मुँह से 'जनम अवधि हम रूप निहारल' सुनकर वे निहाल हो जाते थे। इसलिए हर मंडली का 'मूलगैन' नटुआ की खोज में गाँव-गाँव भटकता फिरता था—ऐसा लड़का, जिसे सजा-धजाकर नाच में उतारते ही दर्शकों में एक फुसफुसाहट फैल जाये।

"ठीक ब्राह्मणी की तरह लगता है। है न?"

"मधुकांत ठाकुर की बेटी की तरह...।"

"नः! छोटी चंपा-जैसी सूरत है!"

पँचकौड़ी गुनी आदमी है। दूसरी-दूसरी मंडली में मूलगैन और मिरदंगिया की अपनी-अपनी जगह होती। पँचकौड़ी मूलगैन भी था और मिरदंगिया भी। गले में मृदंग लटकाकर बजाते हुए वह गाता था, नाचता था। एक सप्ताह में ही नया लड़का भाँवरी देकर परवेश में उतरने योग्य नाच सीख लेता था।

नाच और गाना सिखाने में कभी उसे कठिनाई नहीं हुई; मृदंग के स्पष्ट 'बोल' पर लड़कों के पाँव स्वयं ही थिरकने लगते थे। लड़कों के जिद्दी माँ-बाप से निबटना मुश्किल व्यापार होता था। विशुद्ध मैथिली में और भी शहद लपेटकर वह फुसलाता...

"किसनं कन्हैया भी नाचते थे। नाच तो एक गुण है।...अरे, जाचक कहो या दसदुआरी। चोरी, डकैती और आवारागर्दी से अच्छा है अपना-अपना 'गुन' दिखाकर लोगों को रिझाकर गुजारा करना।"

एक बार उसे लड़के की चोरी भी करनी पड़ी थी।...बहुत पुरानी बात है। इतनी मार लगी थी कि...बहुत पुरानी बात है।

पुरानी ही सही, बात तो ठीक है।

"रसपिरिया बजाते समय तुम्हारी उँगली टेढ़ी हुई थी। ठीक है न?"

मोहना न जाने कब लौट आया।

मिरदंगिया के चेहरे पर चमक लौट आयी। वह मोहना की ओर एक टकटकी लगाकर देखने लगा...यह गुणवान मर रहा है। धीरे-धीरे, तिल-तिल कर वह खो रहा है। लाल-लाल होठों पर बीड़ी की कालिख लग गयी है। पेट में तिल्ली है। जरूर!

मिरदंगिया वैद्य भी है। एक झुंड, बच्चों का बाप धीरे-धीरे, एक पारिवारिक डाक्टर की योग्यता हासिल कर लेता है।... उत्सवों के बासी-टटका भोज्यान्नों की प्रतिक्रिया कभी-कभी बहुत बुरी होती। मिरदंगिया अपने साथ नमक-सुलेमानी, चानमार-पाचन और कुनैन की गोली हमेशा रखता था।...लड़कों को सदा गरम पानी के साथ हल्दी की बुकनी खिलाता। पीपल, काली मिर्च, अदरक वगैरह को घी में भूनकर शहद के साथ सुबह-शाम चटाता।...गरम पानी!

पोटली से मूढ़ी और आम निकालते हुए मिरदंगिया बोला, "हाँ, गरम पानी! तेरी तिल्ली बढ़ गयी है, गरम पानी पियो!"

"यह तुमने कैसे जान लिया? फारबिसगंज के डागडरबाबू भी कह रहे थे, तिल्ली बढ़ गयी है। दवा...।"

आगे कहने की जरूरत नहीं। मिरदंगिया जानता है, मोहना-जैसे लड़कों के पेट की तिल्ली चिता पर ही गलती है! क्या होगा पूछकर, कि दवा क्यों नहीं करवाते!

"माँ भी कहती है, हल्दी की बुकनी के साथ रोज गरम पानी। तिल्ली गल जायेगी।"

मिरदंगिया ने मुस्कुराकर कहा, "बड़ी सयानी है तुम्हारी माँ!"

केले के सूखे पत्तल पर मूढ़ी और आम रखकर उसने बड़े प्यार से कहा, "आओ, एक मुट्ठी खा लो।"

"नहीं, मुझे भूख नहीं।"

किंतु मोहना की आँखों से रह-रहकर कोई झाँकता था, मूढ़ी और आम को एक साथ निगल जाना चाहता था।...भूखा, बीमार, भगवान!

"आओ, खा लो बेटा!...रसपिरिया नहीं सुनोगे?"

माँ के सिवा, आज तक किसी अन्य व्यक्ति ने मोहना को इस तरह प्यार से कभी परोसे भोजन पर नहीं बुलाया।...लेकिन, दूसरे चरवाहे देख लें तो माँ से कह देंगे। ...भीख का अन्न!

"नहीं, मुझे भूख नहीं।"

मिरदंगिया अप्रतिभ हो जाता है। उसकी आँखें फिर सजल हो जाती हैं। मिरदंगिया ने मोहना-जैसे दर्जनों सुकुमार बालकों की सेवा की है। अपने बच्चों को भी शायद वह इतना प्यार नहीं दे सकता।...और अपना बच्चा! हूँ!...अपना-पराया? अब तो सब अपने, सब पराये।....

'मोहना!"

"कोई देख लेगा तो?"

"तो क्या होगा?"

"माँ से कह देगा। तुम भीख माँगते हो न?"

"कौन भीख माँगता है?" मिरदंगिया के आत्मसम्मान को इस भोले लड़के ने बेवजह ठेस लगा दी। उसके मन की झाँपी में कुंडलीकार सोया हुआ साँप फन फैलाकर फुफकार उठा, "ए-स्साला! मारेंगे वह तमाचा कि..."

"ऐ! गाली क्यों देते हो!" मोहना ने डरते-डरते प्रतिवाद किया।

वह उठ खड़ा हुआ, पागलों का क्या विश्वास?

आसमान में उड़ती हुई चील ने फिर टिंहकारी भरी...टिं-हीं...ई...टिं-टिं-ग!

"मोहना!" मिरदंगिया की आवाज गंभीर हो गयी।

मोहना जरा दूर जाकर खड़ा हो गया।

"किसने कहा तुमसे कि मैं भीख माँगता हूँ? मिरदंग बजाकर पदावली गाकर,

लोगों को रिझाकर पेट पालता हूँ...तुम ठीक कहते हो, भीख का ही अन्न है यह। भीख का ही फल है यह।...मैं नहीं दूँगा। तुम बैठो, मैं रसपिरिया सुना दूँ।"

मिरदंगिया का चेहरा धीरे-धीरे विकृत हो रहा है।...आसमान में उड़नेवाली चील अब पेड़ की डाली पर आ बैठी है?...टिं-टिं-हिं टिटिक!

मोहना डर गया। एक डग, दो डग...दे दौड़। वह भागा।

एक बीघा दूर जाकर उसने चिल्लाकर कहा, "डायन ने बान मारकर तुम्हारी उँगली टेढ़ी कर दी है। झूठ क्यों कहते हो कि रसपिरिया बजाते समय..."

"ऐ! कौन है यह लड़का? कौन है यह मोहना!...रमपतिया भी कहती थी, डायन ने बान मार दिया है।"

"मोहना!"

मोहना ने जाते-जाते चिल्लाकर कहा, "करैला!" अच्छा, तो मोहना यह भी जानता है कि मिरदंगिया 'करैला' कहने से चिढ़ता है!...कौन है यह मोहना?

मिरदंगिया आतंकित हो गया! उसके मन में एक अज्ञात भय समा गया। वह थर-थर काँपने लगा। उसमें कमलपुर के बाबुओं के यहाँ जाने का उत्साह भी नहीं रहा।...सुबह शोभा मिसर के लड़के ने ठीक ही कहा था।

उसकी आँखों से आँसू झरने लगे।

जाते-जाते मोहना डंक मार गया। उसके अधिकांश शिष्यों ने ऐसा ही व्यवहार किया है उसके साथ। नाच सीखकर फुर्र से उड़ जाने का बहाना खोजनेवाले एक-एक लड़के की बातें उसे याद हैं।

सोनमा ने तो गाली ही दी थी---"गुरुगिरी करता है, चोट्टा!"

रमपतिया आकाश की ओर हाथ उठाकर बोली थी—"हे दिनकर! साच्छी रहना। मिरदंगिया ने फुसलाकर मेरा सर्वनाश किया है। मेरे मन में कभी चोर नहीं था। हे सुरुज भगवान! इस दसदुआरी कुत्ते का अंग-अंग फूटकर।"

मिरदंगिया ने अपनी टेढ़ी उँगली को हिलाते हुए एक लंबी साँस ली। रमपतिया? जोधन गुरुजी की बेटी रमपतिया! जिस दिन वह पहले-पहल जोधन की मंडली में शामिल हुआ था—रमपतिया बारहवें में पाँव रख रही थी। बाल-विधवा रमपतिया पदों का अर्थ समझने लगी थी। काम करते-करते वह गुनगुनाती—'नव अनुरागिनी राधा, किछु नँहि मानय बाधा।' मिरदंगिया मूलगैनी सीखने गया था और गुरुजी ने उसे मृदंग धरा दिया था...आठ वर्ष तक तालीम पाने के बाद जब गुरुजी ने स्वजात पँचकौड़ी से रमपतिया के चुमौना की बात चलायी तो मिरदंगिया सभी ताल-मात्रा भूल गया। जोधन गुरुजी से उसने अपनी जात छिपा रखी थी। रमपतिया से उसने झूठा परेम किया था। गुरुजी की मंडली छोड़कर वह रातों-रात भाग गया। उसने गाँव आकर

अपनी मंडली बनायी, लड़कों को सिखाया-पढ़ाया और कमाने-खाने लगा।...लेकिन; वह मूलगैन नहीं हो सका कभी। मिरदंगिया ही रहा सब दिन।...जोधन गुरुजी की मृत्यु के बाद, एक बार गुलाब-बाग मेले में रमपतिया से उसकी भेंट हुई थी। रमपतिया उसी से मिलने आयी थी। पँचकौड़ी ने साफ जवाब दे दिया था—"क्या झूठ-फरेब जोड़ने आयी है? कमलपुर के नन्दूबाबू के पास क्यों नहीं जाती, मुझे उल्लू बनाने आयी है। नन्दूबाबू का घोड़ा बारह बजे रात को....।" चीख उठी थी रमपतिया—"पाँचू!...चुप रहो!"

उसी रात रसपिरिया बजाते समय उसकी उँगली टेढ़ी हो गयी थी। मृदंग पर जमनिका देकर वह परबेस का ताल बजाने लगा। नटुआ ने डेढ़ मात्रा बेताल होकर प्रवेश किया तो उसका माथा ठनका। परबेस के बाद उसने नटुआ को झिड़की दी—"एस्साला! थप्पड़ों से गाल लाल कर दूँगा।"...और रसपिरिया की पहली कड़ी ही टूट गयी। मिरदंगिया ने ताल को सम्हालने की बहुत चेष्टा की। मृदंग की सूखी चमड़ी जी उठी, दाहिने पूरे पर लावा-फरही फूटने लगे और ताल कटते-कटते उसकी उँगली टेढ़ी हो गयी। झूठी टेढ़ी उँगली!...हमेशा के लिए पँचकौड़ी की मंडली टूट गयी। धीरे-धीरे इलाके से विद्यापति-नाच ही उठ गया। अब तो कोई विद्यापति की चर्चा भी नहीं करते हैं।...धूप-पानी से परे पँचकौड़ी का शरीर ठंडी महफिली में ही पनपा था। ...बेकार जिंदगी में मृदंग ने बड़ा काम दिया। बेकारी का एकमात्र सहारा—मृदंग!

एक युग से वह गले में मृदंग लटकाकर भीख माँग रहा है—धा-तिंग, धा-तिंग!

वह एक आम उठाकर चूसने लगा—लेकिन, लेकिन,...लेकिन...मोहना को डायन की बात कैसे मालूम हुई?

उँगली टेढ़ी होने की खबर सुनकर रमपतिया दौड़ी आयी थी, घण्टों उँगली को पकड़कर रोती रही थी—"हे दिनकर, किसने इतनी बड़ी दुश्मनी की? उसका बुरा हो।... मेरी बात लौटा दो भगवान! गुस्से में कही हुई बातें। नहीं, नहीं। पाँचू, मैंने कुछ भी नहीं किया है। जरूर किसी डायन ने बान मार दिया है।"

मिरदंगिया ने आँखें पोंछते हुए ढलते हुए सूरज की ओर देखा।...इस मृदंग को कलेजे से सटाकर रमपतिया ने कितनी रातें काटी हैं!... मिरदंग को उसने अपनी छाती से लगा लिया।

पेड़ की डाली पर बैठी हुई चील ने उड़ते हुए जोड़े से कुछ कहा—टिं-टिं-हिंक्!

"एस्साला!" उसने चील को गाली दी। तंबाकू चुनियाकर मुँह में डाल ली और मृदंग के पूरे पर उँगलियाँ नचाने लगा—धिरिनागि, धिरिनागि, धिरिनागि-धिनता!

पूरी जमनिका वह नहीं बजा सका। बीच में ही ताल टूट गया।

—अ्-कि-हे-ए-ए-हा-आआ-ह-हा!

सामने झरबेरी के जंगल के उस पार किसी ने सुरीली आवाज में, बड़े समारोह के साथ रसप्रिया की पदावली उठायी–

"न-व-वृन्दा-वन, न-व-न-व-तरु-ग-न, न-व-नव विकसित फूल..."

मिरदंगिया के सारे शरीर में एक लहर दौड़ गयी। उसकी उँगलियाँ स्वयं ही मृदंग के पूरे पर थिरकने लगीं। गाय-बैलों के झुंड दोपहर की उतरती छाया में आकर जमा होने लगे।

खेतों में काम करनेवालों ने कहा, "पागल है। जहाँ जी चाहा, बैठकर बजाने लगता है।"

"बहुत दिन के बाद लौटा है।"

"हम तो समझते थे कि कहीं मर-खप गया।"

रसप्रिया की सुरीली रागिनी ताल पर आकर कट गयी। मिरदंगिया का पागलपन अचानक बढ़ गया। वह उठकर दौड़ा। झरबेरी की झाड़ी के उस पार कौन है? कौन है यह शुद्ध रसप्रिया गानेवाला?...इस जमाने में रसप्रिया का रसिक...? झाड़ी में छिपकर मिरदंगिया ने देखा, मोहना तन्मय होकर दूसरे पद की तैयारी कर रहा है। गुनगुनाहट बंद करके उसने गले को साफ किया। मोहना के गले में राधा आकर बैठ गयी है!..क्या बंदिश है!

"न-दी-बह नयनक नी...र!
आहो...पललि बहए ताहि ती...र!"

मोहना बेसुध होकर गा रहा था। मृदंग के बोल पर वह झूम-झूमकर गा रहा था। मिरदंगिया की आँखें उसे एकटक निहार रही थीं और उसकी उँगलियाँ फिरकी की तरह नाचने को व्याकुल हो रही थीं।...चालीस वर्ष का अधपागल युगों के बाद भावावेश में नाचने लगा।...रह-रहकर वह अपनी विकृत आवाज में पदों की कड़ी धरता–फोंय-फोंय, सोंय-सोंय!

धिरनागि-धिनता!

"दुहु रस... म...य तनु-गुने नहीं ओर।
लागल दुहुक न भाँगय जोर-र।"

मोहना के आधे काले और आधे लाल होठों पर नयी मुस्कुराहट दौड़ गयी। पद समाप्त करते हुए वह बोला, "इस्स! टेढ़ी उँगली पर भी इतनी तेजी?"

मोहना हाँफने लगा। उसकी छाती की हड्डियाँ!

...उफ! मिरदंगिया धम्म-से जमीन पर बैठ गया–"कमाल! कमाल! किससे सीखे? कहाँ सीखी तुमने पदावली? कौन है तुम्हारा गुरु?"

मोहना ने हँसकर जवाब दिया, "सीखूँगा कहाँ? माँ तो रोज गाती है।...प्रातकी मुझे बहुत याद है, लेकिन अभी तो उसका समय नहीं।"

"हाँ बेटा! बेताले के साथ कभी मत गाना-बजाना। जो कुछ भी है, सब चला जायेगा।...समय-कुसमय का भी खयाल रखना। लो, अब आम खा लो।"

मोहना बेझिझक आम लेकर चूसने लगा।

"एक और लो।"

मोहना ने तीन आम खाये और मिरदंगिया के विशेष आग्रह पर दो मुट्ठी मूढ़ी भी फाँक गया।

"अच्छा, अब एक बात बताओगे मोहना! तुम्हारे माँ-बाप क्या करते हैं?"

"बाप नहीं हैं, अकेली माँ है। बाबू-लोगों के घर कुटाई-पिसाई करती है।"

"और तुम नौकरी करते हो! किसके यहाँ?"

"कमलपुर के नन्दूबाबू के यहाँ!"

"नन्दूबाबू के यहाँ?"

मोहना ने बताया, उसका घर सहरसा में है। तीसरे साल सारा गाँव कोसी मैया के पेट में चला गया। उसकी माँ उसे लेकर अपने ममहर आयी है...कमलपुर।

"कमलपुर में तुम्हारी माँ के मामू रहते हैं?"

मिरदंगिया कुछ देर तक चुपचाप सूर्य की ओर देखता रहा।... नन्दूबाबू—मोहना—मोहना की माँ!

"डायनवाली बात तुम्हारी माँ कह रही थी?"

"हाँ।"

"और एक बार सामदेव झा के यहाँ जनेऊ में तुमने गिरधर-पट्टी मंडलीवालों का मिरदंग छीन लिया था।...बेताला बजा रहा था। ठीक है न?"

मिरदंगिया की खिचड़ी दाढ़ी मानो अचानक सफ़ेद हो गयी। उसने अपने को सम्हालकर पूछा, "तुम्हारे बाप का क्या नाम है?"

"अजोधादास!"

"अजोधादास?"

बूढ़ा अजोधादास, जिसके मुँह में न बोल, न आँख में लोर।...मंडली में गठरी ढोता था। बिना पैसे का नौकर बेचारा अजोधादास!

"बड़ी सयानी है तुम्हारी माँ।" एक लंबी साँस लेकर मिरदंगिया ने अपनी झोली से एक छोटा बटुआ निकाला। लाल-पीले कपड़ों के टुकड़ों को खोलकर कागज की एक पुड़िया निकाली उसने।

मोहना ने पहचान लिया—लोट? क्या है, लोट?

"हाँ, नोट है।"

"कितने रुपयेवाला है? पँचटकिया। ऐं...दसटकिया? जरा छूने दोगे? कहाँ से लाये?" मोहना एक ही साँस में सब कुछ पूछ गया, "सब दसटकिया हैं?"

"हाँ, सब मिलाकर चालीस रुपये हैं।" मिरदंगिया ने एक बार इधर-उधर निगाहें दौड़ायीं; फिर फुसफुसाकर बोला, "मोहना बेटा! फारबिसगंज के डागडरबाबू को देकर बढ़िया दवा लिखा लेना।...खट्टा-मिट्ठा परहेज करना।...गरम पानी जरूर पीना।"

"रुपये मुझे क्यों देते हो?"

"जल्दी रख ले, कोई देख लेगा।"

मोहना ने भी एक बार चारों ओर नजर दौड़ायी। उसके होंठों की कालिख और गहरी हो गयी।

मिरदंगिया बोला, "बीड़ी-तंबाकू भी पीते हो? खबरदार!"

वह उठ खड़ा हुआ।

मोहना ने रुपये ले लिये।

"अच्छी तरह गाँठ में बाँध ले। माँ से कुछ मत कहना।"

"और हाँ, यह भीख का पैसा नहीं। बेटा, यह मेरी कमाई के पैसे हैं। अपनी कमाई के...।"

मिरदंगिया ने जाने के लिए पाँव बढ़ाया।

"मेरी माँ खेत में घास काट रही है। चलो न!" मोहना ने आग्रह किया।

मिरदंगिया रुक गया। कुछ सोचकर बोला, "नहीं मोहना! तुम्हारे-जैसा गुणवान बेटा पाकर तुम्हारी माँ 'महारानी' है, मैं महाभिखारी दसदुआरी हूं। जाचक, फकीर...! दवा से जो पैसे बचें, उसका दूध पीना।"

मोहना की बड़ी-बड़ी आँखें कमलपुर के नन्दूबाबू की आँखों-जैसी हैं....।

"रे मो-ह-ना-रे-हे! बैल कहाँ हैं रे?"

"तुम्हारी माँ पुकार रही है शायद।"

"हाँ। तुमने कैसे जान लिया?"

"रे-मोहना-रे-हे!"

एक गाय ने सुर-में-सुर मिलाकर अपने बछड़े को बुलाया।

गाय-बैलों के घर लौटने का समय हो गया। मोहना जानता है, माँ बैल हाँककर ला रही होगी। झूठ-मूठ उसे बुला रही है। वह चुप रहा।

"जाओ।" मिरदंगिया ने कहा, "माँ बुला रही है। जाओ।... अब से मैं पदावली नहीं, रसपिरिया नहीं, निरगुन गाऊँगा। देखो, मेरी उँगली शायद सीधी हो रही है। शुद्ध रसपिरिया कौन गा सकता है आजकल?..."

"अरे, चलू मन, चलू मन—ससुरार जइवे हो रामा,

कि आहो रामा,

नैहिरा में अगिया लगायब रे-की... ।''

खेतों की पगडण्डी, झरबेरी के जंगल के बीच होकर जाती है। निरगुन गाता हुआ मिरदंगिया झरबेरी की झाड़ियों में छिप गया।

''ले। यहाँ अकेला खड़ा होकर क्या करता है? कौन बजा रहा था मृदंग रे?'' घास का बोझा सिर पर लेकर मोहना की माँ खड़ी है।

''पँचकौड़ी मिरदंगिया।''

''ऐं, वह आया है? आया है वह?'' उसकी माँ ने बोझ जमीन पर पटकते हुए पूछा।

''मैंने उसके ताल पर रसपिरिया गाया है। कहता था, इतना शुद्ध रसपिरिया कौन गा सकता है आजकल!...उसकी उँगली अब ठीक हो जायेगी।''

माँ ने बीमार मोहना को आह्लाद से अपनी छाती से सटा लिया।

''लेकिन तू तो हमेशा उसकी टोकरी-भर शिकायत करती थी—बेईमान है, गुरु-दरोही है, झूठा है!''

''है तो! वैसे लोगों की संगत ठीक नहीं। खबरदार, जो उसके साथ फिर कभी गया! दसदुआरी जाचकों से हेलमेल करके अपना ही नुकसान होता है।...चल, उठा बोझ!''

मोहना ने बोझ उठाते समय कहा, ''जो भी हो, गुनी आदमी के साथ रसपिरिया... ।''

''चौप! रसपिरिया का नाम मत ले।''

अजीब है माँ! जब गुस्सायेगी तो बाघिन की तरह और जब खुश होती है तो गाय की तरह हुंकारती जायेगी और छाती से लगा लेगी। तुरत खुश, तुरत नाराज।...

दूर से मृदंग की आवाज आयी—धा-तिंग, धा-तिंग!

मोहना की माँ खेत के ऊबड़-खाबड़ मेंड़ पर चल रही थी। ठोकर खाकर गिरते-गिरते बची। घास का बोझ गिरकर खुल गया। मोहना पीछे-पीछे मुँह लटकाकर जा रहा था। बोला, ''क्या हुआ, माँ?''

''कुछ नहीं।''

—धा-तिंग, धा-तिंग!

मोहना की माँ खेत की मेंड़ पर बैठ गयी। जेठ की शाम से पहले जो पुरवैया चलती है, धीरे-धीरे तेज हो गयी।...मिट्टी की सौंधी सुगंध हवा में धीरे-धीरे घुलने लगी।

—धा-तिंग, धा-तिंग!

"कहता था, तुम्हारे-जैसा गुणवान बेटा?" मोहना की माँ आगे कुछ न बोल सकी।

"मिरदंगिया और कुछ बोलता था, बेटा?" मोहना की माँ आगे कुछ न बोल सकी।

"झूठा बेईमान!" मोहना की माँ आँसू पोंछकर बोली, "ऐसे लोगों की संगत कभी मत करना।"

मोहना चुपचाप खड़ा रहा।

1955

लाल पान की बेगम

"क्यों बिरजू की माँ, नाच देखने नहीं जाएगी क्या?"

बिरजू की माँ शकरकंद उबालकर बैठी मन-ही-मन कुढ़ रही थी अपने आँगन में। सात साल का लड़का बिरजू शकरकंद के बदले तमाचे खाकर आँगन में लोट-लोटकर सारी देह में मिट्टी मल रहा था। चम्पिया के सिर भी चुड़ैल मँडरा रही है... आधे-आँगन धूप रहते जो गयी है सहुआइन की दुकान छोवा-गुड़ लाने, सो अभी तक नहीं लौटी; दीया-बाती की वेला हो गयी। आये आज लौटके जरा! बागड़ बकरे की देह में कुकुरमाछी लगी थी, इसलिए बेचारा बागड़ रह-रहकर कूद-फाँद कर रहा था। बिरजू की माँ बागड़ पर मन का गुस्सा उतारने का बहाना ढूँढ़कर निकाल चुकी थी।... पिछवाड़े की मिर्च की फूली गाछ! बागड़ के सिवा और किसने कलेवा किया होगा! बागड़ को मारने के लिए वह मिट्टी का छोटा ढेला उठा चुकी थी, कि पड़ोसिन मखनी फुआ की पुकार सुनायी पड़ी—"क्यों बिरजू की माँ, नाच देखने नहीं जायेगी क्या?"

"बिरजू की माँ के आगे नाथ और पीछे पगहिया न हो तब न; फुआ!"

गरम गुस्से में बुझी नुकीली बात फुआ की देह में धँस गयी और बिरजू की माँ ने हाथ के ढेले को पास ही फेंक दिया—"बेचारे बागड़ को कुकुरमाछी परेशान कर रही है! आ...हा, आय...आय! हर्र-र-र-र-! आय-आय!"

बिरजू ने लेटे-ही-लेटे बागड़ को एक डंडा लगा दिया। बिरजू की माँ की इच्छा हुई कि जाकर उसी डंडे से बिरजू का भूत भगा दे, किंतु नीम के पास खड़ी पनभरियों की खिलखिलाहट सुनकर रुक गयी। बोली, "ठहर, तेरे बप्पा ने बड़ा हथछुट्टा बना दिया है तुझे! बड़ा हाथ चलता है लोगों पर। ठहर!"

मखनी फुआ नीम के पास झुकी कमर से घड़ा उतारकर पानी भरकर लौटती पनभरनियों में बिरजू की माँ की बहकी हुई बात का इन्साफ करा रही थी—"जरा देखो तो इस बिरजू की माँ को! चार मन पाट (जूट) का पैसा क्या हुआ है, धरती पर पाँव ही नहीं पड़ते! निसाफ करो! खुद अपने मुँह से आठ दिन पहले से ही गाँव की अली-गली में बोलती फिरी है, 'हाँ, इस बार बिरजू के बप्पा ने कहा है, बैलगाड़ी पर बिठाकर बलरामपुर का नाच दिखा लाऊँगा। बैल अब अपने घर है, तो हजार गाड़ी मँगनी मिल जायेंगी।' सो मैंने अभी टोक दिया, नाच देखनेवाली सब तो औन-पौन कर

तैयार हो रही हैं, रसोई-पानी कर रहे हैं। मेरे मुँह में आग लगे, क्यों मैं टोकने गयी! सुनती हो, क्या जवाब दिया बिरजू की माँ ने?''

मखनी फुआ ने अपने पोपले मुँह के होठों को एक ओर मोड़कर ऐंठती हुई बोली निकाली—''अर्-र्रे-हाँ-हाँ! बि-र-र-ज्जू की मै... या के आगे नाथ औ-र्र पीछे पगहिया ना हो, तब्ब ना-आ-आ!''

जंगी की पुतोहू बिरजू की माँ से नहीं डरती। वह जरा गला खोलकर ही कहती है, "फुआ-आ! सरबे सित्तलमिण्टी (सर्वे सेट्लमेण्ट) के हाकिम के बासा पर फूलछाप किनारीवाली साड़ी पहनके यदि तू भी भटा की भेंटीं चढ़ाती तो तुम्हारे नाम से भी दु-तीन बीघा धनहर जमीन का पर्चा कट जाता! फिर तुम्हारे घर भी आज दस मन सोनाबंग पाट होता, जोड़ा बैल खरीदता! फिर आगे नाथ और पीछे सैकड़ों पगहिया झूलतीं!''

जंगी की पुतोहू मुँहजोर है। रेलवे स्टेशन के पास की लड़की है। तीन ही महीने हुए गौने की नयी बहू होकर आयी है और सारे कुर्माटोली की सभी झगड़ालू सासों से एकाध मोरचा ले चुकी है। उसका ससुर जंगी दागी चोर है, सी-किलासी है। उसका खसम रंगी कुर्माटोली का नामी लठैत। इसीलिए हमेशा सींग खुजाती फिरती है जंगी की पुतोहू!

बिरजू की माँ के आँगन में जंगी की पुतोहू की गला-खोल बोली गुलेल की गोलियों की तरह सनसनाती हुई आयी थी। बिरजू की माँ ने एक तीखा जवाब खोजकर निकाला, लेकिन मन मसोसकर रह गयी।...गोबर की ढेरी में कौन ढेला फेंके!

जीभ के झाल को गले में उतारकर बिरजू की माँ ने अपनी बेटी चम्पिया को आवाज दी—''अरी चम्पिया-या-या, आज लौटे तो तेरी मूड़ी मरोड़कर चूल्हे में झोंकती हूँ! दिन-दिन बेचाल होती जाती है!...गाँव में तो अब ठेठर-बैसकोप का गीत गानेवाली पतुरिया-पुतोहू सब आने लगी हैं। कहीं बैठके 'बाजे न मुरलिया' सीख रही होगी ह-र-जा-ई-ई! अरी चम्पि-या-या-या!''

जंगी की पुतोहू ने बिरजू की माँ की बोली का स्वाद लेकर कमर पर घड़े को सँभाला और मटककर बोली, "चल दिदिया, चल! इस मुहल्ले में लाल पान की बेगम बसती है! नहीं जानती, दोपहर-दिन और चौपहर-रात बिजली की बत्ती भक्-भक् कर जलती है!''

भक्-भक् बिजली-बत्ती की बात सुनकर न जाने क्यों सभी खिलखिलाकर हँस पड़ीं। फुआ की टूटी हुई दंत-पंक्तियों के बीच से एक मीठी गाली निकली—''शैतान की नानी!''

बिरजू की माँ की आँखों पर मानो किसी ने तेज टार्च की रोशनी डालकर चौंधिया

दिया।...भक् भक् बिजली बत्ती! तीन साल पहले सर्वे कैम्प के बाद गाँव की जलन-डाही औरतों ने एक कहानी गढ़के फैलायी थी, चम्पिया की माँ के आँगन में रात-भर बिजली बत्ती भुकभुकाती थी! चम्पिया की माँ के आँगन में, नाकवाले जूते की छाप घोड़े की टाप की तरह!..जलो, जलो! और जलो! चम्पिया की माँ के आँगन में चाँदी-जैसे पाट सूखते देखकर जलनेवाली सब औरतें खलिहान पर सोनोली धान के बोझों को देखकर बैंगन का भुर्ता हो जायेंगी।

मिट्टी के बरतन से टपकते हुए छोवा-गुड़ को उँगलियों से चाटती हुई चम्पिया आयी और माँ के तमाचे खाकर चीख पड़ी—"मुझे क्यों मारती है! ए-ए-ए! सहुआइन जल्दी से सौदा नहीं देती है। एँ-एँ-एँ-एँ!"

"सहुआइन जल्दी सौदा नहीं देती की नानी! एक सहुआइन की ही दुकान पर मोती झरते हैं, जो जड़ गाड़कर बैठी हुई थी! बोल, गले पर लात देकर कल्ला तोड़ दूँगी हरजाई, जो फिर कभी 'बाजे न मुरलिया' गाते सुना! चाल सीखने जाती है टीशन की छोकरियों से!"

बिरजू की माँ ने चुप होकर अपनी आवाज अन्दाजी कि उसकी बात जंगी के झोंपड़े तक साफ़-साफ़ पहुँच गयी होगी।

बिरजू बीती हुई बातों को भूलकर उठ खड़ा हुआ था और धूल झाड़ते हुए बरतन से टपकते गुड़ को ललचायी निगाह से देखने लगा था।...दीदी के साथ वह भी दुकान जाता तो दीदी उसे भी गुड़ चटाती, जरूर! वह शकरकंद के लोभ में रहा और माँगने पर माँ ने शकरकंद के बदले...

"ऐ मैया, एक अँगुली गुड़ दे दे!" बिरजू ने तलहथी फैलायी—"दे ना मैया, एक रत्ती-भर!"

"एक रत्ती क्यों, उठाके बरतन को फेंक आती हूँ पिछवाड़े में; जाके चाटना! नहीं बनेगी मीठी रोटी!...मीठी रोटी खाने का मुँह होता है!" बिरजू की माँ ने उबले शकरकंद का सूप रोती हुई चम्पिया के सामने रखते हुए कहा, "बैठके छिलके उतार, नहीं तो अभी...!"

दस साल की चम्पिया जानती है, शकरकंद छीलते समय कम-से-कम बाहर बार माँ उसे बाल पकड़कर झकझोरेगी, छोटी-छोटी खोट निकालकर गालियाँ देगी—'पाँव फैलाके क्यों बैठी है उस तरह, बेलज्जी!' चम्पिया माँ के गुस्से को जानती है।

बिरजू ने इस मौके पर थोड़ी-सी खुशामद करके देखा—"मैया, मैं भी बैठकर शकरकंद छीलूँ?"

"नहीं !" माँ ने झिड़की दी, "एक शकरकंद छीलेगा और तीन पेट में! जाके

सिद्धू की बहू से कहो, एक घंटे के लिए कड़ाही माँगकर ले गयी तो फिर लौटाने का नाम नहीं। जा जल्दी!''

मुँह लटकाकर आँगन से निकलते-निकलते बिरजू ने शकरकंद और गुड़ पर निगाह दौड़ायी। चम्पिया ने अपने झबरे केश की ओट से माँ की ओर देखा और नजर बचाकर चुपके से बिरजू की ओर एक शकरकंद फेंक दिया।...बिरजू भागा।

''सूरज भगवान डूब गये। दीया-बत्ती की वेला हो गयी। अभी तक गाड़ी...''

चम्पिया बीच में ही बोल उठी—''कोयरीटोले में किसी ने गाड़ी नहीं दी मैया! बप्पा बोले, माँ से कहना सब ठीक-ठाक करके तैयार रहें। मलदहियाटोली के मियाँजान की गाड़ी लाने जा रहा हूँ।''

सुनते ही बिरजू की माँ का चेहरा उतर गया। लगा, छाते की कमानी उतर गयी घोड़े से अचानक। कोयरीटोले में किसी ने गाड़ी मँगनी नहीं दी! तब मिल चुकी गाड़ी! जब अपने गाँव के लोगों की आँख में पानी नहीं तो मलदहियाटोली के मियाँजान की गाड़ी का क्या भरोसा! न तीन में, न तेरह में! क्या होगा शकरकंद छीलकर! रख दे उठाके!...यह मर्द नाच दिखायेगा! बैलगाड़ी पर चढ़कर नाच दिखाने ले जायेगा! चढ़ चुकी बैलगाड़ी पर, देख चुकी जी-भर नाच...पैदल जाने वाली सब पहुँचकर पुरानी हो चुकी होंगी।

बिरजू छोटी कड़ाही सिर पर औंधा कर वापस आया—''देख दिदिया मलेटरी रोगी। दस बार दस लाठी मारने से भी कुछ नहीं होता।''

चम्पिया चुपचाप बैठी रही, कुछ बोली नहीं, जरा-सी मुस्कुरायी भी नहीं। बिरजू ने समझ लिया, मैया का गुस्सा अभी उतरा नहीं है पूरे तौर से।

मढ़ैया के अन्दर से बागड़ को बाहर भगाती हुई बिरजू की माँ बड़बड़ायी—''कल ही पँचकौड़ी कसाई के हवाले करती हूँ राकस तुझे! हर चीज में मुँह लगायेगा। चम्पिया, बाँध दे बगड़ा को। खोल दे गले की घंटी! हमेशा टुनुर-टुनुर! मुझे जरा नहीं सुहाता है!"

'टुनुर-टुनुर' सुनते ही बिरजू को सड़क से जाती हुई बैलगाड़ियों की याद हो आयी—''अभी बबुआनटोले की गाड़ियाँ नाच देखने जा रही थीं...झुनुर-झुनुर बैलों की झुनकी, तुमने सु...''

''बेसी बक-बक मत करो!'' बागड़ के गले से झुनकी खोलती बोली चम्पिया।

''चम्पिया, डाल दे चूल्हे में पानी! बप्पा आवे तो कहना कि अपने उड़नजहाज पर चढ़कर नाच देख आयें! मुझे नाच देखने का सौख नहीं!...मुझे जगइयो मत कोई! मेरा माथा दुख रहा है।''

मढ़ैया के ओसारे पर बिरजू ने फिसफिसाके पूछा, "क्यों दिदिया, नाच में उड़नजहाज भी उड़ेगा?"

चटाई पर कथरी ओढ़कर बैठती हुई चम्पिया ने बिरजू को चुपचाप अपने पास बैठने का इशारा किया, मुफ्त में मार खायेगा बेचारा!...

बिरजू ने बहन की कथरी में हिस्सा बाँटते हुए चुक्की-मुक्की लगायी। जाड़े के समय इस तरह घुटने पर ठुड्डी रखकर चुक्की-मुक्की लगाना सीख चुका है वह। उसने चम्पिया के कान के पास मुँह ले जाकर कहा, "हम लोग नाच देखने नहीं जायेंगे? ...गाँव में एक पंछी भी नहीं है। सब चले गये।"

चम्पिया को अब तिल-भर भी भरोसा नहीं। संझा तारा डूब रहा है। बप्पा अभी तक गाड़ी लेकर नहीं लौटे।... एक महीना पहले से ही मैया कहती थी, बलरामपुर के नाच के दिन मीठी रोटी बनेगी; चम्पिया छींट की साड़ी पहनेगी; बिरजू पैंट पहनेगा बैलगाड़ी पर चढ़कर...

चम्पिया की भीगी पलकों पर एक बूँद आँसू आ गया।

बिरजू का भी दिल भर आया। उसने मन-ही-मन इमली पर रहनेवाले जिन बाबा को एक बैंगन कबूला, गाछ का सबसे पहला बैंगन, उसने खुद जिस पौधे को रोपा है! ...जल्दी से गाड़ी लेकर बप्पा को भेज दो, जिनबाबा!

मढ़ैया के अंदर बिरजू की माँ चटाई पर पड़ी करवटें ले रही थी। उँह, पहले से किसी बात का मनसूबा नहीं बाँधना चाहिए किसी को! भगवान ने मनसूबा तोड़ दिया। उसको सबसे पहले भगवान से पूछना है, यह किस चूक का फल दे रहे हो भोला बाबा! अपने जानते उसने किसी देवता-पित्तर की मान-मनौती बाकी नहीं रखी। सर्वे के समय जमीन के लिए जितनी मनौतियाँ की थीं...ठीक ही तो! महाबीरजी का रोट तो बाकी ही है। हाय रे दैव!...भूल-चूक माफ करो महाबीर बाबा! मनौती दूनी करके चढ़ायेगी बिरजू की माँ!...

बिरजू की माँ के मन में रह-रहकर जंगी और पुतोहू की बातें चुभती हैं भक्-भक् बिजली-बत्ती!...चोरी-चमारी करनेवाले की बेटी-पुतोहू जलेगी नहीं! पाँच बीघा जमीन क्या हासिल की है बिरजू के बप्पा ने, गाँव की भाईखौकियों की आँखों में किरकिरी पड़ गयी है। खेत में पाट लगा देखकर गाँव के लोगों की छाती फटने लगी; धरती फोड़कर पाट लगा है; बैशाखी बादलों की तरह उमड़ते आ रहे हैं पाट के पौधे! तो अलान, तो फलान! इतनी आँखों की धार भला फसल सहे! जहाँ पंद्रह मन पाट होना चाहिए, सिर्फ दस मन पाट काँटा पर तौलके ओजन हुआ रब्बी भगत के यहाँ।...

इसमें जलने की क्या बात है भला!... बिरजू के बप्पा ने तो पहले ही कुर्माटोली

के एक-एक आदमी को समझाके कहा, "जिन्दगी-भर मजदूरी करते रह जाओगे। सर्वे का समय आ रहा है, लाठी कड़ी करो तो दो-चार बीघे जमीन हासिल कर सकते हो।" सो गाँव की किसी पुतखौकी का भतार सर्वे के समय बाबूसाहेब के खिलाफ खाँसा भी नहीं।..बिरजू के बप्पा को कम सहना पड़ा है! बाबूसाहेब गुस्से से सरकस नाच के बाघ की तरह हुमड़ते रह गये। उनका बड़ा बेटा घर में आग लगाने की धमकी देकर गया।... आखिर बाबूसाहेब ने अपने सबसे छोटे लड़के को भेजा। बिरजू की माँ को 'मौसी' कहके पुकारा—"यह जमीन बाबूजी ने मेरे नाम से खरीदी थी। मेरी पढ़ाई-लिखाई उसी जमीन की उपज से चलती है।"...और भी कितनी बातें। खूब मोहना जानता है। उत्ता जरा-सा लड़का । ज़मींदार का बेटा है कि...

"चम्पिया, बिरजू सो गया क्या? यहाँ आ जा बिरजू, अंदर। तू भी आ जा, चम्पिया!...भला आदमी आये तो एक बार आज!"

बिरजू के साथ चम्पिया अंदर चली गयी।

"ढिबरी बुझा दे।...बप्पा बुलायें तो जवाब मत देना। खपच्ची गिरा दे।"

भला आदमी रे, भला आदमी! मुँह देखो जरा इस मर्द का!...बिरजू की माँ दिन-रात मंझा न देती रहती तो ले चुके थे जमीन! रोज आकर माथा पकड़के बैठ जायें, "मुझे ज़मीन नहीं लेनी है बिरजू की माँ, मजूरी ही अच्छी!"...जवाब देती थी बिरजू की माँ खूब सोच-समझ के, "छोड़ दो, जब तुम्हारा कलेजा ही थिर नहीं होता है तो क्या होगा। जोरू-जमीन जोर के, नहीं तो किसी और के!..."

बिरजू के बाप पर बहुत तेजी से गुस्सा चढ़ता है। चढ़ता ही जाता है।...बिरजू की माँ का भाग ही खराब है, जो ऐसा गोबरगनेश घरवाला उसे मिला। कौन-सा सौख-मौज दिया है उसके मर्द ने! कोल्हू के बैल की तरह खटकर सारी उम्र काट दी इसके यहाँ, कभी एक पैसे की जलेबी भी लाकर दी है उसके खसम ने!...पाट का दाम भगत के यहाँ से लेकर बाहर-ही-बाहर बैल-हट्टा चले गये। बिरजू की माँ को एक बार नमरी लोट देखने भी नहीं दिया आँख से!... बैल खरीद लाये। उसी दिन से गाँव में ढिंढोरा पिटने लगे, बिरजू की माँ इस बार बैलगाड़ी पर चढ़कर जायेगी नाच देखने!...दूसरे की गाड़ी के भरोसे नाच दिखलायेगा!...

अंत में उसे अपने-आप पर क्रोध हो आया। वह खुद भी कुछ कम नहीं! उसकी जीभ में आग लगे! बैलगाड़ी पर चढ़कर नाच देखने की लालसा किस कुसमय में उसके मुँह से निकली थी, भगवान जानें! फिर आज सुबह से दोपहर तक, किसी-न-किसी बहाने उसने अठारह बार बैलगाड़ी पर नाच देखने की चर्चा छेड़ी है।... लो, खूब देखो नाच! वाह रे नाच! कथरी के नीचे दुशाले का सपना!... कल भोरे पानी भरने के लिए जब जायेगी, पतली जीभवाली पतुरिया सब हँसती आयेंगी, हँसती जायेंगी।...सभी

जलते हैं उससे, हाँ भगवान दाढ़ीजार भी!...दो बच्चों की माँ होकर भी वह जस-की-तस है। उसका घरवाला उसकी बात में रहता है। वह बालों में गरी का तेल डालती है। उसकी अपनी जमीन है। है किसी के पास एक धूर जमीन भी अपनी इस गाँव में! जलेंगे नहीं, तीन बीघे में धान लगा हुआ है, अगहनी, लोगों की बिखदीठ से बचें, तब तो!

बाहर बैलों की घंटियाँ सुनायी पड़ीं। तीनों सतर्क हो गये। उत्कर्ण होकर सुनते रहे।

"अपने ही बैलों की घंटी है, क्यों री चम्पिया?"

चम्पिया और बिरजू ने प्रायः एक ही साथ कहा, "हूँ-ऊँ-ऊँ!"

"चुप!" बिरजू की माँ ने फिसफिसाकर कहा, "शायद गाड़ी भी है, घड़घड़ाती है। न?"

"हूँ-ऊँ-ऊँ!" दोनों ने फिर हुंकारी भरी।

"चुप! गाड़ी नहीं है। तू चुपके से टट्टी में छेद करके देख तो आ चम्पी! भागके जा, चुपके-चुपके।"

चम्पिया बिल्ली की तरह हौले-हौले पाँव से टट्टी के छेद से झाँक आयी—"हाँ मैया, गाड़ी भी है!"

बिरजू हड़बड़ाकर उठ बैठा। उसकी माँ ने उसके हाथ पकड़कर सुला दिया, "बोले मत!"

चम्पिया भी गुदड़ी के नीचे घुस गयी।

बाहर बैलगाड़ी खोलने की आवाज हुई। बिरजू के बाप ने बैलों को जोर से डाँटा—"हाँ-हाँ! आ गये घर! घर आने के लिए छाती फटी जाती थी!"

बिरजू की माँ ताड़ गयी, जरूर मलदहियाटोली में गाँजे की चिलम चढ़ रही थी, आवाज तो बड़ी खनखनाती हुई निकल रही है।

"चम्पिया-ह!" बाहर से ही पुकारकर कहा उसके बाप ने, "बैलों को घास दे दे, चम्पिया-ह!"

अंदर से कोई जवाब नहीं आया। चम्पिया के बाप ने आँगन में आकर देखा तो न रोशनी, न चिराग, न चूल्हे में आग।...बात क्या है! नाच देखने, उतावली होकर, पैदल ही चली गयी क्या...!

बिरजू के गले में खसखसाहट हुई और उसने रोकने की पूरी कोशिश भी की, लेकिन खाँसी जब शुरू हुई तो पूरे पाँच मिनट तक वह खाँसता रहा।

"बिरजू! बेटा बिरजमोहन!" बिरजू के बाप ने पुचकारकर बुलाया, "मैया गुस्से के मारे सो गयी क्या?...अरे अभी तो लोग जा ही रहे हैं।"

बिरजू की माँ के मन में आया कि कसकर जवाब दे, नहीं देखना नाच! लौटा दो गाड़ी!

"चम्पिया-ह! उठती क्यों नहीं? ले, धान की पँचसीस रख दे।" धान की बालियों का छोटा झब्बा झोंपड़े के ओसारे पर रखकर उसने कहा, "दीया बालो!"

बिरजू की माँ उठकर ओसारे पर आयी—"डेढ़ पहर रात को गाड़ी लाने की क्या जरूरत थी? नाच तो अब खत्म हो रहा होगा।"

ढिबरी की रोशनी में धान की बालियों का रंग देखते ही बिरजू की माँ के मन का सब मैल दूर हो गया।... धानी रंग उसकी आँखों से उतरकर रोम-रोम में घुल गया।

"नाच अभी शुरू भी नहीं हुआ होगा। अभी-अभी बलरामपुर के बाबू की सम्पनी गाड़ी मोहनपुर होटिल-बँगला से हाकिम साहब को लाने गयी है। इस साल आखिरी नाच है।... पँचसीस टट्टी में खोंस दे, अपने खेत का है।"

"अपने खेत का?" हुलसती हुई बिरजू की माँ ने पूछा, "पक गये धान?"

"नहीं, दस दिन में अगहन चढ़ते-चढ़ते लाल होकर झुक जायेंगी सारे खेत की बालियाँ।...मलदहियाटोली पर जा रहा था, अपने खेत में धान देखकर आँखें जुड़ा गयीं। सच कहता हूँ, पँचसीस तोड़ते समय उँगलियाँ काँप रही थीं मेरी!"

बिरजू ने धान की एक बाली से एक धान लेकर मुँह में डाल लिया और उसकी माँ ने एक हल्की डाँट दी—"कैसा लुक्कड़ है तू रे!...इन दुश्मनों के मारे कोई नेम-धरम जो बचे!"

"क्या हुआ, डाँटती क्यों है?"

"नवान्न के पहले ही नया धान जुठा दिया, देखते नहीं?"

"अरे, इन लोगों का सबकुछ माफ है। चिरई-चुरमुन हैं ये लोग!"

"दोनों के मुँह में नवान्न के पहले नया अन्न न पड़े।"

इसके बाद चम्पिया ने भी धान की बाली से दो धान लेकर दाँतों तले दबाया—"ओ मैया! इतना मीठा चावल!"

"और गमकता भी है न दिदिया?" बिरजू ने फिर मुँह में धान लिया।

"रोटी-पोटी तैयार कर चुकी क्या!" बिरजू के बाप ने मुस्कुराकर पूछा।

"नहीं!" मान-भरे सुर में बोली बिरजू की माँ, "जाने का ठीक-ठिकाना नहीं... और रोटी बनती है!"

"वाह! खूब हो तुम लोग!...जिसके पास बैल हैं, उसे गाड़ी मँगनी नहीं मिलेगी भला? गाड़ीवालों को भी बैल की कभी कमी होगी।...पूछूँगा तब कोयरीटोलावालों से! ...ले : जल्दी से रोटी बना ले।"

"देर नहीं होगी!"

"अरे, टोकरी-भर रोटी तो तू पलक मारते बना लेती है; पाँच रोटियाँ बनने में कितनी देर लगेगी!"

अब बिरजू की माँ के होठों पर मुस्कुराहट खुलकर खिलने लगी। उसने नजर बचाकर देखा, बिरजू का बप्पा उसकी ओर एकटक निहार रहा है।...चम्पिया और बिरजू न होते तो मन की बात हँसकर खोलते देर न लगती। चम्पिया और बिरजू ने एक-दूसरे को देखा और खुशी से उनके चहेरे जगमगा उठे—"मैया बेकार गुस्सा हो रही थी न!"

"चम्पी! जरा घैलसार में खड़ी होकर मखनी फुआ को आवाज दे तो!"

"ऐ फू-आ-आ! सुनती हो फूआ-आ! मैया बुला रही है!"

फुआ ने कोई जवाब नहीं दिया, किंतु उसकी बड़बड़ाहट स्पष्ट सुनायी पड़ी—"हाँ! अब फुआ को क्यों गुहारती है? सारे टोले में बस एक फुआ ही तो बिना नाथ-पगहियावाली है।"

"अरी फुआ!" बिरजू की माँ ने हँसकर जवाब दिया, "उस समय बुरा मान गयी थी क्या? नाथ-पगहियावाले को आकर देखो, दोपहर रात में गाड़ी लेकर आया है! आ जाओ फुआ, मैं मीठी रोटी पकाना नहीं जानती।"

फुआ काँखती-खाँसती आयी—"इसी से घड़ी-पहर दिन रहते ही पूछ रही थी कि नाच देखने जायेगी क्या? कहती, तो मैं पहले से ही अपनी अँगीठी यहाँ सुलगा जाती।"

बिरजू की माँ ने फुआ को अँगीठी दिखला दी और कहा, "घर में अनाज-दाना वगैरह तो कुछ है नहीं। एक बागड़ है और कुछ बरतन-बासन। सो रात-भर के लिए यहाँ तंबाकू रख जाती हूँ। अपना हुक्का ले आयी हो न फुआ?"

फुआ को तंबाकू मिल जाये, तो रात-भर क्या, पाँच रात बैठकर जाग सकती है। फुआ ने अँधेरे में टटोलकर तंबाकू का अंदाज किया।...ओ-हो! हाथ खोलकर तंबाकू रखा है बिरजू की माँ ने! और एक वह है सहुआइन! राम कहो! उस रात को अफीम की गोली की तरह एक मटर-भर तंबाकू रखकर चली गयी गुलाब-बाग मेले और कह गयी कि डिब्बी-भर तंबाकू है।

बिरजू की माँ चूल्हा सुलगाने लगी। चम्पिया ने शकरकंद को मसलकर गोले बनाये और बिरजू सिर पर कड़ाही औंधाकर अपने बाप को दिखलाने लगा—"मलेटरी टोपी! इस पर दस लाठी मारने से भी कुछ नहीं होगा!"

सभी ठठाकर हँस पड़े। बिरजू की माँ हँसकर बोली, "ताखे पर तीन-चार मोटे शकरकंद हैं, दे दे बिरजू को चम्पिया, बेचारा शाम से ही..."

"बेचारा मत कहो मैया, खूब सचारा है!" अब चम्पिया चहकने लगी, "तुम क्या जानो, कथरी के नीचे मुँह क्यों चल रहा था बाबू साहब का!"

"ही-ही-ही!"

बिरजू के टूटे दूध के दाँतों की फाँक से बोली निकली, "बिलैकमारटिन में पाँच शकरकंद खा लिया! हा-हा-हा!"

सभी फिर ठठाकर हँस पड़े। बिरजू की माँ ने फुआ का मन रखने के लिए पूछा, "एक कनवाँ गुड़ है। आधा दूँ फुआ?"

फुआ ने गद्‌गद होकर कहा, "अरी शकरकंद तो खुद मीठा होता है, उतना क्यों डालेगी?"

जब तक दोनों बैल दाना-घास खाकर एक-दूसरे की देह को जीभ से चाटें, बिरजू की माँ तैयार हो गयी। चम्पिया ने छींट की साड़ी पहनी और बिरजू बटन के अभाव में पैंट पर पटसन की डोरी बँधवाने लगा।

बिरजू की माँ ने आँगन से निकल गाँव की ओर कान लगाकर सुनने की चेष्टा की—"उँहुँ, इतनी देर तक भला पैदल जानेवाले रुके रहेंगे?"

पूर्णिमा का चाँद सिर पर आ गया है।...बिरजू की माँ ने असली रूपा का मँगटीक्का पहना है आज, पहली बार। बिरजू के बप्पा को हो क्या गया है, गाड़ी जोतता क्यों नहीं, मुँह की ओर एकटक देख रहा है, मानो नाच की लाल पान की...

गाड़ी पर बैठते ही बिरजू की माँ की देह में एक अजीब गुदगुदी होने लगी। उसने बाँस की बल्ली को पकड़कर कहा, "गाड़ी पर अभी बहुत जगह है। जरा दाहिनी सड़क से गाड़ी हाँकना।"

बैल जब दौड़ने लगे और पहिया जब चूँ-चूँ करके घरघराने लगा तो बिरजू से नहीं रहा गया—"उड़नजहाज की तरह उड़ाओ बप्पा!"

गाड़ी जंगी के पिछवाड़े पहुँची। बिरजू की माँ ने कहा, "जरा जंगी से पूछो न, उसकी पुतोहू नाच देखने चली गयी क्या?"

गाड़ी के रुकते ही जंगी के झोंपड़े से आती हुई रोने की आवाज स्पष्ट हो गयी। बिरजू के बप्पा ने पूछा, "अरे जंगी भाई, काहे कन्ना-रोहट हो रहा है आँगन में?"

जंगी घूर ताप रहा था, बोला, "क्या पूछते हो, रंगी बलरामपुर से लौटा नहीं, पुतोहिया नाच देखने कैसे जाये! आसरा देखते-देखते उधर गाँव की सभी औरतें चली गयीं।"

"अरी टीशनवाली, तो रोती है काहे!" बिरजू की माँ ने पुकारकर कहा, "आ जा झट से कपड़ा पहनकर। सारी गाड़ी पड़ी हुई है! बेचारी!...आ जा जल्दी!"

बगल के झोंपड़े से राधे की बेटी सुनरी ने कहा, "काकी, गाड़ी में जगह है? मैं भी जाऊँगी।"

बाँस की झाड़ी के उस पार लरेना खवास का घर है। उसकी बहू भी नहीं गयी है। गिलट का झुनकी-कड़ा पहनकर झमकती आ रही है।

"आ जा! जो बाकी रह गयी हैं, सब आ जायें जल्दी!"

जंगी की पुतोहू, लरेना की बीवी और राधे की बेटी सुनरी, तीनों गाड़ी के पास आयीं। बैल ने पिछला पैर फेंका। बिरजू के बाप ने एक भद्दी गाली दी—"साला! लताड़ मारकर लँगड़ी बनायेगा पुतोहू को!"

सभी ठठाकर हँस पड़े। बिरजू के बाप ने घूँघट में झुकी दोनों पुतोहुओं को देखा। उसे अपने खेत की झुकी हुई बालियों की याद आ गयी।

जंगी की पुतोहू का गौना तीन ही मास पहले हुआ है। गौने की रंगीन साड़ी से कड़वे तेल और लठवा-सिन्दूर की गंध आ रही है। बिरजू की माँ को अपने गौने की याद आयी। उसने कपड़े की गठरी से तीन मीठी रोटियाँ निकालकर कहा, "खा ले एक-एक करके। सिमराहा के सरकारी कूप में पानी पी लेना।"

गाड़ी गाँव से बाहर होकर धान के खेतों के बगल से जाने लगी। चाँदनी, कातिक की!...खेतों से धान के झरते फूलों की गंध आती है। बाँस की झाड़ी में कहीं दुद्धी की लता फूली है। जंगी की पुतोहू ने एक बीड़ी सुलगाकर बिरजू की माँ की ओर बढ़ायी। बिरजू की माँ को अचानक याद आयी चम्पिया, सुनरी, लरेना की बीवी और जंगी की पुतोहू, ये चारों ही तो गाँव में बैसकोप का गीत गाना जानती हैं।...खूब!

गाड़ी की लीक धान के खेतों के बीच होकर गयी। चारों ओर गौने की साड़ी की खसखसाहट-जैसी आवाज होती है।...बिरजू की माँ के माथे के मँगटीक्के पर चाँदनी छिटकती है।

"अच्छा, अब एक बैसकोप का गीत गा तो चम्पिया!...डरती है काहे? जहाँ भूल जाओगी, बगल में मासटरनी बैठी ही है!"

दोनों पुतोहुओं ने तो नहीं, किंतु चम्पिया और सुनरी ने खँखारकर गला साफ किया।

बिरजू के बाप ने बैलों को ललकारा—"चल भैया! और जरा जोर से !... गा रे चम्पिया, नहीं तो मैं बैलों को धीरे-धीरे चलने को कहूँगा।"

जंगी की पुतोहू ने चम्पिया के कान के पास घूँघट ले जाकर कुछ कहा और चम्पिया ने धीमे-से शुरू किया—"चंदा की चाँदनी..."

बिरजू को गोद में लेकर बैठी उसकी माँ की इच्छा हुई कि वह भी साथ-साथ गीत गाये। बिरजू की माँ ने जंगी की पुतोहू की ओर देखा, धीरे-धीरे गुनगुना रही है वह भी। कितनी प्यारी पुतोहू है! गौने की साड़ी से एक खास किस्म की गंध निकलती है। ठीक ही तो कहा है उसने! बिरजू की माँ बेगम है, लाल पान की बेगम! यह तो कोई बुरी बात नहीं। हाँ, वह सचमुच लाल पान की बेगम है!

बिरजू की माँ ने अपनी नाक पर दोनों आँखों को केन्द्रित करने की चेष्टा करके अपने रूप की झाँकी ली, लाल साड़ी की झिलमिल किनारी, मँगटीक्का पर चाँद।...बिरजू की माँ के मन में अब और कोई लालसा नहीं। उसे नींद आ रही है।

जनवरी, 1957

संवदिया

हरगोबिन को अचरज हुआ—तो, आज भी किसी को संवदिया की जरूरत पड़ सकती है! इस जमाने में, जबकि गाँव-गाँव में डाकघर खुल गये हैं, संवदिया के मार्फत संवाद क्यों भेजेगा कोई? आज तो आदमी घर बैठे ही लंका तक खबर भेज सकता है और वहाँ का कुशल-संवाद मँगा सकता है। फिर उसकी बुलाहट क्यों हुई?

हरगोबिन बड़ी हवेली की टूटी ड्योढ़ी पार कर अंदर गया। सदा की भाँति उसने वातावरण को सूँघकर संवाद का अंदाज लगाया।...निश्चय कोई गुप्त समाचार ले जाना है। चाँद-सूरज को भी नहीं मालूम हो। परेवा-पंछी तक न जाने।

"पाँव लागी बड़ी बहुरिया!"

बड़ी हवेली की बड़ी बहुरिया ने हरगोबिन को पीढ़ी दी और आँख के इशारे से कुछ देर चुपचाप बैठने को कहा। बड़ी हवेली अब नाममात्र को ही बड़ी हवेली है। जहाँ दिन-रात नौकर-नौकरानियों और जन-मजदूरों की भीड़ लगी रहती थी, वहाँ आज हवेली की बड़ी बहुरिया अपने हाथ से सूपा में अनाज लेकर झटक रही है। इन हाथों में सिर्फ मेहँदी लगाकर ही गाँव की नाइन परिवार पालती थी। कहाँ गये वे दिन? हरगोबिन ने लंबी साँस ली।

बड़े भैया के मरने के बाद ही जैसे सब खेल खत्म हो गया। तीनों भाइयों ने आपस में लड़ाई-झगड़ा शुरू किया। रैयतों ने जमीन पर दावे करके दखल किया। फिर, तीनों भाई गाँव छोड़कर शहर में जा बसे, रह गयी बड़ी बहुरिया—कहाँ जाती बेचारी! भगवान् भले आदमी को ही कष्ट देते हैं। नहीं तो एक घंटे की बीमारी में बड़े भैया क्यों मरते? ...बड़ी बहुरिया की देह से जेवर खींच-छीनकर बँटवारे की लीला हुई थी, हरगोबिन ने देखी है अपनी आँखों से द्रौपदी-चीर-हरण लीला! बनारसी साड़ी को तीन टुकड़े करके बँटवारा किया था, निर्दय भाइयों ने। बेचारी बड़ी बहुरिया!

गाँव की मोदिआइन बूढ़ी न जाने कब से आँगन में बैठकर बड़बड़ा रही थी—उधार का सौदा खाने में बड़ा मीठा लगता है और दाम देते समय मोदिआइन की बात कड़वी लगती है। मैं आज दाम लेकर ही उठूँगी।

बड़ी बहुरिया ने कोई जवाब नहीं दिया।

हरगोबिन ने फिर लंबी साँस ली। जब तक यह मोदिआइन आँगन से नहीं टलती,

बड़ी बहुरिया हरगोबिन से कुछ नहीं बोलेगी। वह अब चुप नहीं रह सका, "मोदिआइन काकी, बाकी-बकाया वसूलने का यह काबुली-कायदा तो तुमने खूब सीखा है।"

'काबुली-कायदा' सुनते ही मोदिआइन तमककर खड़ी हो गयी, "चुप रह मुँहझौंसे! निमौछिये...!"

"क्या करूँ काकी, भगवान् ने मूँछ-दाढ़ी दी नहीं, न काबुली आगा साहब की तरह गुलजार दाढ़ी...!"

"फिर काबुल का नाम लिया तो जीभ पकड़कर खींच लूँगी।"

हरगोबिन ने जीभ बाहर निकालकर दिखलायी। अर्थात्—खींच ले।

...पाँच साल पहले गुल मुहम्मद आगा उधार कपड़ा लगाने के लिए गाँव में आता था और मोदिआइन के ओसारे पर दूकान लगाकर बैठता था। आगा कपड़ा देते समय बहुत मीठा बोलता और वसूली के समय जोर-जुल्म से एक का दो वसूलता। एक बार कई उधार लेनेवालों ने मिलकर काबुली की ऐसी मरम्मत कर दी कि फिर लौटकर गाँव में नहीं आया। लेकिन इसके बाद ही दुखनी मोदिआइन लाल मोदिआइन हो गयी।...काबुली क्या, काबुली बादाम के नाम से भी चिढ़ने लगी मोदिआइन! गाँव के नाचनेवालों ने नाच में काबुली का स्वाँग किया था : "तुम अमारा मुलुक जायगा मोदिआइन? अम काबुली बादाम-पिस्ता-अकरोट किलायगा...!"

मोदिआइन बड़बड़ाती, गाली देती हुई चली गयी तो बड़ी बहुरिया ने हरगोबिन से कहा, "हरगोबिन भाई, तुमको एक संवाद ले जाना है। आज ही बोलो, जाओगे न?"

"कहाँ?"

"मेरी माँ के पास!"

हरगोबिन बड़ी बहुरिया की छलछलायी आँखों में डूब गया, "कहिए, क्या संवाद है?"

संवाद सुनाते समय बड़ी बहुरिया सिसकने लगी। हरगोबिन की आँखें भी भर आयीं।...बड़ी हवेली की लक्ष्मी को पहली बार इस तरह सिसकते देखा है हरगोबिन ने। वह बोला, "बड़ी बहुरिया, दिल को कड़ा कीजिए।"

"और कितना कड़ा करूँ दिल?...माँ से कहना मैं भाई-भाभियों की नौकरी करके पेट पालूँगी। बच्चों के जूठन खाकर एक कोने में पड़ी रहूँगी, लेकिन यहाँ अब नहीं...अब नहीं रह सकूँगी।...कहना, यदि माँ मुझे यहाँ से नहीं ले जायेगी तो मैं किसी दिन गले में घड़ा बाँधकर पोखरे में डूब मरूँगी।...बथुआ-साग खाकर कब तक जीऊँ? किसलिए...किसके लिए?"

हरगोबिन का रोम-रोम कलपने लगा। देवर-देवरानियाँ भी कितने बेदर्द हैं। ठीक अगहनी धान के समय बाल-बच्चों को लेकर शहर से आयेंगे। दस-पंद्रह दिनों में

कर्ज-उधार की ढेरी लगाकर, वापस जाते समय दो-दो मन के हिसाब से चावल-चूड़ा ले जायेंगे। फिर आम के मौसम में आकर हाजिर। कच्चा-पक्का आम तोड़कर बोरियों में बंद करके चले जायेंगे। फिर उलटकर कभी नहीं देखते...राक्षस हैं सब!

बड़ी बहुरिया आँचल के खूँट से पाँच रुपये का एक गंदा नोट निकालकर बोली, "पूरा राह-खर्च भी नहीं जुटा सकी। आने का खर्चा माँ से माँग लेना। उम्मीद है, भैया तुम्हारे साथ ही आवेंगे।"

हरगोबिन बोला, "बड़ी बहुरिया, राह-खर्च देने के जरूरत नहीं। मैं इंतजाम कर लूँगा।"

"तुम कहाँ से इंतजाम करोगे?"

"मैं आज दस बजे की गाड़ी से ही जा रहा हूँ।"

बड़ी बहुरिया हाथ में नोट लेकर चुपचाप, भाव शून्य दृष्टि से हरगोबिन को देखती रही। हरगोबिन हवेली से बाहर आ गया। उसने सुना, बड़ी बहुरिया कह रही थी, "मैं तुम्हारी राह देख रही हूँ।"

संवदिया! अर्थात् संदेशवाहक!

हरगोबिन संवदिया!...संवाद पहुँचाने का काम सभी नहीं कर सकते। आदमी भगवान् के घर से ही संवदिया बनकर आता है। संवाद के प्रत्येक शब्द को याद रखना, जिस सुर और स्वर में संवाद सुनाया गया है, ठीक उसी ढंग से जाकर सुनाना, सहज काम नहीं। गाँव के लोगों की गलत धारणा है कि निठल्ला, कामचोर और पेटू आदमी ही संवदिया का काम करता है। न आगे नाथ, न पीछे पगहा। बिना मजदूरी लिये ही जो गाँव-गाँव संवाद पहुँचावे, उसको और क्या कहेंगे!...औरतों का गुलाम। जरा-सी मीठी बोली सुनकर ही नशे में आ जाये, ऐसे मर्द को भी भला मर्द कहेंगे? किंतु, गाँव में कौन ऐसा है, जिसके घर की माँ-बहू-बेटी का संवाद हरगोबिन ने नहीं पहुँचाया है। ...लेकिन ऐसा संवाद पहली बार ले जा रहा है वह।

गाड़ी पर सवार होते ही हरगोबिन को पुराने दिनों और संवादों की याद आने लगी। एक करुण-गीत की भूली हुई कड़ी फिर उसके कानों के पास गूँजने लगी :

"पैयाँ पड़ूँ दाढ़ी धरूँ...
हमरो संवाद ले ले जाहु रे संवदिया-या-या!..."

बड़ी बहुरिया के संवाद का प्रत्येक शब्द उसके मन में काँटे की तरह चुभ रहा है—किसके भरोसे यहाँ रहूँगी? एक नौकर था, वह भी कल भाग गया। गाय खूँटे से बँधी भूखी-प्यासी हिकर रही है। मैं किसके लिए इतना दुख झेलूँ?

हरगोबिन ने अपने पास बैठे हुए एक यात्री से पूछा, "क्यों भाई साहेब, थाना बिंहपुर में डाकगाड़ी रुकती है या नहीं?"

यात्री ने मानो कुढ़कर कहा, "थाना बिंहपुर में सभी गाड़ियाँ रुकती हैं।"

हरगोबिन ने भाँप लिया, यह आदमी चिड़चिड़े स्वभाव का है, इससे कोई बातचीत नहीं जमेगी। वह फिर बड़ी बहुरिया के संवाद को मन-ही-मन दुहराने लगा। ...लेकिन, संवाद सुनाते समय वह अपने कलेजे को कैसे सँभाल सकेगा! बड़ी बहुरिया संवाद कहते समय जहाँ-जहाँ रोयी है, वहाँ वह भी रोयेगा!

कटिहार जंक्शन पहुँचकर उसने देखा, पंद्रह-बीस साल में बहुत कुछ बदल गया है। अब स्टेशन पर उतरकर किसी से कुछ पूछने की जरूरत नहीं। गाड़ी पहुँची और तुरंत भोंपे से आवाज अपने-आप निकलने लगी—थाना बिंहपुर, खगड़िया और बरौनी जानेवाले यात्री तीन नंबर प्लेटफार्म पर चले जायें। गाड़ी लगी हुई है।

हरगोबिन प्रसन्न हुआ—कटिहार पहुँचने के बाद ही मालूम होता है कि सचमुच सुराज हुआ है। इसके पहले कटिहार पहुँचकर किस गाड़ी में चढ़ें और किधर जायें, इस पूछताछ में ही कितनी बार उसकी गाड़ी छूट गयी है।

गाड़ी बदलने के बाद फिर बड़ी बहुरिया का करुण मुखड़ा उसकी आँखों के सामने उभर गया—"हरगोबिन भाई, माँ से कहना, भगवान् ने आँखें फेर लीं, लेकिन मेरी माँ तो है...किसलिए...किसलिए मैं बथुआ-साग खाकर कब तक जीऊँ?"

थाना बिंहपुर स्टेशन पर जब गाड़ी पहुँची तो हरगोबिन का जी भारी हो गया। इसके पहले भी कई भला-बुरा संवाद लेकर वह इस गाँव में आया है, कभी ऐसा नहीं हुआ। उसके पैर गाँव की ओर बढ़ ही नहीं रहे थे। इसी पगडंडी से बड़ी बहुरिया अपने मैके लौट आयेगी। गाँव छोड़कर चली आवेगी। फिर कभी नहीं जायेगी!

हरगोबिन का मन कलपने लगा—तब गाँव में क्या रह जायेगा? गाँव की लक्ष्मी ही गाँव छोड़कर चली आवेगी!...किस मुँह से वह ऐसा संवाद सुनाएगा? कैसे कहेगा कि बड़ी बहुरिया बथुआ-साग खाकर गुजर कर रही है।...सुननेवाले हरिगोबिन के गाँव का नाम लेकर थूकेंगे—कैसा गाँव है, जहाँ लक्ष्मी-जैसी बहुरिया दुख भोग रही है!

अनिच्छापूर्वक हरगोबिन ने गाँव में प्रवेश किया।

हरगोबिन को देखते ही गाँव के लोगों ने पहचान लिया—जलालगढ़ गाँव का संवदिया आया है!...न जाने क्या संवाद लेकर आया है!

"राम-राम भाई! कहो, कुशल समाचार ठीक है न?"

"राम-राम भैयाजी। भगवान् की दया से आनंदी है।"

"उधर पानी-बूँदी पड़ा है?"

बड़ी बहुरिया के बड़े भाई ने पहले हरगोबिन को नहीं पहचाना। हरगोबिन ने अपना परिचय दिया। तो उन्होंने सबसे पहले अपनी बहिन का समाचार पूछा, "दीदी कैसी हैं?"

"भगवान् की दया से सब राजी-खुशी है।"

मुँह-हाथ धोने के बाद हरगोबिन की बुलाहट आँगन में हुई। अब हरगोबिन काँपने लगा। उसका कलेजा धड़कने लगा...ऐसा तो कभी नहीं हुआ?...बड़ी बहुरिया की छलछलायी हुई आँखें! सिसकियों से भरा हुआ संवाद! उसने बड़ी बहुरिया की बूढ़ी माता को पाँवलागी की।

बूढ़ी माता ने पूछा, "कहो बेटा, क्या समाचार है?"

"मायजी, आपके आशीर्वाद से सब ठीक हैं।"

"कोई संवाद?"

"एँ?...संवाद?...जी, संवाद तो कोई नहीं। मैं कल सिरसिया गाँव आया था, तो सोचा कि एक बार चलकर आप लोगों का दर्शन कर लूँ।"

बूढ़ी माता हरगोबिन की बात सुनकर कुछ उदास-सी हो गयी, "तो तुम कोई संवाद लेकर नहीं आये हो?"

"जी नहीं, कोई संवाद नहीं।...ऐसे बड़ी बहुरिया ने कहा है कि यदि छुट्टी हुई तो दशहरा के समय गंगाजी के मेले में आकर माँ से भेंट-मुलाकात कर जाऊँगी।" बूढ़ी माता चुप रही। हरगोबिन बोला, "छुट्टी कैसे मिले! सारी गृहस्थी बड़ी बहुरिया के ऊपर ही है।"

बूढ़ी माता बोली, "मैं तो बबुआ से कह रही थी कि जाकर दीदी को लिवा लाओ, यहीं रहेगी। वहाँ अब क्या रह गया है? जमीन-जायदाद तो सब चली ही गयी। तीनों देवर अब शहर में जाकर बस गये हैं। कोई खोज-खबर भी नहीं लेते। मेरी बेटी अकेली...!"

"नहीं मायजी! जमीन-जायदाद अभी भी कुछ कम नहीं। जो है, वही बहुत है। टूट भी गयी है, तो आखिर बड़ी हवेली ही है। 'सवांग' नहीं है, यह बात ठीक है मगर, बड़ी बहुरिया का तो सारा गाँव ही परिवार है। हमारे गाँव की लक्ष्मी है बड़ी बहुरिया। ...गाँव की लक्ष्मी गाँव को छोड़कर बाहर कैसे जायेगी? यों, देवर लोग हर बार आकर ले जाने की जिद्द करते हैं।"

बूढ़ी माता ने अपने हाथ हरगोबिन को जलपान लाकर दिया, "पहले थोड़ा जलपान कर लो, बबुआ।"

जलपान करते समय हरगोबिन को लगा, बड़ी बहुरिया दालान पर बैठी उसकी राह देख रही है—भूखी-प्यासी...! रात में भोजन करते समय भी बड़ी बहुरिया मानो सामने आकर बैठ गयी... कर्ज-उधार अब कोई देते नहीं।...एक पेट तो कुत्ता भी पालता है। लेकिन मैं?...माँ से कहना...!!

हरगोबिन ने थाली की ओर देखा—दाल-भात, तीन किस्म की भाजी भी, पापड़, अचार!...बड़ी बहुरिया बथुआ-साग उबालकर खा रही होगी।

बूढ़ी माता ने कहा, "क्यों बबुआ, खाते क्यों नहीं?"

"मायजी, पेट-भर जलपान जो कर लिया है।"

"अरे, जवान आदमी तो पाँच बार जलपान करके भी एक थाल भात खाता है।"

हरगोबिन के कुछ नहीं खाया। खाया नहीं गया।

संवदिया डटकर खाता है और 'अफर' कर सोता है, किंतु हरगोबिन को नींद नहीं आ रही है।...यह उसने क्या किया? क्या कर दिया? वह किसलिए आया था? वह झूठ क्यों बोला?... नहीं, नहीं, सुबह उठते ही वह बूढ़ी माता को बड़ी बहुरिया का सही संवाद सुना देगा—अक्षर-अक्षर : "मायजी, आपकी इकलौती बेटी बहुत कष्ट में है। आज ही किसी को भेजकर बुलवा लीजिए। नहीं तो वह सचमुच कुछ कर बैठेगी। आखिर, किसके लिए वह इतना सहेगी!...बड़ी बहुरिया ने कहा है, भाभी के बच्चों के जूठन खाकर वह एक कोने में पड़ी रहेगी...!"

रात-भर हरगोबिन को नींद नहीं आयी।

आँखों के सामने बड़ी बहुरिया बैठी रही—सिसकती, आँसू पोंछती हुई। सुबह उठकर उसने दिल को कड़ा किया। वह संवदिया है। उसका काम है सही-सही संवाद पहुँचाना। वह बड़ी बहुरिया का संवाद सुनाने के लिए बूढ़ी माता के पास जा बैठा। बूढ़ी माता ने पूछा, "क्या है, बबुआ? कुछ कहोगे?"

"मायजी, मुझे इसी गाड़ी से वापस जाना होगा, कई दिन हो गये।"

"अरे, इतनी जल्दी क्या है! एकाध दिन रहकर मेहमानी कर लो।"

"नहीं, मायजी। इस बार आज्ञा दीजिए। दशहरा में मैं भी बड़ी बहुरिया के साथ आऊँगा। तब डटकर पंद्रह दिनों तक मेहमानी करूँगा।"

बूढ़ी माता बोली, "ऐसी जल्दी थी तो आये ही क्यों? सोचा था, बिटिया के लिए दही-चूड़ा भेजूँगी। सो दही तो नहीं हो सकेगा आज। थोड़ा चूड़ा है बासमती धान का, लेते जाओ।"

चूड़ा की पोटली बगल में लेकर हरगोबिन आँगन से निकला तो बड़ी बहुरिया के बड़े भाई ने पूछा, "क्यों भाई, राह-खर्च है तो?"

हरगोबिन बोला, "भैयाजी, आपकी दुआ से किसी बात की कमी नहीं।"

स्टेशन पहुँचकर हरगोबिन ने हिसाब किया। उसके पास जितने पैसे हैं, उससे कटिहार तक टिकट ही वह खरीद सकेगा। और यदि चौअन्नी नकली साबित हुई तो सैमापुर तक ही।...बिना टिकट के वह एक स्टेशन भी नहीं जा सकेगा। डर के मारे उसकी देह का आधा खून सूख जायेगा।

गाड़ी में बैठते ही उसकी हालत अजीब हो गयी। वह कहाँ आया था? क्या करके जा रहा है? बड़ी बहुरिया को क्या जवाब देगा?

यदि गाड़ी में निरगुन गानेवाला सूरदास न आता, तो न जाने उसकी क्या हालत होती! सूरदास के गीतों को सुनकर उसका जी स्थिर हुआ, थोड़ा–

...कि आहो रामा!
नैहरा को सुख सपन भयो अब,
देश पिया को डोलिया चली...ई...ई...ई,
भाई रोओ मति, यही करम की गति...!!

सूरदास चला गया तो उसके मन में बैठी हुई बड़ी बहुरिया फिर रोने लगी–किसके लिए इतना दुख सहूँ?

पाँच बजे भोर में वह कटिहार स्टेशन पहुँचा।

भोंपे से आवाज आ रही थी–बैरगाछी, कुसियार और जलालगढ़ जानेवाले यात्री एक नंबर प्लेटफार्म पर चले जायें।

हरगोबिन को जलालगढ़ जाना है, किंतु वह एक नंबर प्लेटफार्म पर कैसे जायेगा? उसके पास तो कटिहार तक का ही टिकट है।...जलालगढ़! बीस कोस!...बड़ी बहुरिया राह देख रही होगी।...बीस कोस की मंजिल भी कोई दूर की मंजिल है? वह पैदल ही जायेगा।

हरगोबिन महावीर-विक्रम-बजरंगी का नाम लेकर पैदल ही चल पड़ा। दस कोस तक वह मानो 'बाई' के झोंके पर रहा। कसबा शहर पहुँचकर उसने पेट-भर पानी पी लिया। पोटली में नाक लगाकर उसने सूँघा–अहा! बासमती धान का चूड़ा है। माँ की सौगात–बेटी के लिए। नहीं, वह इससे एक मुट्ठी भी नहीं खा सकेगा...किंतु, वह क्या जवाब देगा बड़ी बहुरिया को!

उसके पैर लड़खड़ाए।...उँहूँ, अभी वह कुछ नहीं सोचेगा। अभी सिर्फ चलना है। जल्दी पहुँचना है, गाँव।...बड़ी बहुरिया की डबडबायी हुई आँखें उसको गाँव की ओर खींच रही थीं–मैं बैठी राह ताकती रहूँगी!...

पंद्रह कोस!...माँ से कहना, अब नहीं रह सकूँगी! सोलह...सत्रह...अठारह जलालगढ़ स्टेशन का सिगनल दिखलायी पड़ता है... गाँव का ताड़ सिर ऊँचा करके उसकी चाल को देख रहा है। उसी ताड़ के नीचे बड़ी हवेली के दालान पर चुपचाप टकटकी लगाकर राह देख रही है बड़ी बहुरिया–भूखी-प्यासी : 'हमरो संवाद ले ले जाहु रे संवदिया...या...या...!!'

लेकिन, यह कहाँ चला आया हरगोबिन? यह कौन गाँव है? पहली साँझ में ही अमावस्या का अंधकार। किस राह से वह किधर जा रहा है?....नदी है? कहाँ से आ

गयी नदी? नदी नहीं, खेत है।...ये झोंपड़े हैं या हाथियों का झुंड? ताड़ का पेड़ किधर गया? वह राह भूलकर न जाने कहाँ भटक गया...इस गाँव में आदमी नहीं रहते क्या? ...कहीं कोई रोशनी नहीं, किससे पूछे?...कहाँ, वह रोशनी है या आँखें? वह खड़ा है या चल रहा है? वह गाड़ी में है या धरती पर...?

"हरगोबिन भाई, आ गये?" बड़ी बहुरिया की बोली, या कटिहार-स्टेशन का भोंपा बोल रहा है?

"हरगोबिन भाई, क्या हुआ तुमको...?"

"बड़ी बहुरिया?"

हरगोबिन ने हाथ से टटोलकर देखा, वह बिछावन पर लेटा हुआ है। सामने बैठी छाया को छूकर बोला, "बड़ी बहुरिया?"

"हरगोबिन भाई, अब जी कैसा है?...लो, एक घूँट दूध और पी लो।...मुँह खोलो ...हाँ...पी जाओ। पीओ!"

हरगोबिन होश में आया।...बड़ी बहुरिया दूध पिला रही है?

उसने धीरे-से हाथ बढ़ाकर बड़ी बहुरिया का पैर पकड़ लिया, "बड़ी बहुरिया। ...मुझे माफ करो। मैं तुम्हारा संवाद नहीं कह सका।...तुम गाँव छोड़कर मत जाओ। तुमको कोई कष्ट नहीं होने दूँगा। मैं तुम्हारा बेटा! बड़ी बहुरिया, तुम मेरी माँ, सारे गाँव की माँ हो! मैं अब निठल्ला बैठ नहीं रहूँगा। तुम्हारा सब काम करूँगा।...बोलो, बड़ी माँ तुम...तुम गाँव छोड़कर चली तो नहीं जाओगी? बोलो...!!"

बड़ी बहुरिया गर्म दूध में एक मुट्ठी बासमती चूड़ा डालकर मसकने लगी।...संवाद भेजने के बाद से ही वह अपनी गलती पर पछता रही थी।

अक्टूबर, 1962

एक आदिम रात्रि की महक

....नः...करमा को नींद नहीं आयेगी।

नये पक्के मकान में उसे कभी नींद नहीं आती। चूना और वार्निश की गंध के मारे उसकी कनपटी के पास हमेशा चौअन्नी-भर दर्द चिनचिनाता रहता है। पुरानी लाइन के पुराने 'इस्टिसन' सब हजार पुराने हों, वहाँ नींद तो आती है।...ले, नाक के अंदर फिर सुड़सुड़ी जगी ससुरी...!

करमा, छींकने लगा। नये मकान में उसकी छींक गूँज उठी।

"करमा, नींद नहीं आती?" 'बाबू' ने कैंप-खाट पर करवट लेते हुए पूछा।

गमछे से नथुने को साफ करते हुए करमा ने कहा, "यहाँ नींद कभी नहीं आयेगी, मैं जानता था, बाबू!"

"मुझे भी नींद नहीं आयेगी," बाबू ने सिगरेट सुलगाते हुए कहा, "नयी जगह में पहली रात मुझे नींद नहीं आती।"

करमा पूछना चाहता था कि नये 'पोख्ता' मकान में बाबू को भी चूने की गंध लगती है? कनपटी के पास दर्द रहता है हमेशा क्या?...बाबू कोई गीत गुनगुनाने लगे। एक कुत्ता गश्त लगाता हुआ सिगनल-केबिन की ओर से आया और बरामदे के पास आकर रुक गया। करमा चुपचाप कुत्ते की नीयत को ताड़ने लगा। कुत्ते ने बाबू की खटिया की ओर थुथना ऊँचा करके हवा में सूँघा। आगे बढ़ा। करमा समझ गया--जरूर जूताखोर कुत्ता है, साला!... नहीं, सिर्फ सूँघ रहा है। कुत्ता अब करमा की ओर मुड़ा। हवा सूँघने लगा। फिर मुसाफिरखाने की ओर दुलकी-चाल से चला गया...।

बाबू ने पूछा, "तुम्हारा नाम करमा है या करमचंद या करमू?"

...सात दिन तक साथ रहने के बाद, आज आधी रात के पहर में बाबू ने दिल खोलकर एक सवाल के जैसा सवाल किया है।

"बाबू, नाम तो मेरा करमा ही है। वैसे लोगों के हजार मुँह हैं, हजार नाम कहते हैं।...निताय बाबू कोरमा कहते थे, घोस बाबू करीमा कहकर बुलाते थे, सिंघजी ने सब दिन कामा ही कहा और असगर बाबू तो हमेशा करम-करम कहते थे। खुश रहने पर दिल्लगी करते थे--हाय मेरे करम!...नाम में क्या है, बाबू? जो मन में आये, कहिए। हजार नाम...।"

"तुम्हारा घर संथाल परगना में है, या राँची-हजारीबाग की ओर?"

करमा इस सवाल पर अचकचाया, जरा! ऐसे सवालों के जवाब देते समय वह रमता-जोगी की मुद्रा बना लेता है। "घर? जहाँ धड़, वहाँ घर। माँ-बाप–भगवानजी!" ...लेकिन, बाबू को ऐसा जवाब तो नहीं दे सकता!

...बाबू भी खूब हैं। नाम का 'अरथ' निकालकर अनुमान लगा लिया–घर संथाल परगना या राँची-हजारीबाग की ओर होगा, किसी गाँव में? करमा-पर्व के दिन जन्म हुआ होगा, इसीलिए नाम करमा पड़ा। माथा, कपाल, होंठ और देह की गठन देखकर भी...।

...बाबू तो बहुत 'गुनी' मालूम होते हैं। अपने बारे में करमा को कुछ मालूम नहीं। और बाबू नाम और कपाल देखकर सबकुछ बता रहे हैं। इतने दिन के बाद एक बाबू मिले हैं, गोपाल बाबू जैसे!

करमा ने कहा, "बाबू, गोपाल बाबू भी यही कहते थे! यह 'करमा' नाम तो गोपाल बाबू का ही दिया हुआ है!"

करमा ने गोपाल बाबू का किस्सा शुरू किया–"...गोपाल बाबू कहते थे, आसाम से लौटती हुई कुली-गाड़ी में एक 'डोको' के अंदर तू पड़ा था, बिना 'बिलटी-रसीद' के ही–लावारिस माल।"

...चलो, बाबू को नींद आ गयी। नाक बोलने लगी। गोपाल बाबू का किस्सा अधूरा ही रह गया।

...कुतवा फिर गस्त लगाता हुआ आया। यह कार्तिक का महीना है न! ससुरा पस्त होकर आया है। हाँफ रहा है।...ले, तू भी यहीं सोयेगा? उँह! साले की देह की गंध यहाँ तक आती है–धेत्! धेत्!

बाबू ने जगकर पूछा, "हूँ-ऊ-ऊ! तब क्या हुआ तुम्हारे गोपाल बाबू का?"

कुत्ता बरामदे के नीचे चला गया। उलटकर देखने लगा। गुर्राया। फिर, दो-तीन बार दबी हुई आवाज में 'बुफ-बुफ' कर जनाने मुसाफिरखाने के अंदर चला गया, जहाँ पैटमानजी सोता है।

"बाबू, सो गये क्या?"

...चलो, बाबू को फिर नींद आ गयी! बाबू की नाक ठीक 'बबुआनी-आवाज' में ही 'डाकती' है!...पैटमानजी तो, लगता है, लकड़ी चीर रहे हैं!...गोपाल बाबू की नाक बीन-जैसी बजती थी–सुर में!! असगर बाबू का खर्राटा सिंघजी फुफकारते थे और साहू बाबू नींद में बोलते थे–"ए, डाउन दो, गाड़ी छोड़ा...!"

...तार की घंटी! स्टेशन का घंटा! गार्ड साहब की सीटी! इंजिन का बिगुल! जहाज का भोंपा!...सैकड़ों सीटियाँ...बिगुल...भोंपा...भों-ओं-ओं-ओं...!

...हजार बार, लाख बार कोशिश करके भी अपने को रेल की पटरी से अलग नहीं कर सका, करमा। वह छटपटाया। चिल्लाया, मगर जरा भी टस-से-मस नहीं हुई उसकी देह। वह चिपका रहा। धड़धड़ाता हुआ इंजन गरदन और पैरों को काटता हुआ चला गया।...लाइन के एक ओर उसका सिर लुढ़का हुआ पड़ा था, दूसरी ओर दोनों पैर छिटके हुए! उसने जल्दी से अपने कटे हुए पैरों को बटोरा...अरे, यह तो एन्टोनी 'गाट' साहब के बरसाती जूते का जोड़ा है! गम-बूट!...उसका सिर क्या हुआ?...धेत्, धेत्! ससुरा नाक-कान चबा रहा है...!

"करमा!"

—धेत्!-धेत्!

"उठ करमा, चाय बना!"

करमा धड़फड़ाकर उठ बैठा।...ले, बिहान हो गया। मालगाड़ी को 'थ्रूरू-पास' करके, पैटमानजी हाथ में बेंत की कमानी घुमाता हुआ आ रहा है।...साला! ऐसा भी सपना होता है, भला? बारह साल में, पहली बार ऐसा अजूबा सपना देखा करमा ने।

बारह साल में एक दिन के लिए भी रेलवे-लाइन से दूर नहीं गया, करमा। इस तरह 'एकसिडंटवाला सपना' कभी नहीं देखा उसने!

करमा रेल-कंपनी का नौकर नहीं। वह चाहता तो पोटर, खलासी, पैटमान या पानी पाँडे की नौकरी मिल सकती थी। खूब आसानी से रेलवे-नौकरी में 'घुस' सकता था। मगर मन को कौन समझाए! मन माना नहीं। रेल-कम्पनी का नीला कुर्ता और इंजिन-छाप बटन का शौक उसे कभी नहीं हुआ।

रेल-कम्पनी क्या, किसी की नौकरी करमा ने कभी नहीं की। नाम-धाम पूछने के बाद लोग पेशे के बारे में पूछते हैं। करमा जवाब देता है—

"बाबू के 'साथ' रहते हैं।"...एक पैसा भी मुसहरा न लेने वाले को 'नौकर' तो नहीं कह सकते!

...गोपाल बाबू के साथ, लगातार पाँच वर्ष! इसके बाद कितने बाबुओं के साथ रहा, यह गिनकर बतलाना होगा। लेकिन, एक बात है—'रिलिफिया-बाबू' को छोड़कर किसी 'सालटन-बाबू' के साथ वह कभी नहीं रहा।...सालटन-बाबू माने किसी 'टिसन' में 'परमानन्टी' नौकरी करनेवाला—फैमिली के साथ रहनेवाला!

...जा रे गोपाल बाबू! वैसा बाबू अब कहाँ मिले? करमा का 'माय-बाप, भाय-बहिन, कुल-परिवार', जो बूझिए—सब एक गोपाल बाबू!...बिना 'बिलटी-रसीद'

का लावारिस माल था, करमा। रेलवे अस्पताल से छुड़ाकर अपने साथ रखा गोपाल बाबू ने। जहाँ जाते, करमा साथ जाता। जो खाते, करमा भी खाता।...लेकिन आदमी की मति को क्या कहिए! रिलिफिया-काम छोड़कर सालटनी काम में गये। फिर, एक दिन शादी कर बैठे।...बौमा...गोपाल बाबू की 'फैमली'—राम-हो-राम! वह औरत थी? साच्छात चुड़ैल!...दिन-भर गोपाल बाबू ठीक रहते। साँझ पड़ते ही उनकी जान चिड़िया की तरह 'लुकाती' फिरती।...आधी रात को कभी-कभी 'इसपेसल' पास करने के लिए बाबू निकलते। लगता, अमरीकन रेलवे-इंजिन के 'बायलर' में कोयला झोंककर निकले हैं।...करमा 'क्वाटर' के बरामदे पर सोता था। तीन महीने तक रात में नींद नहीं आयी, कभी।...बौमा 'फों-फों' करती—बाबू मिनमिनाकर कुछ बोलते। फिर शुरू होता रोना-कराहना, गाली-गलौज, मार-पीट। बाबू भागकर बाहर निकलते और वह औरत झपटकर माथे का केश पकड़ लेती।...तब करमा ने एक उपाय निकाला। ऐसे समय में वह उठकर दरवाजा खटखटाकर कहता, "बाबू, 'इसपेसल' का 'कल' बोलता है...।" बाबू की जान कितने दिनों तक बचाता करमा?...बौमा एक दिन चिल्लायी, "ए छोकरा हरामजादा के दूर कोरो। यह चोर है, चो-ओ-ओ-र!"

...इसके बाद से ही किसी 'टिसन' के फैमिली-क्वाटर को देखते ही करभा के मन में एक पतली आवाज गूँजने लगती है—चो-ओ-ओ-र! हरामजादा! फैमिली-क्वाटर ही क्यों—जनाना मुसाफिरखाना, जनाना दर्जा, जनाना...जनाना नाम से ही करमा को उबकाई आने लगती है।

[illegible] ही साल में गोपाल बाबू को 'हाड़-गोड़' सहित चबाकर खा गयी, वह जनाना! फूल-जैसे सुकुमार गोपाल बाबू! जिंदगी में पहली बार फूट-फूटकर रोया था, करमा।

...रमता-जोगी, बहता-पानी और रिलिफिया-बाबू! हेड-क्वाटर में चौबीस घंटे हुए कि 'परवाना' कटा—फलाने टिसन का मास्टर बीमार है, सिकरिपोट आया है। तुरत 'जोआयेन' करो।...रिलिफिया-बाबू का बोरिया-बिस्तर हमेशा 'रेडी' रहना चाहिए। कम-से-कम एक सप्ताह, ज्यादा-से-ज्यादा तीन महीने से ज्यादा किसी एक जगह में जमकर नही रह सकता, कोई रिलिफिया-बाबू।...लकड़ी के एक बक्से में सारी गृहस्थी बंद करके—आज यहाँ, कल वहाँ।... पानीपाड़ा से भातगाँव, कुरैठा से रौताड़ा। फिर, हेड-क्वाटर, कटिहार!

...गोपाल बाबू ने ही घोस बाबू के साथ लगा दिया था—"खूब भालो बाबू। अच्छी तरह रखेगा।" लेकिन, घोस बाबू के साथ एक महीना से ज्यादा नहीं रह सका, करमा। घोस बाबू की बेवजह गाली देने की आदत! गाली भी बहुत खराब-खराब! माँ-बहन की गाली!...इसके अलावा घोस बाबू में कोई ऐब नहीं था। अपने 'सवांग' की तरह रखते थे।...घोस बाबू आज भी मिलते हैं तो

गाली से ही बात शुरू करते हैं--''की रे...करमा? किसका साथ में है आजकल मादर्च....?''

...घोस बाबू को माँ-बहन की गाली देनेवाला कोई नहीं। नहीं तो समझते कि माँ-बहन की गाली सुनकर आदमी का खून किस तरह खौलने लगता है। किसी भले आदमी को ऐसी खराब गाली बकते नहीं सुना है करमा ने, आज तक।

...राम बाबू की सब आदत ठीक थी। लेकिन...भा-आ-री 'इश्की आदमी।' जिस टिसन में जाते, पैटमान-पोटर-सूपर को एकांत में बुलाकर घुसुर-फुसुर बतियाते। फिर रात में कभी मालगोदाम की ओर तो कभी जनाना मुसाफिरखाना में, तो कभी जनाना-पैखाना में...छिः-छिः...जहाँ जाते छुछुआते रहते--''क्या जी, असल-माल-वाल का कोई जोगाड़-जन्तर नहीं लगेगा?''...आखिर वही हुआ जो करमा ने कहा था--'माल' ही उनका 'काल' हुआ। पिछले साल, जोगबनी-लाइन में एक नेपाली ने खुकरी से दो टुकड़ा काटकर रख दिया। और उड़ाओ माल!...जैसी अपनी इज्जत, वैसी परायी!

...सिंघजी भारी 'पुजेगरी'! सिया सहित राम-लछमन की मूर्ति हमेशा उनकी झोली में रहती थी। रोज चार बजे भोर से ही नहाकर पूजा की घंटी हिलाते रहते। इधर 'कल' की घंटी बजती।...जिस घर में ठाकुरजी की झोली रहती, उसमें बिना नहाए कोई पैर भी नहीं दे सकता था।....कोई अपनी देह को उस तरह बाँधकर हमेशा कैसे रह सकता है? कौन दिन में दस बार नहाए और हजार बार पैर धोए? सो भी, जाड़े के मौसम में! जहाँ कुछ छूओ कि हूँहूँहूँ-हाँहाँहाँ-अरेरेरे--छू दिया न?...ऐसे छुतहा आदमी को रेल-कंपनी में आने की क्या जरूरत?...सिंघजी का साथ नहीं निभ सका।

...साहू बाबू दरियादिल आदमी थे। मगर मदक्की ऐसे कि दिन-दोपहर को पचास-दारू एक बोतल पीकर मालगाड़ी को 'थूरूपास' दे दिया और गाड़ी लड़ गयी। करमा को याद है, 'एकसिडंट' की खबर सुनकर ही साहू बाबू ने फिर एक बोतल चढ़ा लिया।... आखिर डॉक्टर ने दिमाग खराब होने का 'सार्टिकफिटिक' दे दिया।

...लेकिन, उस 'एकसिडंट' के समय भी किसी रात को करमा ने ऐसा सपना नहीं देखा!

...न...भोर-भोर ऐसी कुलच्छन-भरी बात बाबू को सुनाकर करमा ने अच्छा नहीं किया। रेलवे की नौकरी में अभी तुरत 'घुसवै' किये हैं।

...नः...बाबू के मिजाज का टेर-पता अब तक करमा को नहीं मिला है। करीब एक सप्ताह तक साथ में रहने के बाद, कल रात में पहली बार दिल खोलकर दो सवाल-जवाब किया बाबू ने। इसीलिए, सुबह को करमा ने दिल खोलकर अपने सपने की बात शुरू की थी। चाय की प्याली सामने रखने के बाद उसने हँसकर कहा, ''हँह बाबू, रात में हम एक अ-जू-ऊ-ऊ-बा सपना देखा। धड़धड़ाता इंजिन...लाइन पर

चिपकी हमारी देह टस-से-मस नहीं...सिर इधर और पैर दोनों लाइन के उधर...एन्टोनी गाट साहेब के बरसाती जूते का जोड़ा...गमबोट...!"

"धेत्त! क्या बेसिर-पैर की बात करते हो, सुबह-सुबह? गाँजा-वाँजा पीता है क्या?"

...करमा ने बाबू को सपने की बात सुनाकर अच्छा नहीं किया।

करमा उठकर ताखे पर रखे हुए आईने में अपना मुँह देखने लगा। उसने 'अ-जू-ऊ-ऊ-बा' कहकर देखा। छिः, उसके होंठ तीतर की चोंच की तरह...।

"का करमचन? का बन रहा है?"

...पानी-पाँडे? यह पानी-पाँडे भला आदमी है। पुरानी जान-पहचान है इससे करमा की। कई टिसन में संगत हुआ है। लेकिन, यह पैटमान लटपटिया आदमी मालूम होता है। हर बात में पुच-पुच कर हँसनेवाला।

"करमचन बाबू कौन जाति के हैं?"

"क्यों? बंगाली हैं।"

"भैया, बंगाली में भी साढ़े-बारह बरन के लोग होते हैं।"

"पानी-पाँडेजी, सो तो मैं नहीं जानता। मगर बहुत गुनी-आदमी हैं। आपका नाम का मतलब निकालकर—चेहरा देखकर सबकुछ बता देंगे...लीजिए, घंटी पड़ गयी दुबज्जी गाड़ी की, और मेरी तरकारी अभी तक चढ़ी हुई है।"

पानी-पाँडे जाते-जाते कह गया, "थोड़ी तरकारी बचाकर रखना, करमचन!"

...घर कहाँ? कौन जाति? मनिहारी घाट के मस्तान नाना का सिखाया हुआ जवाब, सभी जगह नहीं चलता—हरि के भजे सो हरि के होई! मगर, हरि की भी जाति थी!...ले, यह घटही-गाड़ी का इंजन कैसे भेज दिया इस लाइन में आज? संथाली-बाँसी जैसी पतली सीटी—सी-ई-ई!!

...ले, फक्का! एक भी पसिंजर नहीं उतरा, इस गाड़ी से भी। काहे को इतना खर्चा करके रेल-कंपनी ने यहाँ टिसन बनाया, करमा की बुद्धि में नहीं आता। फायदा? बस, नाम ही आमद्पुरा है—आमदनी नदारद। सात दिन में दो टिकट कटे हैं और सिर्फ पाँच पसिंजर उतरे हैं, तिसमें दो बिना टिकट के।...इतने दिन के बाद पंद्रह बोरा बैंगन उस दिन बुक हुआ। पंद्रह बैंगन देकर ही काम बना लिया, उस बूढ़े ने।... उस बैंगनवाले की बोली-बानी अजीब थी। करमा से घुलकर गप करना चाहता था बूढ़ा। घर कहाँ है? कौन जाति? घर में कौन-कौन?...करमा ने सभी सवालों का एक ही जवाब दिया था—ऊपर की ओर हाथ दिखलाकर! बूढ़ा हँस पड़ा था। अजीब हँसी!

...घटही-गाड़ी! सी-ई-ई-ई !!

करमा मनिहारीघाट टिसन में भी रहा है, तीन महीने तक एक बार, एक महीना

दूसरी बार।...मनिहारीघाट टिसन की बात निराली है। कहाँ मनिहारीघाट और कहाँ आमदपुरा का यह पिद्दी टिसन!

...नयी जगह में, नये टिसन में पहुँचकर आसपास के गाँवों में एकाध चक्कर घूमे-फिरे बिना करमा को न जाने 'कैसा-कैसा' लगता है। लगता है, अंध-कूप में पड़ा हुआ है।...वह 'डिसटन-सिंगल' के उस पार दूर-दूर तक खेत फैले हैं। ...वह काला जंगल...ताड़ का वह अकेला पेड़...आज बाबू को खिला-पिलाकर करमा निकलेगा। इस तरह बैठे रहने से उसके पेट का भात नहीं पचेगा। ...यदि गाँव-घर और खेत-मैदान में नहीं घूमता-फिरता, तो वह पेड़ पर चढ़ना कैसे सीखता? तैरना कहाँ सीखता?

...लखपतिया टिसन का नाम कितना 'जब्बड़' है! मगर टिसन पर एक सत्तू-फरही की भी दुकान नहीं। आस-पास में, पाँच कोस तक कोई गाँव नहीं। मगर, टिसन से पूरब जो दो पोखरे हैं, उन्हें कैसे भूल सकता है करमा? आईना की तरह झलमलाता हुआ पानी।...वैशाख महीने की दोपहरी में, घंटों गले-भर पानी में नहाने का सुख! मुँह से कहकर बताया नहीं ज़ा सकता!

...मुदा, कदमपुरा—सचमुच कदमपुरा है। टिसन से शुरू करके गाँव तक हजारों कदम के पेड़ हैं।... कदम की चटनी खाये एक युग हो गया!

...वारिसगंज टिसन, बीच कस्बा में है। बड़े-बड़े मालगोदाम, हजारों गाँठ पाट, धान-चावल के बोरे, कोयला-सीमेंट-चूना की ढेरी! हमेशा हजारों लोगों की भीड़! करमा को किसी का चेहरा याद नहीं।...लेकिन टिसन से सटे उत्तर की ओर मैदान में तंबू डालकर रहनेवाले गदहावाले मगहिया डोमों की याद हमेशा आती है।—घाघरीवाली औरतें, हाथ में बड़े-बड़े कड़े, कान में झुमके...नंगे बच्चे कान में गोल-गोल कुंडलवाले मर्द!...उनके मुर्गे! उनके कुत्ते!

बथनाहा टिसन के चारों ओर हजार घर बन गये हैं। कोई परतीत करेगा कि पाँच साल पहले बथनाहा टिसन पर दिन-दोपहर को टिटही बोलती थी!

...कितनी जगहों, कितने लोगों की याद आती है!...सोनबरसा के आम कालूचक की मछलियाँ...भटोतर का दही...कुसियार गाँव का ऊख!

...मगर सबसे ज्यादा आती है मनिहारीघाट टिसन की याद। एक तरफ धरती, दूसरी ओर पानी। इधर रेलगाड़ी, उधर जहाज। इस पार खेत-गाँव-मैदान, उस पार साहेबगंज-कजरोटिया का नीला पहाड़। नीला पानी—सादा बालू!...तीन एक, चार! चार महीने तक तीसों दिन गंगा में नहाया है, करमा। चार 'जनम तक' पाप का कोई असर तो नहीं होना चाहिए! इतना बढ़िया नाम शयद ही किसी टिसन का होगा—मनिहार। ...बलिहारी? मछुवे जब नाव से मछलियाँ उतारते तो चमक के मारे करमा की आँखें चौंधिया जातीं।

...रात में, उधर जहाज चला जाता—धू-धू करता हुआ। इधर गाड़ी छकछकाती हुई कटिहार की ओर भागती। अजू साह की दुकान की 'झाँपी' बंद हो जाती। तब घाट पर मस्तानबाबा की मंडली जुटती।

...मस्तानबाबा कुली-कुल के थे। मनिहारीघाट पर ही कुली का काम करते थे। एक बार मन ऐसा उदास हो गया कि दाढ़ी और जटा बढ़ाकर बाबाजी हो गये। खंजड़ी बजाकर निरगुन गाने लगे। बाबा कहते, "घाट-घाट का पानी पीकर देखा—सब फीका। एक गंगाजल मीठा...।" बाबा एक चिलम गाँजा पीकर पाँच किस्सा सुना देते। सब बेद-पुरान का किस्सा! करमा ने ग्यान की दो-चार बोली मनिहारीघाट पर ही सीखीं। मस्तानबाबा के सत्संग में। लेकिन, गाँजा में उसने कभी दम नहीं लगाया।...आज बाबू ने झुँझलाकर जब कहा, "गाँजा-बाँजा पीते हो क्या" —तो करमा को मस्तानबाबा की याद आयी । बाबा कहते—हर जगह की अपनी खुशबू-बदबू होती है!...इस आमदपुरा की गंध के मारे करमा को खाना-पीना नहीं रुचता।

...मस्तानबाबा को बाद देकर मनिहारीघाट की याद कभी नहीं आती।

...करमा ने ताखे पर रखे आईने में फिर अपना मुखड़ा देखा। उसने आँखें अधमुँदी करके दाँत निकालकर हँसते हुए मस्तानबाबा के चेहरे की नकल उतारने की चेष्टा की—"मस्त रहो!...सदा आँख-कान खोलकर रहो।...धरती बोलती है। गाछ-बिरिच्छ भी अपने लोगों को पहचानते हैं।... [illegible] को नाचते गाते देखा है, कभी? रोते सुना है कभी अमावस्या की रात को? है...है...है...है...—मस्त रहो...।"

...करमा को क्या पता कि बाबू पीछे खड़ा होकर सब तमाशा देख रहे हैं। बाबू ने अचरज से पूछा, "तुम जगे-जगे खड़ा होकर भी सपना देखता है?...कहता है कि गाँजा नहीं पीता?"

सचमुच वह खड़ा-खड़ा सपना देखने लगा था। मस्तानबाबा का चेहरा बरगद के पेड़ की तरह बड़ा होता गया। उसकी मस्त हँसी आकाश में गूँजने लगी! गाँजे का धुआँ उड़ने लगा। गंगा की लहरें आयीं। दूर, जहाज का भोंपा सुनायी पड़ा—भों-ओं-ओं!

बाबू ने कहा, "खाना परोसो। देखूँ, क्या बनाया है? तुमको लेकर तो भारी मुश्किल है....।"

मुँह का पहला कौर निगलकर बाबू करमा का मुँह ताकने लगे, "लेकिन, खाना तो बहुत बढ़िया बनाया है!"

खाते-खाते बाबू का मन-मिजाज एकदम बदल गया। फिर रात की तरह दिल खोलकर गप करने लगे, "खाना बनाना किसने सिखलाया तुमको? गोपाल बाबू की घरवाली ने?"

...गोपाल बाबू की घरवाली? माने बौमा? वह बोला, "बौमा का मिजाज तो इतना खट्टा था कि बोली सुनकर कड़ाही का ताजा दूध फट जाये। वह किसी को क्या सिखायेगी? फूहड़ औरत?"

"और यह बात बनाना किसने सिखलाया तुमको?"

करमा को मस्तानबाबा की 'बानी' याद आयी, "बाबू, सिखलाएगा कौन?...सहर सिखाए कोतवाली!"

"तुम्हारी बीवी को खूब आराम होगा!"

बाबू का मन-मिजाज इसी तरह ठीक रहा तो एक दिन करमा मस्तानबाबा का पूरा किस्सा सुनाएगा।

"बाबू, आज हमको जरा छुट्टी चहिए।"

"छुट्टी! क्यों? कहाँ जायेगा?"

करमा ने एक ओर हाथ उठाते हुए कहा, "जरा उधर घूमने-फिरने...।"

पैटमानजी ने पुकारकर कहा, "करमा! बाबू को बोलो, 'कल' बोलता है।"

...तुम्हारी बीवी को खूब आराम होगा!...करमा की बीवी! बारिसगंज टिसन... मगहिया डोमों के तंबू... उठती उमेरवाली छौंड़ी...नाक में नथिया...नाक और नथिया में जमे हुए काले मैले...पीले दाँतों में मिस्सी!!

करमा अपने हाथ का बना हुआ हलवा-पूरी उस छौंड़ी को नहीं खिला सका। एक दिन कागज की पुड़िया में ले गया। लेकिन वह परीने रो भीग गया। उसकी हिम्मत ही नहीं हुई।...यदि यह छौंड़िया चिल्लाने लगे कि तुम हमको चुरा-छिपाकर हलवा काहे खिलाता है?...ओ, मइयो-यो-यो-यो-यो...!!

...बाबू हजार कहें, करमा का मन नहीं मानता कि उसका घर संथाल-परगना या राँची की ओर कहीं होगा। मनिहारीघाट में दो-दो बार रह आया है, वह। उस पार के साहेबगंज-कजरौटिया के पहाड़ ने उसको अपनी ओर नहीं खींचा कभी! और वारिसगंज, कदमपुरा, कालूचक, लखपतिया का नाम सुनते ही उसके अंदर कुछ झनझना उठता है। जाने-पहचाने, अचीन्हे, कितने लोगों के चेहरों की भीड़ लग जाती है! कितनी बातें --सुख-दुख की! खेत-खलिहान, पड़े-पौधे, नदी-पोखरे, चिरई-चुरमुन--सभी एक साथ टानते हैं, करमा को!

...सात दिन से वह काला जंगल और ताड़ का पेड़ उसको इशारे से बुला रहा है। जंगल के ऊपर आसमान में तैरती हुई चील आकर करमा को क्यों पुकार जाती है? क्यों?

रेलवे-हाता पार करने के बाद भी जब कुत्ता नहीं लौटा तो करमा ने झिड़की दी, "तू कहाँ जायेगा ससुर? जहाँ जायेगा झाँव-झाँव करते कुत्ते दौड़ेंगे।...जा! भाग। भाग!!"

कुत्ता रुककर करमा को देखने लगा। धनखेतों से गुजरनेवाली पगडंडी पकड़कर करमा चल रहा है। धान की बालियाँ अभी फूटकर निकली नहीं हैं।...करमा को हेडक्वाटर के चौधरी बाबू की गर्भवती घरवाली की याद आयी। सुना है, डाक्टरनी ने अंदर का फोटो लेकर देखा है—जुड़वाँ बच्चा है पेट में!

...इधर 'हथिया-नच्छत्तर' अच्छा 'झरा' था। खेतों में अभी भी पानी लगा हुआ है। ...मछली?

...पानी में मांगुर-मछलियों को देखकर करमा की देह अपने-आप बँध गयी। वह साँस रोकर चुपचाप खड़ा रहा। फिर धीरे-धीरे खेत की मेंड़ पर चला गया। मछलियाँ छलमलायीं। आईने की तरह थिर पानी अचानक नाचने लगा।...करमा क्या करे?...उधर की मेंड़ से सटाकर एक 'छेंका' देकर पानी को उलीच दिया जाये तो...?

...है है—है है! साले! बन का गीदड़, जायेगा किधर? और छलमलाओ!...अरे, काँटा करमा को क्या मारना है? करमा नया शिकारी नहीं।

आठ मांगुर और एक गरई मछली! सभी काली-मछलियाँ! कटिहार हाट में इसी का दाम बेखटके तीन रुपया ले लेता।...करमा ने गमछे में मछलियों को बाँध लिया। ऐसा 'संतोख' उसको कभी नहीं हुआ, इसके पहले। बहुत-बहुत मछली का शिकार किया उसने!

एक बूढ़ा भैंसवार मिला जो अपनी भैंस को खोज रहा था, "ए भाय! उधर किसी भैंस पर नजर पड़ी है?"

भैंसवार ने करमा से एक बीड़ी माँगी। उसको अचरज हुआ—कैसा आदमी है, न बीड़ी पीता है, न तंबाकू खाता है। उसने नाराज होकर जिरह करना शुरू किया, "इधर कहाँ जाना है? गाँव में तुम्हारा कौन है? मछली कहाँ ले जा रहे हो?"

...ताड़ का पेड़ तो पीछे की ओर ही 'धसकता' जाता है! करमा ने देखा, गाँव आ गया। गाँव में कोई तमाशावाला आया है! बच्चे दौड़ रहे हैं। हाँ, भालू वाला ही है। डमरू की बोली सुनकर करमा ने समझ लिया था।

...गाँव में पहली गंध! गंध का पहला झोंका!

...गाँव का पहला आदमी। यह बूढ़ा गोभी को पानी से पटा रहा है। बाल सादा हो गये हैं, मगर पानी भरते समय बाँह में जवानी ऐंठती है।...अरे, यह तो वही बूढ़ा है जो उस दिन बैंगन बुक कराने गया था और करमा से घुल-मिलकर गप करना चाहता था। करमा से खोद-खोदकर पूछता था—माय-बाप है नहीं या माय-बाप को छोड़कर भाग आये हो?...ले, उसने भी करमा को पहचान लिया!

"क्या है, भाई? इधर किधर?"

"ऐसे ही। घूमने-फिरने! आपका घर इसी गाँव में है?"

बूढ़ा हँसा। घनी मूँछें खिल गयीं।...बूढ़ा ठीक सत्तो बाबू टीटी के बाप की तरह हँसता है।

एक लाल साड़ीवाली लड़की हुक्के पर चिलम चढ़ाकर फूँकती हुई आयी। चिलम को फूँकते समय उसके दोनों गाल गोल हो गये थे। करमा को देखकर वह ठिठकी। फिर गोभी के खेत के बाड़े को पार करने लगी। बूढ़े ने कहा, "चल बेटी, दरवाजे पर ही हम लोग आ रहे हैं।"

बूढ़ा हाथ-पैर धोकर खेत से बाहर आया, "चलो!"

लड़की ने पूछा, "बाबा, यह कौन आदमी है?"

"भालू नचानेवाला आदमी।"

"धेत्!"

करमा लजाया।... क्या उसका चेहरा-मोहरा भालू नचानेवाले-जैसा है? बूढ़े ने पूछा, "तुम रिलिफिया-बाबू के नौकर हो न?"

"नहीं, नौकर नहीं।...ऐसे ही साथ में रहता हूँ।"

"ऐसे ही? साथ में? तलब कितना मिलता है?"

"साथ में रहने पर तलब क्या मिलेगा?"

...बूढ़ा हुक्का पीना भूल गया। बोला, "बस? बेतलब का ताबेदार?"

बूढ़े ने आँगन की ओर मुँह करके कहा, "सरसतिया! जरा माय को भेज दो, यहाँ। एक कमाल का आदमी...।"

बूढ़ी टट्टी की आड़ में खड़ी थी। तुरत आयी। बूढ़े ने कहा, "जरा देखो, इस 'किल्लाठोंक-जवान' को। पेट भात पर खटता है।...क्यों जी, कपड़ा भी मिलता है? ...इसी को कहते हैं—पेट-माधोराम मर्द!"

...आँगन में एक पतली खिलखिलाहट!... भालू नचानेवाला कहीं पड़ोस में ही तमाशा दिखा रहा है। डमरू के इस ताल पर भालू हाथ हिला-हिलाकर 'थब्बड़-थब्बड़' नाच रहा होगा—थुथना ऊँचा करके।... अच्छा जी भोलेराम, नाच तो खूब बनाया, तैने। अब एक बार दिखला दे कि फूहड़ औरत गोद में बच्चा को सुलाकर किस तरह ऊँघती है! ...वाहजी भोलेराम!

...सैकड़ों खिलखिलाहट!!

"तुम्हारा नाम क्या है जी?... करमचन? वाह, नाम तो खूब सगुनिया है। लेकिन काम? काम चूल्हचन?"

करमा ने लजाते हुए बात को मोड़ दिया, "आपके खेत का बैंगन बहुत बढ़िया है। एकदम-घी जैसा...।" बूढ़ा मुस्कुराने लगा।

और बूढ़ी की हँसी करमा की देह में जान डाल देती है। वह बोली, "बेचारे को दम तो लेने दो। तभी से रगेट रहे हो।"

"मछली है? बाबू के लिए ले जाओगे?"

"नहीं। ऐसे ही...रास्ते में शिकार...।"

"सरसतिया की माय! मेहमान को चूड़ा भूनकर मछली की भाजी के साथ खिलाओ!...एक दिन दूसरे के हाथ की बनायी मछली खा लो जी!"

जलपान करते समय करमा ने सुना—कोई पूछ रही थी, "ए, सरसतिया की माय! कहाँ का मेहमान है?"

"कटिहार का।"

"कौन है?"

"कुटुम ही है।"

"कटिहार में तुम्हारा कुटुम कब से रहने लगा?"

"हाल से ही।"

...फिर एक खिलखिलाहट! कई खिलखिलाहट!!...चिलम फूँकते समय सरसतिया के गाल मोसम्बी की तरह गोल हो जाते हैं। बूढ़ी ने दुलार-भरे स्वर में पूछा, "अच्छा ए बबुआ! तार के अंदर से आदमी की बोली कैसे जाती है? हमको जरा खुलासा करके समझा दो।"

चलते समय बूढ़ी ने धीरे-से कहा, "बूढ़े की बात का बुरा न मानना। जब से जवान बेटा गया, तब से इसी तरह उखड़ी-उखड़ी बात करता है।...कलेजे का घाव...।"

"एक दिन फिर आना।"

"अपना ही घर समझना!"

लौटते समय करमा को लगा, तीन जोड़ी आँखें उसकी पीठ पर लगी हुई हैं। आँखें नहीं—डिसटन-सिंगल, होम-सिंगल और पैट-सिंगल की लाल-लाल गोल-गोल रोशनी!!

जिस खेत में करमा ने मछली का शिकार किया था उसकी मेंड़ पर एक ढोंढ़ा-साँप बैठा हुआ था। फों-फों करता हुआ भागा।...हद है! कुत्ता अभी तक बैठा उसकी राह देख रहा था! खुशी के मारे नाचने लगा करमा को देखकर!

रेलवे-हाता में आकर करमा को लगा, बूढ़े ने उसको बनाकर ठग लिया। तीन रुपये की मोटी-मोटी माँगुर मछलियाँ एक चुटकी चूड़ा खिलाकर, चार खट्टी-मीठी बात सुनाकर...।

...करमा ने मछली की बात अपने पेट में रख ली। लेकिन बाबू तो पहले से ही सब कुछ जान लेनेवाला—'अगरजानी' है। दो हाथ दूर से ही बोले, "करमा, तुम्हारी देह से कच्ची मछली की बास आती है। मछली ले आये हो?"

...करमा क्या जवाब दे अब? जिंदगी में पहली बार किसी बाबू के साथ उसने विश्वासघात किया है।...मछली देखकर बाबू जरूर नाचने लगते!

पंद्रह दिन देखते-देखते ही बीत गये।

अभी, रात की गाड़ी से टिसन के सालटन-मास्टर बाबू आये हैं—बाल-बच्चों के साथ। पंद्रह दिन से चुप फैमिली-क्वाटर में कुहराम मचा है। भोर की गाड़ी से ही करमा अपने बाबू के साथ हेडक्वाटर लौट जायेगा।... इसके बाद, मनिहारीघाट?

...न...आज रात भी करमा को नींद नहीं आयेगी। नहीं, अब वार्निश-चूने की गंध नहीं लगती।...बाबू तो मजे में सो रहे हैं। बाबू, सचमुच में गोपाल बाबू जैसे हैं। न किसी जगह से तिल-भर मोह, न रत्ती-भर माया।...करमा क्या करे? ऐसा तो कभी नहीं हुआ।...''एक दिन फिर आना। अपना ही घर समझना।...कुटुम है...पेटमाधोराम मर्द!''

...अचानक करमा को एक अजीब-सी गंध लगी। वह उठा। किधर से यह गंध आ रही है? उसने धीरे-से प्लेटफार्म पार किया। चुपचाप सूँघता हुआ आगे बढ़ता गया।....रेलवे-लाइन पर पैर पड़ते ही सभी सिंगल—होम, डिसटंट और पैट--जोर-जोर से बिगुल फूँकने लगे।...फैमिली-क्वाटर से एक औरत चिल्लाने लगी—'चो-ओ-चो-र!' वह भागा। एक इंजिन उसके पीछे-पीछे दौड़ा आ रहा है।...मगहिया डोम की छौंड़ी? ...तंबू में वह छिप गया।...सरसतिया खिलखिलाकर हँसती है। उसके झबरे केश, बेनहाई हुई देह की गंध, करमा के प्राण में समा गयी।...वह डरकर सरसतिया की गोद में...नहीं, उसकी बूढ़ी माँ की गोद में अपना मुँह छिपाता है।...रेल और जहाज के भोंपे एक साथ बजते हैं। सिंगल की लाल-लाल रोशनी...।

''करमा, उठ! करमा, सामान बाहर निकालो!''

...करमा एक गंध के समुद्र में डूबा हुआ है। उसने उठकर कुरता पहना। बाबू का बक्सा बाहर निकाला। पानी-पाँडे ने 'कहा-सुना माफ करना' कहा। करमा डूबा रहा!

...गाड़ी आयी। बाबू गाड़ी में बैठे। करमा ने बक्स चढ़ा दिया।...वह 'सरवेंट-दर्जा' में बैठेगा। बाबू ने पूछा, ''सबकुछ चढ़ा दिया तो? कुछ छूट तो नहीं गया?''...नहीं, कुछ छूटा नहीं है।....गाड़ी ने सीटी दी। करमा ने देखा, प्लेटफार्म पर बैठा हुआ कुत्ता उसकी ओर देखकर कूँ-कूँ कर रहा है।...बेचैन हो गया कुत्ता!

''बाबू?''

''क्या है?''

''मैं नहीं जाऊँगा।'' करमा चलती गाड़ी से उतर गया। धरती पर पैर रखते ही ठोकर लगी। लेकिन सँभल गया।

नवम्बर, 1964

अच्छे आदमी

उजागिर ने दोनों बड़ी केतलियों को ताजे चूल्हे पर चढ़ाकर सामने–पूरब की ओर देखा।...रात से ही 'अदरालछत्तर' (आर्द्रा नक्षत्र) चढ़ा है। सूरज उगा है या नहीं, पता नहीं चलता। बादल हल्की पुरवैया के झोंके पर उमड़े आ रहे हैं। दूर फुहिया वर्षा में पेड़ की पाँतियाँ छिप रही हैं। सामने–खुला हुआ विशाल मैदान! विशाल मैदान! हरियाली पर बिछी हुई–पिच रोड। नयी सड़क!

उजागिर का जी न जाने क्यों, अचानक हल्का हो गया। मन में रात-भर उस 'पसिंजर' की बोली चुभ रही थी–खच-खच!–तुम तो मुँह देखकर चाय में चीनी डालते ही हो, उधर पकौड़ी में भी हाथ-सफाई का खेला होना है। किसी को 'हरियर मिरिच' (हरी मिर्च) और अदरख के टुकड़े डालकर कुरमुरी पकौड़ी दी जाती है और किसी को सड़े प्याज और बासी बेसन की।

...जरूर वह पसिंजर जोगबनी या फारबिसगंज से दारू पीकर चला होगा। ऐसा मुँहफट पसिंजर उजागिर ने कभी नहीं देखा था।

...उजागिर ने फिर मैदान की ओर देखा!

मैदान का दाहिना हिस्सा फुहिया वर्षा में ढक-छिप रहा है। सरकारी जंगल विभाग के नये बाँस के बन में हजारों पताके उड़ रहे हैं, मानो बाँस के नये पौधों की नयी 'कंचियों' के हरे पताके–कास के सफेद गलीचे–सब ढक गये।...दो ही साल के बाद यह बाँस का जंगल 'बिजूबन-बिजूखण्ड' हो जायेगा!

उजागिर का घर, गाँव के सबसे दक्षिन-छोर पर ऊँची जगह पर है। सामने बहुत दूर तक ढालू जमीन है। कोसी की मारी हुई जमीन कोसी की सूखी और बालू से भरी धारा तक, ऊबड़-खाबड़ है। कटिहार से जोगबनी तक पक्की सड़क पिछले साल ही बनकर तैयार हुई है–खुली है। जब, पहली बार कागजवाला नक्शा धरती पर अंकित हुआ, तो लगा कि उजागिर के घर तक आने के लिए ही सड़क इधर आयी है। उजागिर के घर को छूकर फिर दाहिनी ओर मुड़ गयी है।

उजागिर ने देखा...लेटी हुई धरती के गले में चंद्रहार की तरह पड़ी–पिच रोड!

एक केतली का पानी गनगना उठा।

फिर दूसरी केतली का भी!

उजागिर की आँखों में 'प्रदीपकुमार की माय' के गले में पड़े चंद्रहार की झलक लगी।...आज प्रदीपकुमार की माय इतनी सुस्त क्यों है? केतलियों में चाय का पानी खौल रहा है। अभी तक न बेसन का गमला खनखनाया और न कड़ाही-कल्छी ही। आखिर बात क्या है?

उजागिर ने अपने तीन वर्ष के एकलौते बेटे को पुकारा, "क्या हो प्रदीपकुमार! बबुआ! माय से कहो, सादा गाड़ी के आने का समय हो गया। इधर, हमारे 'डिपाट' का सब काम 'फिनिस' है!"

अंदर से कोई आवाज नहीं आयी।

उजागिर ने अपने 'डिपाट' पर निगाह डाली। उजागिर का विभाग—चार डिपाट—कप, तश्तरी, गिलास, चम्मच, चाय, दूध—सब। सब ठीक है। लेकिन, आखिर बात क्या है?

उजागिर का घर, इस इलाके का 'गैरसरकारी बस पड़ाव' है। करीब, बीस-पच्चीस गाँव के लोग यहीं आकर चढ़ते, उतरते हैं बसों में! दक्खिन, कटिहार से आनेवाली बस अररिया कोर्ट से डेढ़ घंटे में और उत्तर जोगवनी-फारबिसगंज से चलनेवाली गाड़ी को एक से सवा घंटे तक लग जाता है। इसलिए उजागिर के घर और दुकान के सामने दस-पंद्रह मिनट रुकती है।

इस 'लाइन' (सड़क) में उजागिर की दुकान के पकौड़े और चाय का खूब नाम हो गया है। सादा, खाकी और लाल गाड़ियों के ड्राइवर-कंडक्टर, पसिंजर, क्लिनर, सभी तारीफ करते हैं।

प्रदीपकुमार की माय आयी।

नहायी-धोयी प्रदीपकुमार की माय को देखकर उजागिर का हल्का जी और गुदगुदा उठा। गिलास में गर्म पानी डालते हुए वह मुस्कुराया। प्रदीपकुमार की माय भी तनिक मुस्कुरायी। मानो, मन की बात को वह मन में अब नहीं रख सका। बोल पड़ा, "अब रेडियो फिट कराना जरूरी है!"

कल तक उजागिर की समझ से, दूकान में एक दीवारघड़ी फिट करना जरूरी था। आज अचानक रेडियो की जरूरत सुनकर प्रदीपकुमार की माय को अचरज हुआ। यह अचकचायी।

उजागिर बोला, "रेडियो में एक ही बात नहीं, तीन-तीन बात हैं। मन हो तो गाना सुनो, मन हो तो खबर सुनो और जानना हो तो टैम भी मालूम कर लो।"

प्रदीपकुमार की माय ने कड़ाही चढ़ा दी।

हर रोज, पहला तीन गिलास... सबसे पहले प्रदीपकुमार को, फिर प्रदीपकुमार की माय को और तब खुद प्रदीपकुमार दिन-भर में पाँच गिलास चाय पीता है!

बसों में चढ़नेवाले 'कचहरिया-पसिंजर' एक-एक कर आने लगे। बैलगाड़ी पर

कोई नयी दुलहिन है क्या? सावन-भादों में नैहर जा रही है। यह सायकिलवाला आकर फिर तंग करेगा। यह सायकिल रखने की जिम्मेवारी अब उजागिर अपने ऊपर नहीं ले सकता। ताला लगाने पर भी नहीं।

पहली बोहनी की किसनपुर के बाबू ने, चार आने के पकौड़े और दो गिलास चाय। दूध-चीनी; बराबर-बराबर, गिलास जरा बढ़िया से धोकर।

प्रदीपकुमार की माय ने घूँघट के अंदर से ही देखा—किसनपुर के बाबू की नजर उसकी कलाई से लेकर बाँह तक गुदी हुई मछलियों पर है। कई जोड़ी मछलियाँ! चुलबुला रही हैं!

प्रदीपकुमार की माय ने बाँह की मछलियों को आँचल खींचकर ढक लिया। किसनपुर के बाबू ने कहा, "पकौड़े तनि और खरे-कुरमुरे...।"

छनौटा में छने पकौड़ों को फिर से खौलते हुए तेल में डाल दिया प्रदीपकुमार की माय ने।

गीली पुरवैया के झोंके में गर्म पकौड़े की सोंधी-सलोनी सुगंध गाँव में धीरे-धीरे फैलने लगी।

...पकौड़े! चाह! चाय! चहा!

गाँव का बूढ़ा संतोखीसिंघ रोज इसी समय आता है। रोज, 'नित्तम' दिन, टैम बँधा हुआ है, यही। यदि बोहनी नहीं हुई तो परम संतोषपूर्वक प्रतीक्षा करता है। बोहनी हुई कि उसकी चुटकी बजी, "जै सिरि सित्ताराम!"

आज बोहनी होने के बाद भी संतोखीसिंघ की ओर ध्यान नहीं दिया उजागिर ने। संतोखीसिंघ ऐसे अवसरों पर कोई गप शुरू कर देता है। गप निश्चय ही किसी चोरी-डकैती अथवा 'घरघुस्सी' की होगी। घरघुस्सी में पकड़े गये चोर को 'चमचोर' कहते हैं।

आज संतोखीसिंघ ने, पास के गाँव में हुई चमचोरी में पकड़े गये किसी चमचोर की कहानी शुरू की।

संतोखीसिंघ को इस इलाके के सभी नामी-गरामी लोग जानते हैं। जातिवालों ने मिलकर बूढ़े संतोखीसिंघ को बहिष्कृत कर दिया है। जाति का हुक्का-पानी छूटे, मगर संतोखीसिंघ उजागिर की दूकान की चाय और पकौड़े को नहीं छोड़ सकता। और अब तो पकौड़े-चाय खा-पीकर ही वह सारा दिन रहता है। न आगे नाथ, न पीछे पगहा। संतोखीसिंघ रिटायर्ड वफादार है। बहुत-बहुत 'इसपी' और दरोगा के मातहत काम कर चुका है वह। जब कहीं कोई नयी घटना नहीं घटती है तब सन्तोखीसिंघ कोई पुरानी कहानी, बिना किसी प्रसंग के ही शुरू कर देता है। किंतु आज की कहानी, टटकी है, जो कल रात को ही घटी है।

किसनपुर के बाबू ने, हरी मिर्च की कड़ुवाहट पर 'सी-सी' करते हुए इस बात

की पुष्टि की, "हाँ, इसीलिए रात में उधर हल्ला-गुल्ला हो रहा था, क्यों?...सी-सी!"

मामले को गाँव के पंचों ने मिलकर 'रफा-दफा' कर दिया है, संतोखीसिंघ को यह खबर भी मिल चुकी है। मुद्दई, बेचारी साधोसाह की बेवा, क्या कर सकती है? पाँच पंच की बात से बाहर कैसे जाये बेचारी!

प्रदीपकुमार की माय ने पकौड़ा नहीं दिया।

उजागिर ने चाय का गिलास बढ़ाते हुए कहा, "संतोखी काका, पकौड़ी गाड़ी जाने के बाद।"

"सो क्यों?" संतोखीसिंघ ने नकद पैसा देकर खानेवाले खरे गाहक की तरह खनखनाकर पूछा।

प्रदीपकुमार की माय ने घूँघट के अंदर से ही उजागिर को इशारे से कुछ कहा। केले के पत्ते पर गर्म पकौड़े लाकर सामने रख दिए उजागिर ने। इधर कई दिनों से संतोखीसिंघ इसी तरह तेवर चढ़ाकर बातें करने लगा है।

संतोखीसिंघ ने किसनपुर के बाबू से कहा, "रासो बाबू, यह ससुरी सड़क जब से चालू हुई है—चोरी-चुहाड़ी और भी बढ़ गयी है। पहले तो साला गाँव के आसपास के ही चोर-डकैत चोरी-डकैती करते थे। अब तो मनिहारी घाट का चोर साला जोगबनी आकर चोरी कर जाता है—रातोंरात—बेदाग!"

किसनपुर के बाबू ने विरोध किया, "इसमें सड़क का क्या कसूर? बिना सड़क खुले ही कलकत्ता के लोग कटिहार में पाकिट मारते हैं।"

किसनपुर के बाबू को मालूम है, सड़क बनते समय इलाके में कई सड़क-विरोधी आंदोलन हुए थे। लोगों को उभाड़ने के लिए आंदोलन के नेताओं ने इस बात को प्रमुख प्रचार-अस्त्र बनाया था--सड़क खुलते ही कलकतिया पाकिटमार से लेकर पटनिया ठग दिन-दहाड़े गाँवों में घुसकर उतपात मचावेंगे।

किसनपुर के बाबू ने अपनी कलाई पर बँधी घड़ी देखी, फिर कान के पास लाकर सुना—बस लेट है या घड़ी बंद है?

उजागिर बोला, "दोनों तरफ की गाड़ी आज लेट है। रात में जोगबनी की ओर जोर की बरखा हुई है।"

संतोखी बोला, "पूरब भी हुई है!"

उजागिर को चोरी-डकैती की कहानी जरा भी नहीं अच्छी लगती। तिस पर आज चमचोरी का किस्सा!

उजागिर ने चमचोरी प्रसंग को अच्छी तरह बदलने के लिए बात की छोर अपने हाथ में ले ली, "पूरब-पच्छिम, उत्तर-दक्खिन सब तरफ पानी बरसा है। सिर्फ अपने इलाके में...।"

संतोखीसिंघ ने बीच में ही काट दिया, "अरे! इस इलाके में क्या पानी होगा! साला, दिन-दहाड़े चमचोरी जहाँ होता है, वहाँ पानी बरसेगा। बज्जर गिरेगा—हड़हड़िया बज्जर!"

बादल सचमुच गरजा! प्रदीपकुमार की माय घूँघट के नीचे हँसी। "बादल नहीं, बस की आवाज।"

प्रदीपकुमार की माय को पिछले साल की बरसात की बात याद आयी। वर्षा में पकौड़े और चाय की बिक्री बढ़ जाती है। छाता-धोती बंधक रखकर भी आदमी पकौड़ी खाकर चाय पीता है!

किसनपुर के बाबू ने थैले से, 'प्लास्टिक पेपर' के बड़े थैले से वाटरप्रूफ निकाला। मलेरिया-विभाग के दवा छिड़कनेवाले से बहुत पैरवी के बाद वह बरसाती मिली है। झमाझम पानी पड़े मुदा कपड़े का एक सूत भी नहीं भीगता।

किसनपुर के बाबू ने उठते-उठते उजागिर को सलाह दी, "इधर, चार हाथ और बढ़ाकर बैठने की जगह बनाकर छवा क्यों नहीं देते?"

प्रदीपकुमार की माय ने बाँह के ऊपर साड़ी खींचकर उजागिर से कुछ कहा। किसनपुर के बाबू की आँखों में गुदी हुई मछलियाँ फिर चुलबुलाने लगीं।

उजागिर ने कहा, "रासो बाबू! एक गाड़ी बाँस के बिना सब काम रुका हुआ है। आपके दरबार में एक दिन 'इस्दुआ' लेकर...!"

किसनपुर के बाबू ने देखा, घूँघट से एक जोड़ी आँखें भी कुछ कह रही हैं। बोले, "अच्छी बात है। एक दिन आना। एक गाड़ी क्यों, दो गाड़ी बाँस मिल जायेगा।"

उजागिर ने दाँत निपोड़कर प्रदीपकुमार की माय की ओर देखा। प्रदीपकुमार की माय ने आँखों से ही बातें कीं, "मैंने कहा था न, रासो बाबू अच्छे आदमी हैं।"

संतोखीसिंघ बोला, "एक गाड़ी घास क्यों नहीं माँगी तुमने! आज रासो बाबू का दिल 'दरियाब' हो गया है।"

वर्षा शुरू हुई। दोनों ओर से बस आयी। एक ही साथ!...पकौड़ी! चाय! पैसे। नये पैसे।

उजागिर को आज बात करने की फुरसत नहीं।

"एक पत्तल पकौड़ी, बिना मिर्च की।"

प्रदीपकुमार की माय ने घूँघट के नीचे से ही कुछ कहा। वह आज बिना मिर्च की पकौड़ी अलग से किसी गाहक के लिए नहीं बना सकेगी!

"लाल गाड़ी के ड्राइवरजी माँगते हैं!"

प्रदीपकुमार की माय बिना मिर्चवाला बेसन फेंटने लगी।

लाल गाड़ी का ड्राइवर अच्छा आदमी है। मनिहारी घाट में जहाज से उतरने वाले यात्रियों को भी वह उजागिर की दुकान की पकौड़ी और चाय की तारीफ सुनाकर फाँस लाता है–"भाई, रास्ते में कहीं चाय पीना और पैसा फेंकना बराबर है। चाय, नाश्ता चलकर रहिकपुर में कीजिएगा। एक बार चखकर देखिएगा, तो फिर कभी नहीं भूलिएगा। गर्मागर्म चाय और कुरमुरे पकौड़े!"

लाल गाड़ी का ड्राइवर ऐसी जगह पर गाड़ी लगाता है, जहाँ से प्रदीपकुमार की माय की आँखें, तिरछी निगाह से देखने पर टकरा जाती हैं।

गाड़ी में बैठे हुए यात्रियों की नजर दुकान के सामनेवाले हिस्से पर ही पड़ती है। जिधर प्रदीपकुमार की माय बैठती है उधर बाँस की 'झझनी' की टट्टी लगी हुई है–छोटी-सी, आड़ में बैठी हुई प्रदीपकुमार की माय का सिर्फ हाथ दिखलायी पड़ता है। पकौड़े डालती हुई अँगुलियाँ! छनौटे से पकौड़े निकालकर बर्तन में रखते समय काँच की चूड़ियाँ मीठे सुर में बज उठती हैं।

उजागिर को इधर-उधर देखने की छुट्टी कहाँ?

गिलास, चीनी, पानी, पत्ती, चम्मच, पैसा, गाहक!

पत्तल पकौड़ा लेते समय एक बार प्रदीपकुमार की माय की ओर जरूर देख लेता, "देखिए भाई, हल्ला-गुल्ला नहीं। शान्ती से–शान्ती से!"

दोनों गाड़ियाँ आकर चली गयीं।

प्रदीपकुमार की माय उठकर अंदर गयी। उजागिर रेजगारियों का हिसाब करने लगा।

संतोखीसिंघ को एक कप चाय और चाहिए। जोरों की बारिश शुरू हुई। उजागिर ने कहा, "पानी गरम होने दीजिए।"

उजागिर ने लड़कपन से ही चाय बनाने का काम किया है।

कमलदह के जमींदार की ड्योढ़ी में हर काम के लिए अलग-अलग नौकरचाकर थे–चाय बनाने वाला, चिलम सुलगानेवाला, तेलमालिश करनेवाला, भंग घोंटने-वाला!

कमलदह के जमींदार की जमींदारी चली गयी। लेकिन, उजागिर के हाथ का 'इलम' हाथ में ही रह गया। इसी 'इलम' ने उसकी मनोकामना पूरी की। घर में लक्ष्मी आयी...!

रहिकपुर गाँव की अपनी बपौती जमीन पर घर बनाकर एक 'रूपवाली' घरनी लाने की लालसा उसके मन में बचपन से ही जड़ बनाकर बैठी थी। कमलदह के छोटे

बाबू की दुलहिन-जैसी घरवाली मिल जाये, तो उजागिर सारी उम्र सिर्फ 'रूप' पीकर रह सकता है।

रूपवाली दुलहिन!

बालूवाली जमीन का कूप और गाँव की लड़की का रूप—दोनों बराबर। बालूवाली जमीन के कूप का पानी 'कंचनठण्ढा-होता है। एक घूँट पीकर आत्मा जुड़ा जाये। गाँव की लड़की का रूप, एक बार निहारकर नींद आ जाती है, आँखों में। लेकिन, बलुवाही कूप दो 'साल में ही' 'भथ' जाता है। गाँव का रूप साल लौटते ही 'ढल' जाता है।

उजागिर ने भागलपुर, दरभंगा और पटना—जैसे शहरों में घूम-घूमकर नौकरी की। कहीं रूप की झलक नहीं मिली। सब नकली-कच्ची कली कचनार-जैसी ऊपर से...। इसको भला रूप कहते हैं?

शहर से वह रुपये की गठरी ले आया। मन की झोली उसकी खाली ही रही।

गाँव के 'घटक-दलालों' ने उजागिर को ठगकर बहुत पैसा खाया। बिरादरी के पंचों ने पान-सुपारी के नाम पर पचासों रुपये 'झीट' लिये—रूपवाली घरनी नहीं मिली।

किंतु उजागिर निराश नहीं हुआ। कमलदह की छोटी दुलहिन ने एक दिन कहा था, "उजागिर, चाय पिलाकर तुम इंद्रासन की परी को भी 'फुसला' कर मुट्ठी में कर सकते हो!"

उजागिर ने छोटी दुलहिन की बात याद की और एक दिन घर से निकल पड़ा—कहीं चाय की दूकान पर नौकरी भी मिल जाए, वह करने को तैयार है।

उजागिर उस (शुभ) दिन को कभी भूल सकता है भला!

कुरसेला स्टेशन पर उतरकर वह बहुत देर तक बैठा रहा।

खीरा खरीदकर खाते समय उसको अपने बचपन के एक खेल की याद आयी थी। बच्चे खीरे-ककड़ी के बीज को अँगुलियों में दबाकर कहते, "फलान की शादी किधर होगी? बीज छिटककर जिस ओर गिरे—उधर ही। उसी दिशा में।"

उजागिर ने खीरे के एक बीज को अँगुलियों में दबाकर मन-ही-मन कहा था, "बीज जिस ओर छिटकेगा, मेरी होनेवाली रूपवती दुलहिन उधर ही होगी।"

बीज उत्तर की ओर छिटका और बिना कुछ सोचे-विचारे वह कुरसेला से रानीगंज जानेवाली बस पर जा बैठा था।

कंडक्टर ने पूछा, "कहाँ जायेगा?"

उजागिर क्या जवाब दे? न जाने यह गाड़ी कहाँ-कहाँ जाती है। तब तक बगल के यात्री ने बिरौली का टिकट माँगा और उजागिर ने भी बिरौली तक का टिकट कटा लिया।

गाड़ी बिरौली पहुँचकर पकौड़ीवाली सहुआइन की दूकान के सामने रुकी। बिरौली में उतरनेवाले उतर गये। उजागिर बैठा रहा। बिरौली गाँव में उतरकर वह क्या करेगा? वह आँखें मूँदकर कुछ सोच रहा था कि कंडक्टर ने उसको ठेलकर जगाया, "ए, बिरौली आ गया। उतरो।"

उजागिर ने अपनी झोली सँभाली। अनिच्छापूर्वक उतरा।

बस से उतरे हुए लोग पकौड़ी वाली दूकान पर थोड़ी देर रुके और जलपान करके चले गये। उजागिर चुपचाप बगल में एक मोढ़े पर बैठा रहा। बूढ़ी सहुआइन ने पकौड़ी की कड़ाही उतारकर उजागिर से पूछा, "कहाँ जाना है?"

उजागिर ने कुनमुनाकर जवाब दिया, "कहीं नहीं। एक आने की पकौड़ी हमको भी चाहिए।"

बूढ़ी झुँझलायी, "इतनी देर से मुँह सीकर बैठे रहे। अब कड़ाही उतारने के बाद, एक आने की पकौड़ी! अब पकौड़ी नहीं, बैंगनी खाना है, तो बोलो चढ़ाऊँ कड़ाही? ...अरी सो सितिया! कब तक बैठकर बैंगन काटेगी! एँ? दे जा, जितना हुआ है। गाहक बैठा हुआ है यहाँ।"

झोंपड़े के अंदर से उसी अंदाज से पतली आवाज में जवाब आया, "कल से मैं काना-कुबड़ा बैंगन नहीं काटूँगी। एक-एक बैंगन में पाँच-पाँच पिल्लू!"

बूढ़ी ने सितिया नाम की लड़की को 'बैंगन लगाकर' एक भद्दी-सी गाली दी।

सितिया सूप में बैंगन के टुकड़े लेकर आयी, "मैं रोज तुमसे कहती हूँ मौसी, परदेसी जातरी के सामने गाली मत बका करो।"

उजागिर सितिया उर्फ सीता का रूप देखकर पसीने से तर-बतर हो गया था! एक-एक बैंगन में पाँच-पाँच पिल्लू और बैंगन-भरी गाली सुनकर उसको मतली आ रही थी, सो सीता को देखने के बाद ही दूर हो गयी।...यही है रूप! यही है रूप!

उसने गला साफ किया, "माताराम! एक आने की बैंगनी नहीं, चार आने की।"

बूढ़ी बोली, "ऊँ! ई आदमी का मन रह-रहकर बदलता है। जो बोलना हो, एक ही बार क्यों नहीं बोलते?"

उजागिर चुप रहा। किंतु गाहक का पख लेकर बोली सीता, "एक बार बोले, चाहे हजार बार—तू इस तरह गाहक से बात-बात पर 'रगड़' करेगी, तो एक पाई की बैंगनी भी नहीं बिकेगी।"

बूढ़ी कड़ाही में बैंगनी डालती हुई बोली, "बड़ी आयी है 'भतार' का पच्छ लेने!"

जब बूढ़ी और जवान जीभों की 'बतकुट्टी' जोर पकड़ने लगी, तो उजागिर ने

मर्दानगी दिखलायी, "छिः-छिः, आप लोग इस तरह बेवजह लड़िएगा तो रखिए अपनी बैंगनी! ऐसी बैंगनी कौन खाये?"

सीता बोली, "लो, सुनती हो? अब छानो बैठकर चार आने की बैंगनी। देखूँ कौन खाता है?"

बूढ़ी बोली, "नहीं खायेगा, तो पैसा दे जायेगा।"

सीता ने उजागिर को पहली बार नजर उठाकर देखा और मुँह की बात मुँह में ही रख कर अंदर चली गयी।

उजागिर बैठकर सोचता रहा, "चार आने की बैंगनी वह खा सकेगा? यह चंगेरी-भर बैंगनी!"

बूढ़ी सहुआइन ने फिर पुकारा, "अरी, ओ सितिया! पत्तल कहाँ है? बैंगनी तेरे कपाल पर परोसूँ?"

उजागिर बैंगनी खाने लगा। तब बूढ़ी ने नरम सुर में कहा, "भैया, बुरा मत मानना। मुँहजली सितिया सीधी बात कभी सुनती ही नहीं। ठहरो, मैं पानी ला दूँ।"

बूढ़ी के उठने के पहले ही सितिया पानी दे गयी, "मैं जानती हूँ। अब गाड़ी आने का समय हुआ तो, तू कोई न कोई बहाना बनाकर चूल्हे के पास से उठेगी ही। कड़ाही उठाकर सड़क पर फेंक दूँगी। हाँ!"

बूढ़ी बैठ गयी फिर। यह कोई भद्दी गाली जीभ पर चढ़ा रही थी कि उजागिर ने टोक दिया, "यहाँ एक चाह की दूकान खूब चलेगी, माताराम?"

सहुआइन ने पोपले मुँह को तनिक विकृत करके पूछा, "क्या चलेगी खूब?"

"चाह की दूकान।"

"कौन खोलेगा?"

"कोई भी खोले चलेगी खूब।"

बूढ़ी अब कुढ़कर बोली, "आग लगे चाह की दूकान में। एक पकौड़ी के चूल्हे में ही मेरी हड्डी जलकर 'छार' हो रही है।"

सीता ने इस बार फिर उजागिर को देखा। चाह की दुकान की बात सुनकर ही उसने ऐसी निगाह से 'हेरा' है। उजागिर बोला, "चाह में अठगुना नफा है। चार आने के माल में दो रुपये मुनाफा!"

"दो रुपये!" बूढ़ी मौसी और जवान सीता ने एक ही साथ अचरज-भरे स्वर में कहा, "दो रुपये!"

बूढ़ी कुछ क्षण चुप रहने के बाद बोली, "रहने दो, बाबा, मुनाफा। यहाँ चाह कौन पियेगा?"

सीता ने कहा, "मिलने पर सभी पियेगा।"

उजागिर बोला, "वाजिब बात।"

बूढ़ी ने छनौटा चमकाकर पूछा, "मैं पूछती हूँ, चाह बनायेगा कौन, तेरा भतार, एँ?"

सीता ने इस बार जवाबी गाली दी, "मेरा नहीं, तेरा!"

आश्चर्य! गाली सुनकर पोपली बूढ़ी हँस पड़ी। सीता भी हँसी और उजागिर का कलेजा जोर से धड़कने लगा। कुछ देर तक चुप रहने के बाद उसने तौलकर बात शुरू की, "हाँ, चाह की दूकान तो मर्द-पुरुष ही चला सकता है।"

बूढ़ी ने लंबी साँस ली। सीता फिर आँगन के अंदर चली गयी।

उजागिर बहुत देर तक बूढ़ी मौसी को विस्तारपूर्वक चाय की दूकान की योजना के संबंध में समझाता रहा।

दूसरी गाड़ी के लौटने के पहले ही उजागिर ने बूढ़ी को अपनी मीठी बोली से मोह लिया, "माताराम! आप लोगों की मर्जी हो तो मैं आज ही जाकर सामान ले आऊँ।"

"तुम्हारा घर कहाँ है?"

"रहिकपुर।"

"कौन जात?...अरे, तब तो बिरादरी के ही निकले।"

बात पक्की हो गयी।

उजागिर कुरसेला बाजार आया और चाय की दूकान का सारा सामान खरीदकर रात की गाड़ी से ही वापस लौटा। बूढ़ी ने कहा, "अरे, तुम सचमुच लौट आये? मैं तो समझ रही थी कि कोई लुच्चा-लबड़ा आकर ऊन का दून हाँककर चला गया।"

अंदर सीता ने झिड़की दी, "मौसी, तू बूढ़ी हुई, लेकिन आदमी को पहचानना नहीं आया।"

चाय की दूकान का सामान देखकर बूढ़ी और जवान आँखें अचरज से बड़ी हो गयीं, "इतना सामान लगता है चाह की दूकान में?"

रात में सीता ने अपने हाथ से भात-दाल परोसकर खिलाया था—पहली बार। पुरानी बातें याद करके आज भी उजागिर की देह सुड़सुड़ाने लगती है। सीता की बोली, सीता की हँसी! सीता का चलना-फिरना। दिन-रात उजागिर मानो सपनों की दुनिया में ही रहता था—रूप पीकर जीता था।

चाय की दूकान खुली और चल निकली।

गाँव-भर में बात फैल गयी, "बूढ़ी सहुआइन का एक रिश्तेदार आया है। चाय की दूकान खोले है। अब पियो घर बैठे—चाह गरमागरम!"

बस के ड्राइवर, कंडक्टर, पैसेंजर, क्लीनर ने एक स्वर से प्रशंसा की, "अलबत्त चाह बनाता है जवान! चलेगी दूकान।"

लेकिन, चाय की दूकान छः महीने भी नहीं चल सकी। पाँचवें महीने में ही सीता ने उजागिर को उकसाया, "क्यों? तुम्हारा कलेजा इतना छोटा है? बूढ़ी से साफ-साफ कहते क्यों नहीं?"

"यदि बूढ़ी 'नकार' जाये?"

"बला से। पहले कहके देखो।"

"यदि कहे 'घरजमाई' रहना पड़ेगा?"

"अभी मान लेना। बाद में फिर...।"

बूढ़ी मौसी आँख से कम देखती थी और कान से जरा कम सुनती थी। किंतु बिना कुछ देखे-सुने ही वह सबकुछ समझ चुकी थी। इसलिए जिस दिन उजागिर ने हकला-तुतलाकर प्रस्ताव किया था, बूढ़ी ने एक भद्दी गाली दी थी, "सौ बार सतुअन और भतार के आगे दतुअन। अब बाकी ही क्या रहा है?...छुतहर-कलस में अब कौन पंडित-पुरोहित बेद-मंतर पढ़ेगा?... खूब पियो गरमागरम चाह!"

बूढ़ी सहुआइन अपनी पकौड़ी की दूकान पर बैठी आज भी गालियाँ दे रही होगी, "उस मिठवचना ने आते ही चाह पिलाकर इस मुई को मुट्ठी में कर लिया।...दिन-रात खुसुर-फुसुर मैं नहीं देख सकती थी।" जवाब दे दिया—"तुम लोग अपना रास्ता देखो।"

और, इसी को कहते हैं 'तिरिया के भाग से मिले राज!'

सीता नहीं, लक्ष्मी!

रानीगंज से कुरसेला जानेवाली बस पर सवार होकर, रूपवाली दुलहिन को साथ लेकर उजागिर गाँव लौट आया। लौटकर उसने सुना, "इधर भी नयी सड़क खुलनेवाली है। बहुत जल्दी ही!"

सचमुच, लक्ष्मी है प्रदीपकुमार की माय!

बननेवाली नयी सड़क के ठेकेदार ने उजागिर की झोंपड़ी में ही डेरा डाला था।

गाँव के लोगों ने घुमा-फिराकर उजागिर को समझाया, "घर में जवान और खूबसूरत बहू और बाहर 'पलानी' में परदेसी का बासा, अच्छी बात नहीं।"

संतोखीसिंघ जब मिलता दिन दहाड़े 'चमचोरी' की कोई कहानी सुनाना नहीं भूलता। उजागिर घर लौटकर अपनी रूपवती को निहारते हुए कहता, "जानती हो? गाँव के लोग क्या कहते हैं?"

"गाँव के लोगों की बात सुनोगे या ठेकेदारजी की? ठेकेदारजी कहते हैं, सड़क जब खुलेगी, चाह और पकौड़ी की दूकान तब खोलना। अभी इतने 'जन-मजूरे' काम

कर रहे हैं। अभी चावल-दाल की दूकान खोल दो। मजदूरों को उधार खिलाओ और हफ्ता के बाद एक का डेढ़ वसूलो। यही मौका है।''

''सच? और यदि उधार खाकर भाग जायें सभी—तब?''

''भागकर कहाँ जायेंगे? उनकी चुटिया तो ठेकेदारजी के हाथ में है।''

''सच? तुम ठीक कहती हो बिरौलीवाली। ठेकेदार साहब सचमुच बहुत अच्छे आदमी हैं?''

''ए? तुम मुझे बिरौलीवाली क्यों कहते हो? मुझे अच्छा नहीं लगता।''

''तब क्या कहूँ?'' उजागिर खिलखिलाकर हँसता, ''ओ! अब मैं भी ठेकेदार साहब का दिया हुआ नाम ही कहूँगा, रेशमबहू। ठेकेदार साहब सचमुच बहुत अच्छे आदमी हैं।''

गाँव के आवारा नौजवानों ने उजागिर को चिढ़ाने के लिए एक बोली निकाली, ''ठेकेदार साहब सचमुच अच्छे आदमी हैं।''

अच्छा आदमी को अच्छा आदमी नहीं कहे, तो क्या कहे? गाँव के लोग जलते हैं। उजागिर की बहू रूपवती है। सुलच्छनवाली है। है किसी की बहू ऐसी, गाँव में? जिसके आते ही गाँव में नयी सड़क खुल गयी, इलाके में! चावल-दाल की छोटी-सी दूकान खोलकर, पाँच ही महीने में दस बीघे जमीन किसने खरीदी है? लोग तो जलेंगे ही। ठेकेदार साहब अंग्रेजी में चिट्ठी लिखते हैं। है कोई अंग्रेजिया इस गाँव में? रेशमबहू ठीक ही कहती है—काम ऐसा करो कि 'देख पड़ोसी जल मरे'।

बबुआ का जब जन्म हुआ, तो ठेकेदार साहब ने चमड़े की थैली से पचीस रुपये निकालकर मुँह-दिखायी दी थी। छठी की रात में, खुशी के मारे रात-भर बैठकर रमैन बाँचते रहे। और यह प्रदीपकुमार नाम भी उन्हीं का रखा हुआ है। गाँव के दुखमोचन पंडित ने तो बस, पतासू नाम रख दिया था। भला, पतासू भी कोई नाम है!

पता नहीं ठेकेदार साहब आजकल किस इलाके में हैं। कहीं भी रहें, आदमी अच्छे हैं। प्रदीपकुमार की माय आज भी हर महीने याद करती है। बोले थे कि बीच-बीच में आकर प्रदीपकुमार को देख जायेंगे!

उस दिन छितनू का रमडोलवा बेटा कह रहा था कि प्रदीपकुमार का मुँह ठीक ठेकेदार साहब-जैसा है। पगला है साला!

लाल गाड़ी के ड्राइवरजी जी भी बहुत भले आदमी हैं। रोज कहते, ''देखो, उजागिर भाई, चूल्हे के पास बैठते-बैठते प्रदीपकुमार की माय का रंग बादामी हो गया है। देह में गमकौआ पौडर लगाने से रंग ठीक रहेगा।'' और दूसरे ही दिन एक डिब्बा पौडर खरीदते आये—पुरनिया साहा कंपनी से। ऐसा भला आदमी, इस गाँव में क्या, इस इलाके में भी खोजने पर मिलेगा?

यह नये दारोगा साहब भी हीरा आदमी हैं। कह रहे थे, इसपी साहेब तुम्हारे पकौड़े की खूब तारीफ करते हैं। और, जोगबनी के लाला के बेटे की जीभ तो पकौड़े के नाम से ही 'पनिया' जाती है। बारह बजे रात में, गाड़ी पर दारोगा साहेब के साथ आता है। और चुराकर पकौड़ी खाता है। वैष्णव लाला, जिसके चौके में प्याज नहीं चढ़ता है कभी, वह उजागिर की दूकान में बैठकर कैसे खा सकता है प्याजवाले पकौड़े? प्रदीपकुमार की माय कहती है, लाला का बेटा एकदम गौ जैसा सीधा है। जरा दुबला-पतला है, इसलिए पकौड़े के साथ चाह नहीं, अंग्रेजी दारू पीता है। उस रात को प्रदीपकुमार की माय की देह में दर्द था साँझ से ही। दारोगा साहेब ने कहा—एक गिलास ले आओ! एक घूँट पीते ही सब दर्द छूमंतर हो जायेगा। सचमुच! हुआ भी वही। साँझ से ही कुहरती हुई प्रदीपकुमार की माय टनटनाकर उठ बैठी और लाला के बेटे से मुँहा-मुँही गप करने लगी। लक्ष्मी है प्रदीपकुमार की माय!

तीन बजेवाली गाड़ी आ रही है!

"कहाँ हो, बबुआ! माय से कहो कि तिनबज्जी गाड़ी आ रही है। मेरे डिपाट का सब काम रैट है।"

"बबुआ! प्रदीपकुमार! माय कहाँ?"

प्रदीपकुमार सुबह की मीठी नींद में सोया हुआ था। उजागिर चुपचाप बैठकर बीड़ी पीने लगा। आज इतना सबेरे ही प्रदीपकुमार की माय उठकर कहाँ गयी है। तबियत खराब है क्या? नहीं, लाल गाड़ी के ड्राइवरजी ठीक ही कहते हैं—जान है तो जहान है। प्रदीपकुमार की माय दिन-भर चूल्हे के पास बैठी रहती है, यह ठीक नहीं। पकौड़ी बनाने के लिए, सुगनी की माय को मजदूरी देकर रखना होगा।

उजागिर बैठा रहा। जब भुरुकुवा तारा डूब गया और उजाला हुआ और प्रदीपकुमार की माय कोठरी में नहीं आयी, तो वह बाहर निकला। बाहर बर्तन-बासन सब बिखरे पड़े हैं। दोनों लोटे भी हैं। तब कहाँ गयी?

उजागिर ने कोठरी में आकर देखा—पेटी खुली पड़ी हुई है—रेशमी साड़ी और रेशमी बिलौज क्या हुआ? लगा, धरती अचानक घूमने लगी । उसने चिल्लाकर अपने बेटे को जगाया, "बेटा! बबुआ!! प्रदीपकुमार—माय कहाँ?"

प्रदीपकुमार उठकर जोर-जोर से रोने लगा, "मैया कहाँ आँऽ आँऽ आँ!"

प्रदीपकुमार को चुप कराने के लिए उजागिर ने अपने को सँभाला। फिर बोला, "बेटा, माय गंगा तीर का मेला गयी है। दोपहर की बरबज्जी (बारह बजेवाली) गाड़ी से आवेगी।"

उसने अपने मन को भी समझाया, "कहाँ जायेगी? कहीं काम से ही गयी होगी।"

सुबह की गाड़ियों के आने का समय हुआ। संतोखीसिंघ ठीक समय पर ही आया। उसने आते ही टोका, "आज पकौड़ी का चूल्हा नहीं सुलगा है?"

उजागिर ने जवाब दिया, "प्रदीपकुमार की माय की मौसी का संवाद आया कि वह लबेजान है। इसलिए रात की गाड़ी से ही चली गयी।"

प्रदीपकुमार ने कहा कि, "मैया गंगा-तीर का मेला गयी है।"

संतोखीसिंघ ने पुरानी दफादारी की तरह जिरह करते हुए पूछा, "रात में तो सादा गाड़ी लौटी नहीं। फिर किस गाड़ी से गयी?"

उजागिर ने आज बिना 'बोहनी' हुए ही संतोखीसिंघ को चाय का बड़ा गिलास दिया। संतोखीसिंघ ने चाय पीते हुए कहा, "जमाना बहुत खराब है। जनाना जात अकेली बाहर जाये...।"

दोनों ओर से गाड़ियाँ आयीं। उजागिर ने लाल गाड़ी की ओर देखा...नया ड्राइवर? "लाल गाड़ी के ड्राइवरजी कहाँ गये?" "छुट्टी में?" "कितने दिन की छुट्टी?" "आज पकौड़े नहीं, सिर्फ चाह मिलेगा, भैया!"

दोपहर के बाद उजागिर ने दूकान बंद कर दी।

उसका दिल अंदर ही अंदर टूटने लगता। तब, वह जोर-जोर से रोना चाहता। लेकिन प्रदीपकुमार का मुँह देखकर वह अपने को सँभाल लेता। वही रोने लगेगा तो, बच्चे की क्या दुर्दशा होगी।

"बप्पा! बरबज्जी गाड़ी आ रही है।"

प्रदीपकुमार की माय नहीं आयी? "बेटा, अभी नहीं आयी तो 'तिनबज्जी' गाड़ी से आवेगी।"

"बप्पा! तिनबज्जी गाड़ी आ रही है।"

"नहीं आयी!"

इस बार बाप-बेटा मिलकर आँगन में रोने लगे। जब प्रदीपकुमार हिचकियाँ लेते हुए दाँत पर दाँत बैठाकर घिघियाने लगा, तब उजागिर को होश हुआ। उसने आँसू पोंछकर कहा, "रात की गाड़ी से जरूर आवेगी। तुम्हारे लिए बिस्कुट लावेगी।... खिलौने!"

प्रदीपकुमार की माय रात की गाड़ी से ही आयी।

"आ गयी, मैया! मैया आ गयी!"

प्रदीपकुमार जोर-जोर से रोने लगा। उजागिर भी रोने लगा, "कहाँ चली गयी थीं तुम, प्रदीपकुमार की माय-य-य?"

"लो लो, क्या हो गया है तुम दोनों को?"

"कहाँ गयी थीं? किस गाड़ी से गयीं?"

"काम से गयी थी, पुरैनिया। गाड़ी से नहीं, ट्रक से गयी थी।"

"कहकर जातीं।"

"काम के पहले, बात कही नहीं जाती।"

प्रदीपकुमार खिलौना पाकर खुश हो गया। उसकी माँ ने गठरी से बिस्कुट का डिब्बा निकाला। उजागिर चुपचाप, अपलक दृष्टि से देखता रहा—कितने दिनों के बाद प्रदीपकुमार की माय ने रेशमी साड़ी पहनी है। रूप जरा भी मलिन नहीं हुआ है। कौन कहता है कि गाँव का रूप साल लौटते ही ढल जाता है।

अब, प्रदीपकुमार की माय ने आँचल के खूँट से कागज का एक टुकड़ा निकालकर दिखलाते हुए कहा, "बोलो तो क्या है?"

उजागिर ने लालटेन की रोशनी में कागज को उलट-पलटकर देखा, "भगवान जाने क्या है! बोलो न, क्या है? देखने में तो सरकारी कागज-जैसा लगता है।"

प्रदीपकुमार की माय हँसी, "ठीक ही पहचाना है तुमने। सरकारी कागज ही है। ...परमिट!"

"परमिट? किस चीज की परमिट?"

"सिमेण्ट, कोयला और लोहे के छड़ की।"

"क्या करोगी परमिट?"

प्रदीपकुमार की माय बोल उठी, "गाँव के बुझते दीये को जरा और भी अच्छी तरह जलाऊँगी।"

"जलायेगी! माने? ओ-हो, समझा। पक्का घर एँ? सच कहता हूँ, प्रदीपकुमार की माय, तुम धन्न हो। अच्छा किया तुमने जो मुझसे पहले ही नहीं कहा। इतनी बड़ी बात मेरे पेट में हरगिज नहीं पचती। सच कहता हूँ, मैं पागल हो जाऊँगा। सच, तुम लछमी हो—साच्छात्!"

"मैंने क्या किया? सब लाल गाड़ी के ड्राइवरजी की मेहरबानी है। हाकिम के किरानी से उनकी दोस्ती है।...और जानते हो—इसी परमिट से घर बनाने का आधा रुपया भी निकलेगा।"

"सो कैसे?"

"देखना, आने दो लालाजी के बेटे को।"

"सच? हद है! हद है! कल साले संतोखीसिंघ को पाँच गिलास चाय बोहनी के पहले ही पिलाऊँगा।...अब तुमको क्या कहें, प्रदीपकुमार की माय?"

"रेशमबहू!"

"हि हि हि हि!"

उजागिर के घर की नींव पड़ गयी। एक बाँस में पुराना झाड़ बाँधकर गाड़ दिया गया—बुरी नजर को काटने के लिए। गाँव के लोग मन-ही-मन जल-भुनकर खाक होने लगे।

किंतु इधर कई दिनों से उजागिर का मन भी अंदर-ही-अंदर सुलग रहा है। न जाने क्यों! परमिट का कागज लालाजी के बेटे को देकर, ईंट-सिमेण्ट-लोहा लिया गया। ठीक है। लालाजी के बेटे ने परमिट लेते समय प्रदीपकुमार की माय की अँगुलियाँ टीप दी थीं। इसमें भी कोई हर्ज नहीं। दारोगाजी ने उस दिन दारू के झोंक में कबूतरी कह दिया। सरकारी आदमी का सात खून माफ है। लाल गाड़ी के ड्राइवरजी ने होली के दिन गाल पर अबीर लगा दिया। होली की बात, फिर ड्राइवर जी भले आदमी हैं। लेकिन...

केतली का खौलता हुआ पानी टोंटी से गिरने लगा। प्रदीपकुमार की माय ने कहा, "लो, लो। तुम्हारा ध्यान कहाँ है? होश में हो या...?"

उजागिर बोला, "खूब होश में हूँ।"

उसने केतली उतार दी। मकान बनानेवाला यह छुछुंदर-मुँहा राज-मिस्त्री बिना कहे-सुने आँगन के अंदर क्यों गया? जाने के पहले प्रदीपकुमार की माय को उस तरह आँख की मटकी क्यों मार गया? प्रदीपकुमार की माय उस तरह हँसी क्यों? उठकर आँगन में गयी क्यों?

उजागिर का मन धुएँ से भर गया मानो।

उसने पुकारा, "बबुआ! बेटा प्रदीपकुमार?"

प्रदीपकुमार आया। उसका मुँह भी तमतमाया हुआ है। उजागिर ने धीरे-से पूछा, "बबुआ, माय कहाँ है? क्या कर रही है?"

प्रदीपकुमार बोला, "बप्पा, मिस्तरी बड़ा बदमाश है। हमको पतासू कहता है।"

उजागिर गुस्सा से दपदपा उठा। उस छुछुंदर-मुँहा की इतनी हिम्मत! मेरे बेटे को, प्रदीपकुमार को पतासू कहेगा?

वह उठकर दहलीज के पास गया। आँगन में घुन-घुन करके क्या प्राइविट बात हो रही है? आमने-सामने बैठकर? मिस्तरी साला इस तरह जाँघ के कपड़े हटाकर क्यों बैठा है?

उजागिर के सिर पर अँगीठी जलने लगी मानो, वह आँगन में जाकर गरजा, "मिस्तरी! दीवाल की गन्थाई यहीं हो रही है क्या?"

मिस्तरी अप्रतिभ होकर उठा। हँसती हुई प्रदीपकुमार की माय भी चौंक पड़ी। उजागिर ने धड़ाम से दहलीज का दरवाजा बंद कर दिया।

प्रदीपकुमार की माय उजागिर की आँखें देखकर डर गयी। उजागिर ओठ को दाँतों से भींचता हुआ उसके पास गया। फिर धीरे-से बोला, “तू कुत्ती है! कुत्ती! कुतिया!”

प्रदीपकुमार की माय ने आवाज ऊँची करके कहा, “क्या हो गया है तुमको?”

उजागिर चुपचाप अपनी कोठरी में चला गया। अंदर से ही उसने पुकारा, “बेटा प्रदीपकुमार! यहाँ आओ।”

प्रदीपकुमार अपने बाप के पास चला गया। बाहर, दूकान में चूल्हे सुलगते रहे।

गाड़ियाँ आयीं। ड्राइवरों ने हॉर्न बजा-बजाकर पुकारा। संतोखीसिंघ ने आवाज दी। आँगन से कोई जवाब नहीं मिला। किसी ने कहा, “भाई अब पक्का मकान बनवा रहा है। दूकान पर क्यों बैठेगा?”

गाड़ियाँ आतीं, रुकतीं, हॉर्न देतीं, फिर चली जातीं।

दिन-भर उजागिर घर से नहीं निकला। प्रदीपकुमार भी दम साधकर बाप के बगल में पड़ा रहा। प्रदीपकुमार की माय ओसारे पर बैठी—गुन-गुन सुर में, धीरे-धीरे रोती रही।

साँझ हुई उजागिर उठा और प्रदीपकुमार की माय के पास जाकर बोला, “उस [illegible] से।”

प्रदीपकुमार की माय बोली, “इतनी तेजी है तो कल से तुम्हीं देखो जन-मजदूरों को! पक्का घर बनवाना खेल...”

“जहन्नुम में जाये साली तेरा पक्का घर!”

“और दूकान पर हजारों लोगों के सामने...।”

“आग लगे तेरी दूकान में।”

उजागिर बाहर गया और लात मार-मारकर दोनों चूल्हों को तोड़-फोड़ आया। दहलीज का दरवाजा बंद करते हुए बोला, “निकल जा, पिछवाड़े की राह चुपचाप। नहीं, नहीं तो आज खून कर डालूँगा।”

अब प्रदीपकुमार रोने लगा। उजागिर उसको गोद में लेकर अपनी कोठरी में चला गया। प्रदीपकुमार की माय ओसारे पर ही बैठी रही। प्रदीपकुमार रोते-रोते सो गया।

साँझ बीती। रात आयी। सड़क पर एक ट्रैक्टर भड़भड़ाता हुआ चला गया उजागिर ने बाहर निकलकर देखा, प्रदीपकुमार की माय ओसारे पर ही लेट गयी है।

उजागिर दबे-पाँव उसके पास गया।...''जाकर मिस्तरी की खटिया पर क्यों नहीं सोती? नखरा पसारकर यहाँ जमीन पर क्यों सोयी है?''

उजागिर ने धक्का दिया, ''उठ साली! तिरिया-चरित्तर कहीं और जाकर दिखला!''

प्रदीपकुमार की माय उठकर बैठ गयी और दोनों हाथों से उजागिर का पाँव पकड़कर बोली, ''प्रदीप के बाबू! तुम्हारे पैर पड़ती हूँ! मेरा गला घोंटकर मार डालो! ...मार डालो मुझे!''

उजागिर ने दोनों हाथों से उसकी गर्दन को झपटकर पकड़ा। लंबे बाल छितरा गये, खुलकर, ''हाँ, मार डालूँगा।''

''मार डालो। मैं जीना नहीं चाहती।''

''मार डालूँगा, गला टीपकर। हरामजादी।''

''मारो। प्रदीप के बा...! आ...आक!''

''बोल, कल से तू आँगन के बाहर पैर रखेगी?''

''नहीं रखूँगी।''

''किसी से हँसेगी-बोलेगी नहीं। बोल।''

''नहीं।''

''मिस्तरी से?''

...''नहीं।''

''दरोगा से?''

...''नहीं।''

''उस लाला के बेटे से?''

...''नहीं।''

''लाल गाड़ी के ड्राइवर से?''

...''नहीं! नहीं! नहीं।...प्रदीप के बाबू-उ-उ-उ!''

प्रदीप की माय उजागिर की छाती से मुँह सटाकर बिलखने लगी। उसे लगा, विवाह के बाद आज पहली बार वह अपने घरवाले के साथ—अपने पुरुष के साथ सुहागरात मना रही है...अंग-अंग में सिहरन...लहरें...तूफान...प्रदीप के बाबू, मुझे मार...डा...लो...मार...डालो!!

सड़क से एक ट्रक हड़बड़ाती हुई गुजर गयी।

जून, 1962

ठेस

खेती-बारी के समय, गाँव के किसान सिरचन की गिनती नहीं करते। लोग उसको बेकार ही नहीं, 'बेगार' समझते हैं। इसलिए, खेत-खलिहान की मज़दूरी के लिए कोई नहीं बुलाने जाता है सिरचन को। क्या होगा, उसको बुलाकर? दूसरे मज़दूर खेत पहुँचकर एक-तिहाई काम कर चुकेंगे, तब कहीं सिरचन राय हाथ में खुरपी डुलाता हुआ दिखायी पड़ेगा—पगडंडी पर तौल-तौलकर पाँव रखता हुआ, धीरे-धीरे। मुफ्त में मज़दूरी देनी हो तो और बात है।

...आज सिरचन को मुफ्तखोर, कामचोर या चटोर कह ले कोई। एक समय था, जबकि उसकी मड़ैया के पास बड़े-बड़े बाबू लोगों की सवारियाँ बँधी रहती थीं। उसे लोग पूछते ही नहीं थे, उसकी खुशामद भी करते थे। '...अरे, सिरचन भाई! अब तो तुम्हारे ही हाथ में यह कारीगरी रह गयी है सारे इलाके में। एक दिन भी समय निकालकर चलो। कल बड़े भैया की चिट्ठी आयी है शहर से—सिरचन से एक जोड़ा चिक बनवाकर भेज दो।

मुझे याद है... मेरी माँ जब कभी सिरचन को बुलाने के लिए कहती, मैं पहले ही पूछ लेता, "भोग क्या-क्या लगेगा?"

माँ हँसकर कहती, "जा-जा, बेचारा मेरे काम में पूजा-भोग की बात नहीं उठाता कभी।"

ब्राह्मणटोली के पंचानंद चौधरी के छोटे लड़के को एक बार मेरे सामने ही बेपानी कर दिया था सिरचन ने—"तुम्हारी भाभी नाखून से खाँटकर तरकारी परोसती है। और इमली का रस डालकर कढ़ी तो हम कहार-कुम्हारों की घरवाली बनाती हैं। तुम्हारी भाभी ने कहाँ से बनायी!"

इसलिए, सिरचन को बुलाने के पहले मैं माँ को पूछ लेता...।

सिरचन को देखते ही माँ हुलसकर कहती, "आओ सिरचन! आज नेनू मथ रही थी, तो तुम्हारी याद आयी। घी की (खखोरन) डाड़ी के साथ चूड़ा तुमको बहुत पसंद है न...! और बड़ी बेटी ने ससुराल से संवाद भेजा है, उसकी ननद रूठी हुई है, मोथी की शीतलपाटी के लिए।"

सिरचन अपनी पनियायी जीभ को सम्हालकर हँसता—"घी की सौंधी सुगंध सूँघकर ही आ रहा हूँ, काकी! नहीं तो इस शादी-ब्याह के मौसम में दम मारने की भी छुट्टी कहाँ मिलती है?"

सिरचन जाति का कारीगर है। मैंने घंटों बैठकर उसके काम करने के ढंग को देखा है। एक-एक मोथी और पटेर को हाथ में लेकर बड़े जतन से उसकी कुच्ची बनाता। फिर, कुच्चियों को रँगने से लेकर सुतली सुलझाने में पूरा दिन समाप्त।... काम करते समय उसकी तन्मयता में ज़रा भी बाधा पड़ी कि गेहुँअन साँप की तरह फुफकार उठता—"फिर किसी दूसरे से करवा लीजिए काम! सिरचन मुँहजोर है, कामचोर नहीं।"

बिना मज़दूरी के पेट-भर भात पर काम करनेवाला कारीगर! दूध में कोई मिठाई न मिले, तो कोई बात नहीं, किंतु बात में ज़रा भी झाल वह नहीं बरदाश्त कर सकता।

सिरचन को लोग चटोर भी समझते हैं... तली-बघारी हुई तरकारी, दही की कढ़ी, मलाईवाला दूध, इन सबका प्रबंध पहले कर लो, तब सिरचन को बुलाओ; दुम हिलाता हुआ हाज़िर हो जायेगा। खाने-पीने में चिकनाई की कमी हुई कि काम की सारी चिकनाई खत्म! काम अधूरा रखकर उठ खड़ा होगा—"आज तो अब अधकपाली दर्द से माथा टनटना रहा है। थोड़ा-सा रह गया है, किसी दिन आकर पूरा कर दूँगा।" ... 'किसी दिन'—माने कभी नहीं!

मोथी घास और पटेर की रंगीन शीतलपाटी, बाँस की तीलियों की झिलमिलाती चिक, सतरंगे डोर के मोढ़े, भूसी-चुन्नी रखने के लिए मूँज की रस्सी के बड़े-बड़े जाले, हलवाहों के लिए ताल के सूखे पत्तों की छतरी-टोपी तथा इसी तरह के बहुत-से काम हैं, जिन्हें सिरचन के सिवा गाँव में और कोई नहीं जानता। यह दूसरी बात है कि अब गाँव में ऐसे कामों को बेकाम का काम समझते हैं लोग—बेकाम का काम, जिसकी मज़दूरी में अनाज या पैसे देने की कोई ज़रूरत नहीं। पेट-भर खिला दो, काम पूरा होने पर एकाध पुराना-धुराना कपड़ा देकर विदा करो। वह कुछ भी नहीं बोलेगा।...

कुछ भी नहीं बोलेगा, ऐसी बात नहीं। सिरचन को बुलाने वाले जानते हैं, सिरचन बात करने में भी कारगर है।... महाजन टोले के भज्जू महाजन की बेटी सिरचन की बात सुनकर तिलमिला उठी थी—"ठहरो! मैं माँ से जाकर कहती हूँ। इतनी बड़ी बात!"

"बड़ी बात ही है बिटिया! बड़े लोगों की बस बात ही बड़ी होती है। नहीं तो दो-दो पटेर की पाटियों का काम सिर्फ़ खेसारी का सत्तू खिलाकर कोई करवाये भला?

यह तुम्हारी माँ ही कर सकती है बबुनी!" सिरचन ने मुस्कुराकर जवाब दिया था।

उस बार मेरी सबसे छोटी बहन की विदाई होनेवाली थी। पहली बार ससुराल जा रही थी मानू। मानू के दूल्हे ने पहले ही बड़ी भाभी को खत लिखकर चेतावनी दे दी है—"मानू के साथ मिठाई की पतीली न आये, कोई बात नहीं। तीन जोड़ी फ़ैशनेबल चिक और पटेर की दो शीतलपाटियों के बिना आयेगी मानू तो...।" भाभी ने हँसकर कहा, "बैरंग वापस।" इसलिए, एक सप्ताह पहले से ही सिरचन को बुलाकर काम पर तैनात करवा दिया था माँ ने—"देख सिरचन! इस बार नयी धोती दूँगी; असली मोहर छापवाली धोती। मन लगाकर ऐसा काम करो कि देखनेवाले देखकर देखते ही रह जायें।"

पान-जैसी पतली छुरी से बाँस की तीलियों और कमानियों को चिकनाता हुआ सिरचन अपने काम में लग गया। रंगीन सुतलियों में झब्बे डालकर वह चिक बुनने बैठा। डेढ़ हाथ की बिनाई देखकर ही लोग समझ गये कि इस बार एकदम नये फ़ैशन की चीज़ बन रही है, जो पहले कभी नहीं बनी।

मँझली भाभी से नहीं रहा गया, परदे की आड़ से बोली, "पहले ऐसा जानती कि मोहर छापवाली धोती देने से ही अच्छी चीज़ बनती है तो भैया को खबर भेज देती।"

काम में व्यस्त सिरचन के कानों में बात पड़ गयी। बोला, "मोहर छापवाली धोती के साथ रेशमी कुरता देने पर भी ऐसी चीज़ नहीं बनती बहुरिया। मानू दीदी काकी की सबसे छोटी बेटी है... मानू दीदी का दूल्हा अफसर आदमी है!"

मँझली भाभी का मुँह लटक गया। मेरी चाची ने फुसफुसाकर कहा, "किससे बात करती है बहू? मोहर छापवाली धोती नहीं, मुँगिया-लड्डू। बेटी की विदाई के समय रोज़ मिठाई जो खाने को मिलेगी। देखती है न!"

दूसरे दिन चिक की पहली पाँति में सात तारे जगमगा उठे, सात रंग के। सतभैया तारा! सिरचन जब काम में मगन रहता है तो उसकी जीभ ज़रा बाहर निकल आती है, होंठ पर। अपने काम में मगन सिरचन को खाने-पीने की सुध नहीं रहती। चिक में सुतली के फन्दे डालकर उसने पास पड़े सूप पर निगाह डाली—चिउरा और गुड़ का एक सूखा ढेला। मैंने लक्ष्य किया, सिरचन की नाक के पास दो रेखाएँ उभर आयीं। मैं दौड़कर माँ के पास गया। "माँ, आज सिरचन को कलेवा किसने दिया है, सिर्फ़ चिउरा और गुड़?"

माँ रसोईघर के अंदर पकवान आदि बनाने में व्यस्त थी। बोली, "मैं अकेली कहाँ-कहाँ क्या-क्या देखूँ!... अरी मँझली, सिरचन को बुँदिया क्यों नहीं देती?"

"बुँदिया मैं नहीं खाता, काकी!" सिरचन के मुँह में चिउरा भरा हुआ था। गुड़ का ढेला सूप में एक किनारे पर पड़ा रहा, अछूता।

माँ की बोली सुनते ही मँझली भाभी की भौंहें तन गयीं। मुट्ठी-भर बुँदिया सूप में फेंककर चली गयी।

सिरचन ने पानी पीकर कहा, "मँझली बहूरानी अपने मैके से आयी हुई मिठाई भी इसी तरह हाथ खोलकर बाँटती है क्या?"

बस, मँझली भाभी अपने कमरे में बैठकर रोने लगी। चाची ने माँ के पास जाकर लगाया–"छोटी जाति के आदमी का मुँह भी छोटा होता है। मुँह लगाने से सिर पर चढ़ेगा ही।... किसी के नैहर-ससुराल की बात क्यों करेगा वह?"

मँझली भाभी माँ की दुलारी बहू है। माँ तमककर बाहर आयी–"सिरचन, तुम काम करने आये हो, अपना काम करो। बहुओं से बतकुट्टी करने की क्या जरूरत? जिस चीज की जरूरत हो, मुझसे कहो।"

सिरचन का मुँह लाल हो गया। उसने कोई जवाब नहीं दिया। बाँस में टँगे हुए अधूरे चिक में फन्दे डालने लगा।

मानू पान-सजाकर बाहर बैठकखाने में भेज रही थी। चुपके से पान का एक बीड़ा सिरचन को देती हुई बोली, इधर-उधर देखकर–"सिरचन दादा, काम-काज का घर! पाँच तरह के लोग पाँच किस्म की बात करेंगे। तुम किसी की बात पर कान मत दो।"

सिरचन ने मुस्कुराकर पान का बीड़ा मुँह में ले लिया। चाची अपने कमरे से निकल रही थी। सिरचन को पान खाते देखकर अवाक् हो गयी। सिरचन ने चाची को अपनी ओर अचरज से घूरते देखकर कहा, "छोटी चाची, जरा अपनी डिबिया का गमकौआ जर्दा तो खिलाना। बहुत दिन हुए...।"

चाची कई कारणों से जली-भुनी रहती थी, सिरचन से। गुस्सा उतारने का ऐसा मौका फिर नहीं मिल सकता। झनकती हुई बोली, "मसखरी करता है? तुम्हारी बढ़ी हुई जीभ में आग लगे। घर में भी पान और गमकौआ जर्दा खाते हो?... चटोर कहीं के!" मेरा कलेजा धड़क उठा... यत्परो नास्ति!

बस, सिरचन की उँगलियों में सुतली के फन्दे पड़ गये। मानों, कुछ देर तक वह चुपचाप बैठा पान को मुँह में घुलाता रहा। फिर, अचानक उठकर पिछवाड़े पीक थूक आया। अपनी छुरी, हँसिया वग़ैरह समेट-सम्हालकर झोले में रखे। टँगी

हुई अधूरी चिक पर एक निगाह डाली और हनहनाता हुआ आँगन से बाहर निकल गया।

चाची बड़बड़ायी—"अरे बाप रे बाप! इतनी तेज़ी! कोई मुफ्त में तो काम नहीं करता। आठ रुपये में मोहर छापवाली धोती आती है।... इस मुँहझौंसे के न मुँह में लगाम है, न आँख में शील। पैसा खर्च करने पर सैकड़ों चिकें मिलेंगी। बाँतरटोली की औरतें सिर पर गट्ठर लेकर गली-गली मारी फिरती हैं।"

मानू कुछ नहीं बोली। चुपचाप अधूरी चिक को देखती रही।... सातों तारे मन्द पड़ गये।

माँ बोली, "जाने दे बेटी! जी छोटा मत कर, मानू! मेले से खरीदकर भेज दूँगी।"

मानू को याद आयी, विवाह में सिरचन के हाथ की शीतलपाटी दी थी माँ ने। ससुरालवालों ने न जाने कितनी बार खोलकर दिखलाया था पटना और कलकत्ता के मेहमानों को। वह उठकर बड़ी भाभी के कमरे में चली गयी।

मैं सिरचन को मनाने गया। देखा, एक फटी हुई शीतलपाटी पर लेटकर वह कुछ सोच रहा है। मुझे देखते ही बोला, "बबुआजी! अब नहीं। कान पकड़ता हूँ, अब नहीं। ...मोहर छापवाली धोती लेकर क्या करूँगा? कौन पहनेगा?... ससुरी खुद मरी, बेटे-बेटियों-को ले गयी अपने साथ। बबुआजी, मेरी घरवाली जिंदा रहती तो मैं ऐसी दुदशा भोगता? यह शीतलपाटी उसी की बुनी हुई है। इस शीतलपाटी को छूकर कहता हूँ, अब यह काम नहीं करूँगा!... गाँव-भर में तुम्हारी हवेली में मेरी कदर होती थी।.. अब क्या?" मैं चुपचाप वापस लौट आया। समझ गया, कलाकार के दिल में ठेस लगी है। वह नहीं आ सकता।

बड़ी भाभी अधूरी चिक में रंगीन छींट का झालर लगाने लगी—"यह भी बेजा नहीं दिखलायी पड़ता, क्यों मानू?"

मानू कुछ नहीं बोली।... बेचारी! किंतु, मैं चुप नहीं रह सका—"चाची और मँझली भाभी की नज़र न लग जाये इसमें भी।"

मानू को ससुराल पहुँचाने मैं ही जा रहा था।

स्टेशन पर सामान मिलाते समय देखा, मानू बड़े जतन से अधूरी चिक को मोड़कर लिये जा रही है अपने साथ। मन-ही-मन सिरचन पर गुस्सा हो आया। चाची के सुर-में-सुर मिलाकर कोसने को जी हुआ।... कामचोर, चटोर!

गाड़ी आयी। सामान चढ़ाकर मैं दरवाज़ा बंद कर रहा था कि प्लेटफ़ार्म पर दौड़ते हुए सिरचन पर नजर पड़ी—"बबुआजी!" उसने दरवाज़े के पास आकर पुकारा।

"क्या है?" मैंने खिड़की से गरदन निकालकर झिड़की के स्वर में कहा। सिरचन ने पीठ पर लदे हुए बोझ को उतारकर मेरी ओर देखा—"दौड़ता आया हूँ।... दरवाजा खोलिए! मानू दीदी कहाँ हैं? एक बार देखूँ!"

मैंने दरवाज़ा खोल दिया।

"सिरचन दादा!" मानू इतना ही बोल सकी।

खिड़की के पास खड़े होकर सिरचन ने हकलाते हुए कहा, "यह मेरी ओर से है। सब चीज है दीदी! शीतलपाटी, चिक और एक जोड़ी आसनी, कुश की।" गाड़ी चल पड़ी।

मानू मोहर छापवाली धोती का दाम निकालकर देने लगी। सिरचन ने जीभ को दाँत से काटकर, दोनों हाथ जोड़ दिये।

मानू फूट-फूटकर रो रही थी। मैं बंडल को खोलकर देखने लगा—ऐसी कारीगरी, ऐसी बारीकी, रंगीन सुतलियों के फंदों का ऐसा काम, पहली बार देख रहा था।

1957

भित्तिचित्र की मयूरी

फुलपतिया की माँ हाथी के सूँड में काला रंग भरकर सींकी से मयूरी के पंख उकेरने में तन्मय थी। अचानक, बिजली-सी कौंधी। उसने उलटकर देखा तो एक हाकिम-जैसा जवान आदमी छोटा पनबट्टा-जैसे काले डिब्बे में आँख सटाकर खड़ा था। वह घबराकर अपने अस्तव्यस्त कपड़े सँभालने लगी फिर बिजली चमकी। तब वह डर गयी। उसके मुँह से अस्फुट स्वर में निकला—"हजूर!"

लेकिन, उस आदमी ने फुर्ती से झुककर फुलपतिया की माँ के पैर छू लिए—"माताजी, मैं हजूर नहीं, कोई। आपका बेटा हूँ!"

फुलपतिया की माँ की हालत अब और खराब हो गयी। वह थर-थर काँपने लगी। बहुत चेष्टा करने के बाद उसके मुँह से किसी तरह एक पुकार निकली—"फुलपत्ती रे!"

तब तक गाँव के करीब डेढ़ दर्जन बच्चे घटनास्थल पर पहुँच गये थे। फुलपत्ती आपने आँगन में अरवा चावल सिलौटे पर रखकर पीस रही थी। एक आठ-दस साल के लड़के ने दौड़कर उसको सूचना दी—"फुलपतिया दैया...अरी, फुलपतिया दीदी! तू यहाँ बैठी चावल पीस रही है, वहाँ दरवाजे पर मौसी को 'निसपिट्टर साहेब' ने रैस्ट कर लिया है...।"

"ऐं? कौन निसपिट्टर रे, नहरवाला?"

"मालूम नहीं, 'नहर' वाला है या 'करज' वाला। चलकर देख ना! वही सुनो, मौसी बुला रही है।"

"फुलपत्ती रे ए-ए-ए।"

माँ की पुकार सुनकर फुलपतिया बिना हाथ धोए ही दरवाजे की ओर दौड़ी। दरवाजे पर पहुँचकर उसने देखा, 'निसपिट्टर' मौसी के पास घुटने मोड़कर बैठा है—"माताजी, आप अपना काम खत्म कर लीजिए, तब मैं अपने काम की बात करूँ!" फुलपतिया पर अचानक 'भगवती थान' की कोई देवी सवार हो गयी, मानो। उसकी माँ के पास एक घूर जमीन नहीं। न अपनी, न बटैयादारी की। लेकिन नहर के हाकिम ने पानी का खजाना 'लगान' करके चपरासी के मार्फत 'लोटिस' भेज दिया है कि पंद्रह दिनों के अंदर खजाना नहीं चुकाने से माल-मवेशी 'कुरुक' हो

जाएगा। इसी को कहते हैं, पानी में आग लगाना। वह बरस पड़ी—"देखिए, हाकिम साहेब, रैस्ट करना है हमको करिए। जेहल ले चलना है, हमको ले चलिए। अपनी माँ को इस बुढ़ौती में हथकड़ी नहीं लगने दूँगी—इसके चलते चाहे जो हो जाए... ।"

तब तक गाँव के 'मर्द-पुरुष' लोग भी खबर पाकर, खेत-खलिहान और बगीचे-बागान से दौड़े आये। अठारह वर्ष की लड़की फुलपतिया अपनी माँ को अगोरकर बैठी जोर-जोर से चिल्ला रही थी—"चाहे जान चली जाए, लहाश निकल जाए..."

गाँव का मशहूर 'पुच-पुच' कर हमेशा बेमतलब हँसनेवाला 'हँसनाह-मर्द' तोफालाल साह सबसे पहले दौड़ा आया था और हाकिम को सलाम करने के बाद, मंद-मंद मुस्कुराता कुछ बोलने का मौका खोज रहा था। गाँव के किसी के सिर कोई आफत आयी हो, किसी घर में कोई बुरी घटना घटी हो, बाप-बेटे में झगड़ा होता रहे अथवा कोई अपनी औरत को पीट रहा हो—सबसे पहले तोफालाल ही हँसता हुआ घटनास्थल पर पहुँचता है। लोगों को दुख में देखकर अद्भुत आनंद आता है उसको। लेकिन, किसी का कोई शुभ समाचार सुनकर वह कहीं नहीं जाता। और फुलपतिया की माँ की गिरफ्तारी की खबर सुनकर उसको अपने हिसाब से वाजिब और हार्दिक प्रसन्नता हुई थी। अपनी भतीजी की शादी में उसने कितनी खुशामद की थी, फुलपतिया की माँ की—"भौजी, तुम चलकर 'मँड़वा की भित' पर सिर्फ 'लिखनी' खींच दो—रंग भरने का काम, फुलपतिया फुर्सत में जाकर कर देगी।"

मगर वह जरा भी टस-से-मस नहीं हुई थी। बहाना बनाकर बोली थी—"कमर में बहुत दर्द है।" इस पर फुलपतिया 'कूट' करती हुई बोली थी—"जाओ न, तोफा काका शहर से 'डाँगडर' मँगाकर इलाज करा देंगे।" इतने दिनों के बाद तोफालाल को, फुलपतिया की माँ और फुलपतिया पर हँसने का अवसर मिला है। उसने हँसते हुए फुलपतिया से कहा—"अरी, इतनी बड़ी 'वारी कुमारी' होकर तुम काहे जेहल जाओगी? अभी माँ को ही जाने दो। जेहल जाएगी तो मुफ्त में ही सरकारी डॉक्टर से इलाज कराने... ।"

फुलपतिया ने घुड़की देकर बीच में ही उसकी बोली बंद कर दी—"तुम क्यों आ टपके बीच में? हूँ! 'हँसनाह-मर्द, और 'पदनाह-घोड़ा' भागो यहाँ से।"

तब तक गाँव के 'सरपंच' ताहा मियाँ भी पहुँच गये थे। आते ही ताहा मियाँ ने 'सरकारी आदमी' के लहजे में फुलपतिया को डाँटा—"तेरा माथा खराब हो गया है क्या? चुप क्यों नहीं रहती!"

फुलपतिया आज किसी को नहीं छोड़ेगी, चाहे मुखिया हो या सरपंच। उसने ताहा

मियाँ की बात को काटकर दो टूक करते हुए कहा—"आज हमसे जो भी लगेगा, उसको नहीं छोड़ेंगे, सरपंच हो या खड़पंच...!"

बच्चों की टोली इस उक्ति पर ठठाकर हँस पड़ी।

तब खुद 'हाकिम' हाथ जोड़कर फुलपतिया के पास जाकर खड़े हुए—"सुनिये, मैं न नहर विभाग का हाकिम हूँ, और न मैं किसी को गिरफ्तार करने आया हूँ। मैं 'कुटीर शिल्प पटना' की ओर से...बात यह है कि...।"

उनकी बात सुनकर वहाँ उपस्थित सभी जन एक साथ हँस पड़े—"धत्तेरे की! बेकार में बिना जाने-समझे-बूझे बात लेकर...।"

लेकिन बात हँसी में उड़ नहीं गयी। बल्कि धीरे-धीरे गाँव में फैल गयी, फैलती गयी—"कुछ सुना? समझो कि जुल्म हो गया। पटना से एक 'जैंटुलमैन बाबू' आया है। फुलपतिया के हाथ की बनाई 'लिखन-पढ़नी' देखकर कहता है, इसकी 'छापी' खींचकर अमेरिका या रूस या न जाने कहाँ भेजेंगे...।"

"किसको 'मिरकारूस' भेजेगा। फुलपतिया की माँ को?"

"कहता है, डबल बकसीस मिलेगा।"

"मगर वह आदमी तो देखने में ठीक 'देसवाली' लगता है 'विलैती आदमी' की तरह बिलरमुँहा नहीं।"

"फुलपतिया तभी गरज रही थी न! अभी जाकर देखो, शहरी मेहमान के लिए कोंहड़े के फूल का 'वचका' बना रही है—हँस-हँसकर।"

"वह भात ही खाएगा? किस जात का है?"

"फुलपतिया की माँ का भाग फिर गया समझो?"

"अरे भैया, बेचारी जर-जमीन और घरवाले को गँवाने के बाद से कम दुख झेल रही है! जिनगी-भर 'शुभ-लाभ' और 'परब-पावन' के समय गाँव के लोगों की 'भित' पर 'फूल-पत्ती' के बीच देवी-देवता लोगों की 'मूरती' बनाती रही है। उसी का 'सुफल' है यह। भगवान एकदम अंधा नहीं है जी!"

"अब फुलपतिया की शादी हो जाएगी। तिलक के लिए 'टका' 'मिरकारूस' से आयेगा।"

"तुम लोग भी खूब हो भाई!" 'गुलाब-तकिया' पर गाँजे की पत्ती रखकर 'प्रेमकटारी' से कतरते हुए अनूपलाल ने कहा—"अभी से लगे अटकल लगाने। पहले देखो तो कि आदमी असली है या नकली। लबटोलिया गाँव के मरचू महतो का पचास रुपया ठगकर वह नकली लौट्री का नकली एजेंट ले गया था, सो याद नहीं ? सारे इलाके में खबर फैल गयी थी मरचू महतो 'खाखपति' से लाखपति हो गया है। सिर्फ पचास रुपये का 'इस्टाम' खरीदकर कागज पर लगाता है, क्योंकि गाँव में दो मरचू

महतो हैं। कागज पर इस्टाम लगाकर 'आफीडिफी' करके दाखिल करते ही बैंक से एक लाख टका के 'कड़कड़िया-लोट' सब निकल आयेंगे तुरंत। इसके बाद जो हुआ सो मालूम ही है। वह तो धन्न कहो कि मरचू महतो पागल नहीं हो गया।

सभी हँसते हैं। रामफल बात गढ़कर बोलना जानता है। कहता है—"मरचू को लाख टका नहीं मिला। मगर 'भोटर-लिस्ट' में नाम के साथ महतो के बाद लखपति तो दर्ज हो गया। अरे, एक ही गाँव में दो मरचू और दोनों महतो। भोटर-लिस्ट लिखनेवाला बोला—दोनों का पेसर भी एक ही है। बड़ा गड़बड़ है। तब चौकीदार ने कहा—एक मरचू महतो को गाँव में लोग दिल्लगी में 'लखपति' कहते हैं। बस, कागज में वही दर्ज कर दिया लिखनेवाले मोहरिल ने।"

नागेसर दास गाँव में सबसे बड़ा झूठ बोलनेवाला समझा जाता है। लेकिन उसकी बात को लोग चाव से सुनते हैं। वह बोला—"और, मरचू महतो की लाटरी ने एक और 'भितरिया-खेला' लगाया था सो किसी को है मालूम? जोखन चौधरी को जब मालूम हुआ कि मरचू का नाम लाटरी के 'टिकस' में निकल आया है तो उसने तुरंत जोख-तौलकर एक तरीका निकाला। मरचू से जाकर बोला कि अगर पाँच हजार खर्च करने का वादा करो तो तुम्हारा 'चुमौना' एक 'तड़तड़-जवान' बेवा से करवा दे सकता हूँ—तुरंत। मरचू महतो तैयार हो गया तो जोखन बोला—सादा कागज बना दो। मरचू को लौटरी तो मिला नहीं, जोखन ने उसी सादे कागज पर किए अँगूठा के निशान के बल पर उसकी दोनों भैंस...।"

"भैया, हमको तो 'परतीत' नहीं होता है कि यह आदमी असली है। जरूर कोई 'शीआयडी' है। नहीं तो, शहर में फोटू छापी और तस्वीर की कोई कमी है? एक से एक देवी-देवताओं के 'कलैण्डर' छोटी से छोटी पान की दूकान पर लटकते रहते हैं। तब, शहर का आदमी गाँव में आकर—देहाती तस्वीर पर 'लट्टू' हो जाए—यह भी परतीत करने काबिल बात है, भवा?" एक सदा बीमार ग्रामीण अधेड़ ने कहा।

गाँव के हर टोले और घर में दिनभर फुलपतिया की माँ और फुलपतिया की चर्चा होती रही। उधर इतनी ही देर में वह 'जेन्टुलमैन' फुलपतिया और उसकी माँ से इस तरह दूध-मिश्री की तरह घुल-मिल गया मानो सचमुच 'सर्वांग' हो।

शाम की गाड़ी से लौटने के पहले उसने फुलपतिया की माँ से कहा—"अगले सप्ताह ही आप लोगों को चिट्ठी लिखकर सब खबर भेज दूँगा।"

फुलपतिया की माँ ने पूछा—"बबुआ, तुमने सबकुछ तो बतलाया, मगर अपना नाम ही बतलाना भूल गये।"

उसने हँसकर कहा—"मेरा नाम सनातन प्रसाद है, माताजी।"

फुलपतिया लजाती हुई बोली–"अनजाने में, गुस्सा के झोंक में न जाने क्या-क्या निकल गया। उसको मन में नहीं रखिएगा।"

सनातन ने गंभीर होने की मुद्रा बनाई और शरारत-भरी निगाह से देखते हुए कहा–"उँहूँ, मन में ही रखूँगा। आपने क्या कहा था, याद है– हमको 'रेस्ट' करिए।"

फुलपतिया का चेहरा लाज के मारे 'लाल-टेसू' हो गया। वह भागकर आँगन में चली गयी।

इसी को कहते हैं भगवान छप्पर फाड़कर भी देता है।

फुलपत्ती के माँ के छप्पर पर आज छाजन के फूस भी नहीं। अठारह-उन्नीस साल पहले फुलपत्ती के बाबूजी मुकदमाबाजी में जगह-जमीन सब झोंककर आखिर खुद भी झोंक में आकर चले गये। हार के शोक में, कुछ खाकर सो रहे। तबसे–फुलपत्ती की माँ गाँव-घर के किसानों के घर में कूट-पीसकर गोदी की इकलौती संतान को पालती रही। हाथ में एक गुण था–जिसके कारण थोड़ी पूछ और प्रतिष्ठा होती थी। अब वह भी नहीं। अब, शादी-ब्याह, पर्व-त्योहार के अवसरों पर 'भित्त' पर कागज में छपे देवी-देवताओं की तस्वीरों के अलावा बाइस्कोप की तस्वीरें लटकाई जाती हैं। लेकिन, कल जब डाकपियून आकर फुलपत्ती की माँ के नाम ढाई सौ रुपये का मनिआर्डर दे गया, तब से गाँव के लोगों ने स्वीकार कर लिया–पुराने जमाने की सभी चीजें फालतू नहीं। गाँव में तुरंत बात फैल गयी–पटना से आया हुआ वह आदमी 'नकली' नहीं 'असली' था!

आठ-दस दिनों के बाद सनातन प्रसाद फिर आया। गाँव में इन दिनों फुलपत्ती की माँ के भाग फिरने की बात को छोड़कर और कोई बात नहीं होती। उसके आँगन में औरतों की भीड़ जमा रहती है, सदा। दरवाजे पर मुखिया और सरपंच आकर 'कुशल-खेम' पूछ जाते हैं।

और एक दिन अचानक लोगों ने सुना–फुलपत्ती की माँ, अपने को संग लेकर–पटना नहीं 'डिल्ली' गयी है। सनातन ही ले गया है। डिल्ली में एक ही 'भित्त' पर 'लिखाई' करने की मजदूरी एक हजार।

"मजदूरी नहीं, बकसीस कहो।"

"और, फुलपत्ती? वह नहीं गयी साथ?"

"नहीं। उसकी मास्टरनी मामी आयी है। दस-पंद्रह दिन रहेगी। छुट्टी लेकर आयी है।"

"अब देखना, मामा-मामी, मौसा-मौसी, फूफा-फूफी के अलावा ममेरे-फुफेरे, अपने-पराये सब जुटेंगे आकर–जो कभी झाँककर भी नहीं देखने आते थे।"

कई दिन के बाद स्टेशन-बाजार का बदरी भगत हाथ में एक अखबार लेकर

आया, जिस पर फुलपत्ती की माँ की तस्वीर छपी है। 'बड़े-लाट' साहब के हाथ से बकसीस ले रही है फुलपत्ती की माँ!

बदरी भगत स्टेशन-बाजार पर रहता है। बनिया है मगर आटे-दाल के भाव के अलावा दुनिया-भर की खबर याद रखता है। खूब अखबार पढ़ता है। वह कहता है—''चाची जिस दिन लौटेगी, हम लोग धूमधड़ाके के साथ स्टेशन पर उसका स्वागत करेंगे। घास-फूस का 'गेट' बनाकर उस पर मिट्टी की लिपाई-पोताई करके—फुलपत्ती के हाथ से लिखाई करवाई जाएगी...। अरी, फूलो दीदी, माँ की 'ईलम' जो मिली है उसको मन लगाकर साधोगी तो एक दिन तुमको भी सरकारी 'प्राइज' मिलेगा...। अपने गाँव का नाम औल इंडिया में क्या, इंडिया से भी बाहर चला गया समझो। अखबार में लिखा है कि श्रीमती पनियाँ उर्फ पन्ना देवी अपनी बनाई हुई तस्वीरों पर टेढ़ी-मेढ़ी देवनागरी में अपने नाम के साथ, अपने गाँव और जिला का नाम लिखना नहीं भूलतीं। अब बतलाओ, गाँव का नाम बढ़ाया या नहीं?''

''ठीक बात!''

गाँव के नौजवानों ने एक स्वर से नारा लगा दिया—''बोलिए, एक बार प्रेम से—पन्ना देवी की जै...जै...''

औरतों की बैठकी में बैठी फुलपत्ती की मामी हमेशा 'कचहरी' बोली में बोलती रहती है—'जाती हूँ, खाती हूँ, पीती हूँ,' सुनकर गाँव की औरतें घूँघट की ओट में कभी-कभी हँसती भी हैं।

"हाँ फुलपत्ती के हाथ में रकम आठ आना गुण आ गया है।"

"आयेगा नहीं? इसके चलते दीदी के हाथ की मार क्या कम खाई है फुलपतिया ने?" फुलपत्ती की मामी कहती है।

फुलपत्ती की मामी अपने गाँव-पोठिया के कन्या पाठशाला में पढ़ाती है। हमेशा पान खाती रहती है और किसी बाहरी 'मरद-पुरुख' से बात करने में जरा भी नहीं 'थखाती' है। बदरी भगत उसकी मजलिस में आया तो उसने कपड़ा सरकाकर सिर भी नहीं ढँका। बोली—''बाकी सब काम तो फुलपत्ती ही करती थी, पिठार के चावल को खूब महीन करके सिलबट्टे पर पीसना। पिठार को दूध में घोलना। थोड़ी देर के बाद, ठीक समय पर जंगली पेड़—'मेदाकाठ' की कोमल पत्तियों को उसमें डालकर मथते रहना, सींकी की काठियों में कपड़े और छोटे-छोटे लत्ते लपेटकर—अलग-अलग रंग के लिए तैयार करना; रंग घोलना—सब काम तो फुलपत्ती बचपन से ही करती आयी है। और, कहीं जो पिठार जरा-सा मोटा हुआ, काठी के लत्ते ढीले पड़े या रंग गाढ़ा, पतला हुआ थोड़ा भी कि झोंटा पकड़कर दे धुमक्का दे धुमक्का।''

बदरी भगत ने कहा–"मामी, अपने घर पर रखकर फुलपत्ती को 'दो अच्छर' आगे और पढ़ा देती तो...।"

मामी बोली–"भैया, हम क्या करें। लोअर तक पढ़ाकर रामायण बाँचना सिखाकर, अपर में पढ़ाना चाहती थी। मगर, उसकी माँ की जिद–अब आगे नहीं पढ़ाना है। और, दीदी की वह इकलौती बेटी ठहरी। हम क्या करें?"

"अब एक बढ़िया घर-वर देखकर हाथ पीले करवा दो मामी। तिलक-दहेज भी थोड़ा देना पड़े तो..."

मामी बदरी भगत का दिया हुआ जर्दा मुँह में डालती हुई बोली–"बढ़िया घर-वर मिलने-मिलाने की बात तो बदरी बाबू, बस भगवान के हाथ है। तब, यह बात ठीक है कि अब सुगम हो जाएगा। जानते ही हो, इसका तो गाना भी बन गया है सिनेमा में 'पैसा फेंको, तमाशा देखो'....।"

नागेसर दास ने फिर एक किस्सा लोगों को सुनाना शुरू किया है–"जानते हो, जोखन ने यहाँ भी तौल-जोखकर मोल-तोल किया है। फुलपत्ती की माँ अगर पाँच हजार पेशगी दे तो एक दुलहा उसके–समझिए कि पाकिट में है। मगर फुलपत्ती की मामी ने उसकी चालाकी नहीं चलने दी।"

फुलपत्ती की माँ लौट आती है।

"साथ में तीन बैलगाड़ियों पर सिर्फ इनाम में मिले हुए असबाब लदके आये हैं।"

स्टेशन पर खूब धूमधाम और जयजयकार करके स्वागत हुआ। सचमुच देखने के काबिल गेट बनाया था स्टेशनवालों ने। फुलपत्ती के हाथ में आठ आना ही नहीं, बारह आना गुण आ गया है। सनातन भी साथ में आया है। गाड़ी से उतरकर उसकी नजर सबसे पहले गेट की कारीगरी पर–चौकठ, कलस और फूल-पत्तियों पर पड़ी थी। बहुत देर तक वह गौर से देखता रहा था। फिर घर पहुँचकर फुलपत्ती से पूछा था–"लाल रंग की मछली किस नदी में पाई जाती है? वहाँ कलस के आस-पास, आपकी आँकी हुई दोनों मछलियों के रंग लाल देखने के बाद से ही यह सवाल मेरे मन में छलमला रहा है।"

फुलपत्ती ने कहा–"क्यों? हमारी इस गँवई नदी चंद्रभागा में जेठ-असाढ़ में पहली वर्षा के बाद जाकर देखिएगा–कभी-कभी नदी की धारा लाल हो जाती है–हजारों-लाखों मछलियों के जीरे...। वे क्या पटना की ओर किसी नदी में कभी नहीं जातीं?"

"कैसे जाएँगी। उधर चंद्रभागा या कोसी की कोई धारा गयी ही नहीं।"

फुलपत्ती के मामा नरोत्तम बाबू को लोग एक मिनट की भी छुट्टी नहीं देते—"दिल्ली का किस्सा और सुनाइए थोड़ा!"

फुलपत्ती की मामी आकर कहती है—"भैया, भले आदमी को अब थोड़ी घर-गृहस्थी की भी बात करने दो!"

फुलपत्ती की मामी ने अपने पति को आँगन के एकांत घर में बुलाकर धीरे-से कहा—"यह सनातन क्या कहता है! जानते हो?"

"जानता हूँ, जो कहता है, ठीक ही कहता है। यहाँ धरा ही क्या है? चार झोंपड़े और एक दादा-आदम के जमाने के पुराने चोबारा-चौखड़ा के मोह में क्यों पड़ी रहेगी दीदी? जब भगवान ने आँख खोलकर हेरा है तो शहर में क्यों नहीं रहेगी दीदी? पाँच सौ से नौ सौ तक माहवारी और रहने के लिए 'लोहियानगर' की वैसी कोठी।...ठीक ही कहता है, सनातन!" फुलपत्ती के मामा ने कहा।

"सनातन है किस बिरादरी का?"

"बिरादरी को कौन पूछता है आजकल। पूछो कि आदमी क्या है, हैसियत क्या है। एक बड़े आदमी का बेटा है। बाप अच्छी संपत्ति छोड़कर मरा है। बाप की बनाई कोठी है, मोटरगाड़ी है। साल में दस-बारह हजार रुपये की तस्वीरें ही खरीदता है। पटना में लिखने, पढ़ने, नाचने, गाने और आँकनेवालों के बीच खूब 'बोलबाला' है। कला-अकादमी पटना का सेक्रेटरी है। और क्या चाहिए?"

"दीदी तैयार...माने...दीदी क्या कहती है?"

"तैयार क्यों नहीं होंगी? अगर नहीं तैयार हों तो उनको तैयार कराना हम लोगों का काम है।"

फुलपत्ती की माँ तो गौ है गौ। उसके मन में कोई छल-कपट नहीं। वह सब कुछ सुन-समझकर तुरंत राजी हो गयी। मगर, यह लड़की फुलपत्ती!

फुलपत्ती एकदम राजी नहीं। जब से इस प्रस्ताव की भनक उसके कान में पड़ी है—नहाना, धोना, खाना, पीना, छोड़कर घर में पड़ी हुई है। माँ समझाकर थक गयी। मामा गये और निराश होकर लौटे। तब मामी ने कहा, "एक बार मैं भी देखूँ!"

"फुलपत्ती बेटी!"

"मामी, अब तू आयी है जलाने? तेरा भी मन दिल्ली और पटना जाने के लिए डोल गया? मैं कहती हूँ, अपने बाप-दादे की 'डीह' छोड़कर कहीं नहीं जा सकती मैं। मेरी लहाश ही निकलेगी, इस घर से...हाँ..." वह अब रोने लगी।

"भारी जिद्दी है बचपन से ही...."

सनातन सोच में पड़ा हुआ है। पिछली दो रातों से उसकी आँखों में नींद नहीं आ

रही। आँख मूँदते ही उसको लगता है—उसके अंदर कोई बैठा हुआ है जो उसे आँखें तरेरकर देखता है और पूछता है—यह क्या कर रहा है तू? बलात्कार? कुमारी को अपवित्र करेगा तू? अपनी वासना पूरी करने के लिए कला का यह व्यापार? हाहाहाहा ...बिगस्केल फोक-आर्ट इंडस्ट्री? हीहीही...इंडस्ट्री नगर में—तुम्हारी फैक्टरी में—फुलपत्ती और उसकी माँ का जिबह भोथरी छुरी से करेगा न? मधुबनी शैली का प्रमुख ज्ञाता, वक्ता अधिकारी बनकर तू लोक-कल्याण वातावरण का पर्दा डालकर अपने प्राइवेट चेम्बर में बैठा रहेगा और फुलपत्ती, उसकी माँ ही नहीं वरन् सैकड़ों की तादाद में तुम्हारे 'स्लाटर-हाउस' में जिबह होती, चीखती रहेंगी...?

आज वह फुलपत्ती से स्वयं बातें करेगा।

उसने देखा, फुलपत्ती आज थोड़ा प्रसन्न है। वह अपने दरवाजे की 'भित्त' पर माँ की उकेरी हुई अधूरी मयूरी रेखाओं में रंग भर रही है।

सनातन ने पास जाकर कहा—"मयूर नाचता है या मयूरी?"

"मयूरी को नाचने-नचानेवाले पंख होते ही कितने हैं, जो वह नाचेगी?"

"आपने मोर को नाचते देखा है कभी?"

"इस घोर जंगली देहात के करीब हर प्राणी ने हर वर्षा के समय उसकी बोली सुनी होगी और जंगल में उसे नाचते देखा होगा। आप क्या कहना चाहते हैं—सीधे क्यों नहीं कहते!"

"मैं कह रहा था कि आप एक बार फिर सोचकर..."

"बार-बार सोचकर क्या होगा। जो सोचना था एक ही बार...। देखिए सनातन बाबू, आप माँ को ले जाइए यदि वह जाना चाहती है तो! हमसे कुछ मत कहिए।"

"लेकिन, याद कीजिए—आपने कहा था कि 'रेस्ट' करना हो..."

"छोड़िए बेकार की बातें। नहीं तो गुस्से में मुँह से कुछ भला-बुरा निकल जाएगा तो...।"

"सो तो, जिस दिन आया—उसी दिन सुन चुका हूँ।"

"आप क्या हमको—हम लोगों को—तस्वीर ही समझते हैं?"

"क्या मतलब?"

"आप समझते हैं कि आप सबकुछ खरीद सकते हैं!"

"कहाँ? मैं तो बिकना चाहता हूँ।"

"सनातन बाबू, आप तो बहुत पढ़े-लिखे आदमी हैं। फिर भी आप समझते क्यों नहीं?"

सनातन ने चुप होकर समझने की चेष्टा की। बोला—"ठीक है, लेकिन आप मेरे एक सवाल का जवाब दे दें तो, बड़ी कृपा हो। आखिर वह कौन...कौन है वह सौभाग्यवान, जिसके बंधन को आप...देखिए, मुझे बड़ी खुशी होगी अगर आप...।"

फुलपत्ती ने 'भित्ति' पर बने हुए सजे-सँवरे कलंगी ऊँची किए, पंख छत्राकार फैलाए, नाचते हुए मयूर की ओर दिखलाते हुए अँगुली उठाई—"वह वहाँ... वही... नाच रहा है जो। समझे?"

सनातन ने एक लंबी साँस लेकर कहा—"समझकर क्या होगा! अच्छी बात। अब मेरा एक दूसरा प्रस्ताव...यानी...दूसरी प्रार्थना है..."

सनातन उसको अपना दूसरा प्रस्ताव सुनाता रहा—अति उत्साहपूर्वक और फुलपत्ती भित्तिचित्र की मयूरी के पंखों में रंग भरती रही।

सनातन को लगा—मयूरी हठात् पंख फैलाकर किलक उठी। केका ध्वनि से उसके अंदर का घनघोर 'बिजूबन' मुखरित हो उठा। आम के बाग में झूले पर बारहमासा गाती हुई लड़कियों के कंठ से निकली एक कड़ी—उसके मन के मेघाच्छादित आकाश में बहुत देर तक मँडराती रही—"बिजूबन कुहुक मयूर..."

गाँव में फिर एक बार जोर से एक नयी खबर फैली—"नहीं-नहीं। फुलपत्ती की माँ नहीं जाएगी गाँव छोड़कर। अपने पति की डीह छोड़कर वह कहीं नहीं जाएगी। लेकिन, सनातन ने यहाँ एक 'सेंटर' खोलने का फैसला किया है। पटना, दिल्ली और कलकत्ता से चुनी हुई लड़कियाँ तीन महीने की ट्रेनिंग लेने आयेंगी, यहाँ। फुलपत्ती की माँ को घर बैठे ही समझो—पाँच सौ से हजार रुपये तक मिलेंगे और जिले और गाँव की लड़कियों को भी मुफ्त में सिखाया जाएगा...अखबार में भी यह खबर छप गयी है। बदरी भगत सबको सुना रहा है। इस बार गाँव का पूरा नाम छपा है अखबार में—"मोहनपुर के 'मधुबनी आर्ट सेंटर' के भवन शिलान्यास के लिए देश के प्रसिद्ध चित्रकार हुसैन से अनुरोध किया गया है...।"

सुननेवालों ने एक स्वर से जयजयकार कर दिया—"मोहनपुर गाँव की जै... जै..."

नवंबर, 1972

तीर्थोदक

बात अनसुनी करके साइकिल पर सवार होते हुए लल्लू को जब बाप की वज्र-कठोर झिड़की मिली, तो परिवार के अन्य सदस्यों ने परिस्थिति की गंभीरता का अंदाज़ लगा लिया।

"लल्लू-उ-उ-उ! एक ही तमाचे में तुम्हारी सारी फुटफुटी निकल जायेगी।"

साइकिल के पुराने झड़ियल मडगार्ड झरझरा उठे। लल्लू साइकिल से उतर पड़ा। आँगन में, रसोईघर के पास बरतन-बासन माँजती मोतिया की माँ के हाथ से खगड़िया-कटोरी गिरकर झनझना उठी—"बूढ़े मालिक आज असली गुस्सा निकाल रहे हैं? दैब रे!"

"जिसको जाना है, खुद चली जाये! टिकट कटाये। इस घर का एक बच्चा भी किसी की झोली-गठरी में हाथ नहीं लगायेगा, न ही यहाँ का एक पंछी साथ जायेगा।"

पिछले दो दिन से वृद्ध बजरंगी चौधरी का मन कड़वाया हुआ है। सामान्य बात में भी पेंच लगाकर बोलते हैं। कभी बड़े लड़के शंकर की छोटी-सी गलती पर व्यंग्य-बाण छोड़ते हैं; कभी छोटे लल्लू को दर्जनों घरेलू और जंगली पशु-पक्षियों के नाम से पुकारते हैं—गधा, सूअर, उल्लू, गैंडा, बनबिलाव...। पास-पड़ोस के लोगों पर अकारण ही पिनकते हैं।

गाँव के लोग बजरंगी चौधरी के क्रोध से परिचित हैं। छोटे-बड़े उपसर्गों को देखकर अनुमान-अंदाज़ लगते हैं। इस बार बाप-बेटे में ठनेगी।... कुछ होने वाला है। बस, एक यही परिवार गाँव में टुटरू-टूँ चल रहा है... कब तक निभे?... बात क्या है?

परिवार का बड़ा बेटा शंकर बैठकखाने की ओर लपका। अपने बाप के क्रोध को वह जानता है। साल में एक या दो बार क्रोधित होते हैं। और उस दिन फिर कुछ होकर रहता है। जाते-जाते बहू की चेतावनी सुनायी पड़ी—"ई न्योतकर बुलाया गुस्सा है। कल कलेऊ की वेला से ही बाबूजी के मुँह पर अँधेरा छाया हुआ है। घर में खटखट-कचकच करके तीरथ जाने का क्या फल मिलेगा?... आज सोच-समझकर बात करे बाबूजी से कोई। हाँ!"

मँझला विष्णु पूजा की छुट्टियों में रात की गाड़ी से घर आया है; अभी तक सोया हुआ है। यों भी वह सुबह के आठ बजे तक सोता है। करवट लेते हुए वह अपने

बिछावन पर अस्फुट शब्दों में बड़बड़ाया—"हा-ह-हस्स-स-बे-रे-स-बे-रे।" फिर, आँखें मूँदे ही तकिये के नीचे दियासलाई टटोलने लगा।

उधर बैठकखाने में बाप का सारा गुस्सा शंकर के सिर पर बरसा—"तुम चुप रहो! बड़ा आया है वहाँ से, 'हो क्या गया, हो क्या गया' पूछनेवाला! मैं पूछता हूँ कि यह घर है या धरमशाला? जिसका जी जब जहाँ चाहा, चला गया! परम स्वतंत्र न सिर पर कोऊ! कल से समझाकर थक गया, लेकिन...। जैसी माँ, वैसी औलाद। तीनों-के-तीनों नालायक लड़के मेरे ही घर में कैसे हुए? एक वह, रात में आया है, पढ़ा-लिखा बैल! चिट्ठी में दो-दो बार लिखा कि आते समय नौगछिया में उतर कर गीतिया को लिवाते आना, तो साफ़-साफ़ जवाब लिखकर भेज दिया, कि 'दीदी को लिवाने के लिए किसी और को भेज दीजिए; लिवाई-जवाई का झमेला मुझे पसंद नहीं।'... सूअर! साथ नहीं लाया, बीमार बहन को ज़रा देखता ही आता। सो भी नहीं। अपनी बहन को साथ लिवा लाने में लाज लगती है और...!"

विष्णु की नींद टूट गयी—ऐं! कॉलेज का नागा करके भैया की साली को मुंगेर से जमालपुर पहुँचाने की बात यहाँ भी पहुँच चुकी है?

दरवाज़े पर गाँव और पास-पड़ोस के कई व्यक्ति आ गये। बजरंगी चौधरी का कंठ-स्वर मद्धिम हुआ, किंतु क्रोधाग्नि अंदर-ही-अंदर धुँधुआती रही। अपने तीनों लड़के, बहू और अपनी बूढ़ी पत्नी की नादानी की कहानियाँ विस्तारपूर्वक सुनाने के लिए वह चौकी पर बैठ गये।

शंकर की अष्टवर्षीया पुत्री संझा गाँव की पाठशाला से भागकर आँगन में आयी। स्लेट, बही-बस्ता वगैरह फेंककर दादी के पास ठुनकती हुई गयी—"दादी, गठरी क्यों बाँध रही है? हाँ-य-य! मैं भी जाऊँगी।... लल्लू काका भी जायेगा, क्यों दादी?"

तीरथ-यात्रा की तैयारी में व्यस्त दादी ने झुंझलाते हुए कहा, "जा, जा! कोई नहीं जायेगा मेरे साथ।" षोडशवर्षीय लल्लू मुँह लटकाकर आया और माँ के सामने रुपया रखकर, चुपचाप दीवार के सहारे खड़ा हो गया। जगरनाथी लोटे के गले में डोरी की फँसरी लगाती हुई बूढ़ी बोली, "बहुत लोग मिल जायेंगे, टिकस कटा देने वाले।"

विष्णु की बोली, मंजन के झाग से भरे हुए मुँह में गुड़गुड़ायी। मुँह ऊँचा करके उसने कहा, "मैंऽ-ऽवा!" फिर, ओसारे के बगल में झाग उगलकर बोला, "दूसरे से कर्ज़ लेकर तुम्हारी चीज़ ला दी है। रुपया देती जाओ। आज ही मनीआर्डर से भेज दूँगा। दूसरे का रुपया...।"

बूढ़ी ने आठ महीने बाद घर आये हुए अपने पढुआ लड़के की ओर देखा—"कैसी चीज़? किसका रुपया?"

"बाबूजी की तस्वीर बड़ी करवा लाया हूँ। तुमने कहा था न! तीस रुपये लगे हैं। दूसरे से लेकर...।"

बूढ़ी रूखी आवाज़ में बोली, "गीतिया को देखते नहीं आये! ...काठ हैं सब, काठ! जैसा बाप, वैसे बेटे। निदरदों का झुंड!"

विष्णु ने तौलिये से मुँह पोंछते समय विकृत मुद्रा बनायी—"हूँ। देखते नहीं आये! ...मुझे औरतों का रोना-धोना पसंद नहीं। तिस पर तुम्हारी बेटी कुरता का खूँट पकड़कर, पद जोड़-जोड़कर रोती है।"

भाभी अपने ओसारे पर खड़ी घूँघट के नीचे मुस्कुरायी। विष्णु बोला, "रुपया देती जाओ, नहीं तो दोनों बागड़ों को बेच दूँगा। लौटके देखना।"

बूढ़ी कुछ कहने जा रही थी कि गाँव के प्रसिद्ध शान्तिजीवी, मिष्टभाषी वृद्ध बोधबाबू ने धीरे-धीरे आँगन में प्रवेश किया। आते ही संझा से एक दरिया-दिल्लगी की वृद्ध ने—"क्यों दुलहिन, तू भी जायेगी?"

मुँह लटकाकर खड़ी संझा ने हमेशा की तरह 'धत्त बुढ़वा बकलोल' नहीं कहा। होंठ बिदकाकर चुप रही। बहू पीढ़ी दे गयी। पीढ़ी पर बैठकर बोधबाबू ने खँखारकर अपना गला साफ़ किया—"लल्लू की माँ! बात यह है कि पहले मेरी पूरी बात सुन लीजिए। उतावली में काम करके पीछे पछताना पड़ता है। बजरंगी भैया कह रहे हैं, इस बार शिवरात्रि में काशीजी..."

"बहुत शिवरात सुन चुकी हूँ। अब और नहीं।" बड़े बेटे शंकर को सुनाकर बोली, "मैं किसी की एक कानी कौड़ी लेकर नहीं जा रही।"

शंकर ने समझाने की चेष्टा की—"मैया, तुम्हारी देह छूकर कहता हूँ, इस बार...।"

"फिर मेरी देह की शपथ खाता है? लाज नहीं आती? नाती-पोते मेरे गंगा नहा आये और मैं अभागी ऐसी कि गंगा की कौन कहे, पौषी-पूर्णिमा में कभी कोसी की किसी गढ़हिया में भी एक डुबकी नहीं लगा पायी।"

शंकर बोला, "पिछले साल, मामले-मुकदमों के कितने झंझट झेलने पड़े हैं, सो तो किसी से छिपा नहीं।"

शंकर परिवार का कार्यकारी मालिक समझा जाता है। तिजोरी और गोदामघर की चाबियों के गुच्छे उसी के पास रहते हैं। अपने बड़े बेटे और बहू के व्यवहार से बूढ़ी संतुष्ट नहीं। बात काटती हुई बोली, "देख चुकी हूँ मामले-मुकदमे का चक्कर! ...डाक्टर से जाँच कराने के बहाने अपनी बहू को अटना-पटना, इल्ली-डिल्ली दिखला लाये। माँ की बेर मुकदमा का चक्कर सवार हो गया—बाप-पूत दोनों के सिर।"

बड़ी बहू मद्धिम आवाज़ में घूँघट के नीचे से ही बोली, "मैं किसी के पैसे से

इल्ली-डिल्ली नहीं घूमी हूँ। सामने तो खड़ा है पूत। पूछ ले कोई, एक पैसे का पान भी खरीदा था किसी के लिए? मेरे काका का कितना रुपया खर्च हुआ है, पूछा है किसी ने कभी?"

वृद्ध बोधबाबू ने फिर खँखारकर अपनी उपस्थिति का संकेत दिया। बोले, "लल्लू की माँ! यों तो तीरथ जानेवाले को कोई नहीं रोकता; पाप होता है। लेकिन, पुरुख, तो सब तीरथ से बढ़कर है। पुरुख-वचन काटे जो नारी...।"

"रखिए अपना पुरुख-वचन! खूब सुन चुकी हूँ पुरुख-वचन। चालीस साल से और किसका वचन सुन रही हूँ?" बूढ़ी की आँखों में आँसू आ गये। भरे गले से बोली, "कभी बात से बेबात या चाल से कुचाल नहीं चली। तिस पर रोज़ तीन कोड़ी गालियाँ, सास-ससुर और इनकी...!"

बैठकखाने से बजरंगी चौधरी ने चिल्लाकर कहा, "शं...कर! आँगन में बिदेसिया नाच हो रहा है क्या? जाने क्यों नहीं देते? क्यों रोकते हो? कौन रोकता है?"

सन्नाटा!

बूढ़ी उठी चुपचाप, गृहदेवता को पायलागी करने गयी : "जै बाबा बैदनाथ, जै बाबा विश्वनाथ! बहुत दिनों की लालसा मन की, पूरन करो ठाकुर!" ओसारे पर आकर मोतिया की माँ से बोली, "अरी मखनी, चल, गठरी उठा। टीशन तक पहुँचा दे। पाव कोस ज़मीन चलने से मेरी ऐंडी नहीं घिस जायेगी। नहीं चाहिए गाड़ी-छकड़ा। संग-साथ की भी जरूरत नहीं। गाँव के इतने लोग जा रहे हैं, और कितना संग-साथ चाहिए? तू टीशन तक पहुँचा दे।"

संझा रोयी—"दा-आ-आ-दी।" लल्लू की आँखें बरस पड़ीं। मोतिया की माँ ने गठरी उठायी। बूढ़ी ने लल्लू को झिड़की दी—"जात्रा के समये आँख-नाक मत पोंछो। रोता क्यों है?"

बहू ने पायलागी की। पिंजड़े में रुनकू तोते ने लल्लू और संझा का नाम लेकर पुकारा—पींपी-पेंपे!... लल्लू संझा!

—दुर्गा-दुर्गा! आँगन की चौखट से निकलते ही बूढ़ी की नज़र नंग-धड़ंग भूलोटन पर पड़ी। शंकर का दो साल का बेटा भूलोटन इस गोलमाल से फ़ायदे में है। चौके के इस पार छिपकर वह मिट्टी खा रहा था। दादी को देखते ही, मुँह में घुलती हुई चिकनी मिट्टी की गोली निकालकर फेंकते हुए बोला, "डा-आ-डी-ई। थी-थी! ए-ए!" पेट पर मिट्टी-मिश्रित लार गिरकर सूख रही थी। बूढ़ी के जी में आया, संझा को पुकारकर कहे। किंतु वह रुकी नहीं। उधर, लल्लू का बाप पुकारकर कह रहा था, "ललवा को दरवाजे से ले जाओ पकड़कर। कोई परतीत नहीं, उसकी।"

बूढ़ी माया-ममता बिसारकर चली। मोतिया की माँ ने उड़ते हुए नीलकंठ की ओर दिखलाते हुए कहा, "मालकिन! लीलकंठ देख लीजिए। जातरा बहुत ठीक है।"

हर साल देवघर के पंडे का सिपाही तीर्थयात्रियों को बटोरने आता है। स्टेशन पर पंडे के सिपाही ने अपने जजमानों की गिनती ली—तीस मरदाना, दस जनाना, दो नीमजवान लड़के।

तीर्थयात्रा के उत्साह से उत्फुल्ल नर-नारियों के बीच लल्लू की माँ का बुझा हुआ चेहरा भी धीरे-धीरे खिलने लगा।... दो दिन से दुविधा में फँसा हुआ था मन!

पंडे के सिपाही ने हाथ जोड़कर दाँत निपोरते हुए कहा, "मायजी! बहुत दुख की बात कि बड़े घर से सिर्फ़ एक जातरी। ...मैं तो डर के मारे उधर गया ही नहीं। बूढ़े मालिक चार-चार हाथ कूद रहे थे। ...लीजिए, मैंने पहले ही कटाकर रख लिया था कमीसन-टिकस। बस, एक महीना तक जहाँ-जहाँ जी में आये, घूमिए!"

पंडे के सिपाही ने अपने जजमानों को संबोधित करते हुए कहा, "सुन लीजिए, सब कोय! पहले चलिए भागलपुर में बाबा बूढ़ानाथ और सुलतानगंज में बाबा अजगैबीनाथ पर जल चढ़ाने—देवघर वैद्यनाथधाम। बाबा-धाम में दो दिन अलख जगाकर तब सीधे बडी लैन की गाड़ी पकड़कर काशी विश्वनाथ के दरबार...।"

तीर्थ यात्रियों ने एक साथ लंबी साँस ली—"जै हो! जै बाबा!" दोनों नीमजवान लड़कों को पंडे के सिपाही ने झिड़की दी—"ई दोनों बबुआन फुच्च-फुच्च कर हँसते क्यों हैं? अजगैबीनाथ नाम सुनकर हँसने की क्या बात!"

सभी तीर्थयात्रियों ने दोनों की ओर देखा।... लड़कपन ही है।

दोनों नीमजवानों के अभिभावकों ने एक ही साथ कहा, "लड़का है। इसके हँसने का क्या?"

सिपाही ने फिर से अपने जजमानों की गिनती ली—"ठीक है।" वह सिपाही कहने से नाराज़ होता है—"सिपाही जी क्यों? मैं भी ब्राह्मणकुल का हूँ और पंडाजी भी ब्राह्मण। मैं पंडाजी का नौकर थोड़े हूँ? कमीसन पर काम करता हूँ।"

कमीसन-टिकस! कमीसन-पंडा! सभी यात्रियों ने अपने-अपने टिकटों को देखा—कमीसन-टिकस। लल्लू की माँ ने पूछा, "टिकस में कोई गड़बड़ी तो नहीं? अदला-बदली तो नहीं हुई है किसी से?"

पंडे के सिपाही ने दाँत से जीभ काटते हुए कान पर हाथ रखा—"मायजी! आप निफिकिर रहिए। मैं आपका बेटा हूँ। कोई शंका मत कीजिए, कोई गड़बड़ी नहीं।"

औरतें एक जगह जमा हो गयीं—घूटर साह की बूढ़ी, डोमन की माँ, शशिकांत की स्त्री...। घूटर साह सपरिवार जा रहा है, गाँव का महाजन है घूटर साह।

घूटर साह की बूढ़ी माँ ने लल्लू की माँ से कहा, "मैं कहती हूँ कि काशीजी तक ही क्यों? काशीधाम पहुँचकर, तीरथराज परयाग न जायें तो करम का ही दोख समझिए।"

पंडे के सिपाही ने कहा, "अभी इतने ही धामों का हौसला कीजिए, क्योंकि परदेस की बात है और देह-जाँगर सबके साथ है।"

घूटर साह ने कुढ़ते हुए अपनी बूढ़ी को घुड़की दी—"ईह! बड़ा हौसला बढ़ गया है, देखता हूँ।" घूटर साह की बूढ़ी का उत्साह कम नहीं हुआ, किंतु...पंडे का सिपाही लल्लू की माँ से लल्लो-चप्पो करता है। घूटर साह की बूढ़ी किस बात में कम है? यह अगले साल केदार-बदरी जायेगी। इस बार परयागजी तक का मंसूबा है।

शशिकांत की जवान स्त्री, लल्लू की माँ की गठरी सम्हालती है—"आखिर हम लोग किस दिन के लिए हैं?"

पंडे के सिपाही ने अपने खास लहजे में ऐलान किया—"गठरी-मोटरी-अपाना-अपाना ठीक कीजिए ए-ए। घबड़ाइए नहीं। गाड़ी आ रही है—ए-ए!"

चलती हुई गाड़ी की खिड़कियों से सभी ने अपने गाँव को देखा। भागते हुए बाग-बगीचे, ताड़ का पेड़, पुराना शिवाला, बजरंगीबाबू के दालान का हिस्सा। गाड़ी की चाल तेज़ हुई और देखते-ही-देखते गाँव आँखों से ओझल हो गया।... सभी के चेहरे पर परदेस की छाया उतर आयी।

लल्लू की माँ के कानों के पास एक बार फिर धारवाली तेज़ बात गूँज गयी—"जैसी माँ, वैसी औलाद!" बूढ़ी का चेहरा उतर गया।... लल्लू संझा, भूलोटन! डा-आ-डी-ई!

घूटर साह की बूढ़ी और डोमन की माँ ने मिलकर वैद्यनाथ-महात्म का पद शुरू किया—'चलहु-चलहु रे मनुआँ बैदनाथ के धाम; बाबा बैदनाथ के धाम...!'

लल्लू की माँ ने पंडे के सिपाही को पुकारा। उसने कहा, "मायजी! मेरा नाम खंखड़ ओझा है। आप नाम लेकर ही बुलाइए। ...नौगछिया टीसन? अभी कहाँ? कटिहार में गाड़ी बदलने के बाद, रात में एक बजे नौगछिया।"

नौगछिया स्टेशन से पाँच-सात कोस दूर किसी गाँव में बूढ़ी की बेटी रहती है, ससुराल में। उसने खंखड़ ओझा से कहा, "याद करके, नौगछिया टीसन आने से पहले चेता दीजिएगा!"... दो स्टेशन भी नहीं गुजरे, घूटर साह की बूढ़ी तीन बार ताना मार

चुकी है। लल्लू की माँ को सुनाकर बोली, "ऐसे बेटे-बेटियों से निपूती ही भली। घर-भर लोग रहते हुए भी अकेली तीरथ जा रही है बेचारी!"

डोमन की माँ ने आजकल की बहुओं और उनकी बात में बहके हुए बेटों की निंदा करते हुए बात का सूत्र अपने हाथ में लिया और अपने सत बेटे डोमन को सुनाकर बोली, "जिस दिन देखूँगी कि मेरा डोमन मेरी बात का जवाब देने के लिए होठ पटपटा रहा है, तुरंत आँगन के बीचोंबीच परदा लगवा दूँगी। मुँह भी नहीं देखूँगी।"

लल्लू की माँ कटकर रह गयी, मन-ही-मन। ...भगवान ने बोलने का मौका दिया है; बोल लें लोग।

कटिहार पहुँचकर डोमन की माँ ने गठरी से चिउड़ा और खुरमा (सूखी मिठाई) निकालकर बढ़ाते हुए कहा, "मेरी पुतोहू के हाथ का बनाया हुआ खुरमा है।" लल्लू की माँ ने कहा, "चिउड़ा और खुरमा मेरी गठरी में है। मेरा जी अच्छा नहीं है, कुछ नहीं खाऊँगी।"

घूटर साह की स्त्री ने पूरी-मिठाई बेचनेवाले से पूछा, "दालपूड़ी है?"

घूटर साह कुढ़कर कचपचा उठा—"दालपूड़ी कौन खायेगा?"

लल्लू की माँ को घूटर साह के दमे की याद आयी। दमे के दौरे के समय घूटर साह की स्त्री जड़ी लेने के लिए आती और बूढ़े के अपथ-कुथप खाने से लेकर बुढ़ौती में बुढ़भस करने की कोड़ियों कहानियाँ सुना जाती—"बहिन, बूढ़े का दमा तो दम के साथ ही जायेगा, लेकिन मैं बेदम होकर पहले ही मर जाऊँगी। जो-जो मना है, वही खायगा। लाज की बात क्या बोलूँ...!"

घूटर साह की बूढ़ी ताजा-भाजावाले को बुलाने लगी। लल्लू की माँ मन में हँसी। ...घूटर साह की बूढ़ी ने ताजा-भाजा ही क्यों खरीदा?

शशिकांत की स्त्री की नज़र प्लेटफार्म पर टहलनेवाली दो बंगालिन लड़कियों पर थी। ऐसी ही किसी लड़की ने उसके पति को शहर में भेड़ बनाकर रख लिया था। पढ़ाई-लिखाई तो चौपट हुई ही, बुद्धि-ज्ञान भी गँवा आये। बाबा वैद्यनाथ उसके पति की बुद्धि फिर से लौटा दें, यही मनौती करने जा रही है वह। ... दुहाई बाबा!

"मायजी, नौगछिया आ रहा है।" खंखड़ ने ऊँघती हुई लल्लू की माँ को जगाया।

बूढ़ी हड़बड़ाकर उठी। माथे पर कपड़ा सरकाकर खिड़की से बाहर देखने लगी। ऊँघता हुआ नौगछिया स्टेशन! प्लेटफार्म पर भुकभुकाती हुई रोशनी में जाती हुई औरत का मुँह नहीं देख सकी। बूढ़ी ने लंबी साँस ली—"गीता के ससुराल का टीशन!"

शशिकांत की स्त्री गठरी की तरह बेंच पर सोयी हुई थी। कटिहार में गाड़ी बदलने के बाद शशिकांत की स्त्री चुपचाप रोयी थी, घंटों। लल्लू की माँ ने कहा था, "बहू! लोटे में पानी है। आँख धो लो; कँकरी पड़ गयी है शायद।"

लल्लू की माँ शशिकांत की बहू के दर्द को समझती है। सब भाग्य का खेल है; नहीं तो सोने-से लड़के शशिकांत की ऐसी हालत हो? पढ़ने में सबसे तेज़, गाने-बजाने में सबसे आगे, कैसा सुंदर शरीर! क्या हो गया सब! अब तो निपट मतिशून्य है।

"आपसे क्या छिपाऊँ? कपड़ा-बस्तर भी अब मैं ही पहना देती हूँ। सोच रही हूँ, इस बीच कौन देख-सुन करेगा? कौन दोनों शाम मुँह में कौर डालकर खिलायेगा?" उसका गला भर आया।

"बाबा बैदनाथ का नाम जाप करो, बहू!" लल्लू की माँ मन-ही-मन जपने लगी—बैदनाथ।

जाप करते-करते लल्लू की माँ ऊँघने लगी। ...बहू तो तंबाकू छूती नहीं। लल्लू का बाप हुक्के के बिना एक घड़ी भी नहीं रह सकता। ...कौन तैयार कर देता होगा? रोज़ पाँच बार हुक्का पटककर लल्लू पर गुस्सा उतारा जायेगा—'तंबाकू का डिब्बा भी ले गयी है अपने साथ! यह कौन सड़ा हुआ तंबाकू चिलम में डालकर ले आया है?' ...तंबाकू और कौन होगा? चिलम में डालने के पहले जरा-सा गुड़ कौन मिला देगा? लल्लू की माँ ससुराल में पैर रखने के बाद से ही यह काम करती आयी है। सास को हुक्का पिलाकर ही बस में किया था, अंत में। सास के बाद लल्लू के बाप को हुक्के की लत लगी।... "गीता की माँ! सचमुच तुम तंबाकू में कुछ मिलाती हो। हुक्के में दम लगाने के बाद मन बादशाह हो जाता है!..."

घूटर साह की बूढ़ी जगकर चीख उठी—"हाय रे दैब! मेरा लोटा? लोटा कोई ले गया।... गया लोटा!"

सभी यात्रियों को अपने-अपने लोटे की याद आयी। घूटर साह ने झुँझलाकर कहा, "अच्छा हुआ। हर टीशन पर लोटा बढ़ाकर पानी-पांडे को बुलाओ अब।... घुच-घुच!"

साह और सहुआइन में ठंडी लड़ाई चल रही थी, घर से ही शायद! सहुआइन ने तीखा जवाब दिया—"प्यास लगने पर पानी नहीं तो क्या पिये आदमी? पानी में भी दाम लगता है?"

साह ने खनखनाती हुई तीखी और पतली आवाज़ में कहा, "पसेरी भर ताजा-भाजा और...।" आधी बात भद्दे इशारे से पूरी की साह ने।

तिलमिला उठी बूढ़ी—"ताजा-भाजा, ताजा-भाजा! चुटकी-भर ताजा-भाजा क्या

खाया कि इनकी सम्पत चबा गयी। जिसके दाँत हैं वह एक बार नहीं हजार बार खायेगी ताजा-भाजा!"

लल्लू की माँ को अपने घरवाले की याद आयी।...लल्लू का बाप ऐसा नहीं। खाने-पीने की बात को लेकर कभी झगड़ा करेगा लल्लू का बाप? इतना ओछा नहीं। और वह भी क्या सहुआइन की तरह ताजा-भाजा या दाल-पूरी खाती? कभी नहीं।...

खंखड़ ओझा कान पर से जनेऊ उतारते हुए टट्टी से निकला—"लोटा मेरे पास है। झगड़ा मत कीजिए कोई। खंखड़ ओझा जिस कोठरी में रहेगा उसमें चोर-चुहाड़ झाँकी मारने आयेगा? ...आप लोग निश्चिंत होकर अपाना-अपाना जगह के मुताबिक आराम कीजिए।"

सहुआइन शांत नहीं हुई। बोली, "कल मैं लौटकर जा रही हूँ। नहीं जाती तीरथ करने मरकट-किरपन्नी आदमी के साथ।"

"वैद्यनाथ, वैद्यनाथ!" खंखड़ ओझा ने कहा, "यात्रा में झगड़ा-तकरार और मुँह-फुलौवल करके अपने साथ-साथ दूसरों का भी पुण्य चौपट क्यों करते हैं? देखिए तो, मायजी क्या शांति से बैठी हैं!" खंखड़ ने लल्लू की माँ की ओर दिखाकर कहा। सहुआइन खंखड़ से कुढ़ी हुई है। ...लल्लो-चप्पो और आयजी-मायजी करे लल्लू की माँ के पास और ले जाने के समय लोटा सहुआइन का। बड़ा सस्ता है लोटा सहुआइन का। सभी झगड़े की जड़ है यह खंखड़। बोली, "सभी यात्री बराबर हैं तुम्हारे लिए। फिर कटरिया टीशन पर गरम दूधवाले का पच्छ लेकर क्यों बोलने लगे?"

खंखड़ ओझा तब तक कंकड़ की चिलम सुलगा चुका था। बोला, "सहुआइन! मैं तुम्हारा कर्ज़दार नहीं। ...आँखें लाल करके मत बात कीजिए पर-परदेस में। दूधवाले का पच्छ? घंटा-भर, दूधवाले को रोककर दर-भाव करेंगे, असली दूध है या पानी मिलाया हुआ, परखेंगे, और तब जाकर एक छटाँक दूध लेंगे साहजी। सो, इतनी देर तक तो इसपरेस गाड़ी छोटे टीशन पर नहीं रुकेगी।" खंखड़ ने जगे हुए यात्रियों की ओर मुखातिब होकर पूछा, "आप ही लोग बताइए ज़रा, रुकेगी?"

शशिकांत की स्त्री भी जगकर बैठ गयी थी। उसको लगा, यात्रा में झगड़ा करके सारी मंडली की यात्रा को अशुभ कर रही है सहुआइन। यात्रा अशुभ होने से पुण्य मिलने में झंझट होगा। ...एक तो विधाता ने उसको जन्म न जाने किस अशुभ नच्छत्तर में दिया कि मिली हुई पुण्य की गठरी भी हाथ से निकल गयी। सोना छूती है तो माटी हो जाता है।

शशिकांत की स्त्री धीरे-धीरे रोने लगी।

लल्लू की माँ ने उसकी कलाई पर हाथ रखा और कान के पास मुँह लाकर धीरे-से बोली, "रोओ मत... बेटी!"

...बेटी? शशिकांत की स्त्री ने आँखें पोंछ लीं।

गाड़ी किसी बड़े पुल को पार कर रही थी। घड़घड़ाहट बढ़ती गयी। सहुआइन अपने बूढ़े के कलेजे को जानती है। कोने में दुबके हुए साहजी की ओर देखकर इशारे से पूछती है—कलेजे की धुकधुकी बढ़ गयी क्या?

पुल गुज़र गया। घूटर साह कुछ बोला नहीं। पैर की ओर इशारा करके दबाने को कहा। ठीक उसी समय खंखड़ ओझा ने अपने यात्रियों को चेतावनी दी—"बिहपूर! थाना-बिहपूर आ रहा है। यहाँ गाड़ी बदलैया होगी। आप लोग अपाना-अपाना गठरी-झोला सम्हालते जाइए।..."

सहुआइन को लगा, खंखड़ ने जान-बूझकर बिहपुर स्टेशन को नज़दीक बुला लिया है। बूढ़े की बाय तेज़ हो गयी है। बिना पैर की नाड़ी टीपे सीधा होकर बैठ भी नहीं सकेगा...।

बाबा बूढ़ानाथ के दर्शन के समय साह और सहुआइन खंखड़ ओझा के गोल से निकल गये—"हम लोगों के दूसरे पंडाजी हैं, कानकुबुज बाभन।"

खंखड़ ओझा ने चौबे पंडाजी की बात मान ली। यात्रियों को लेकर वे आपस में लड़ते हैं, झगड़ते हैं, लेकिन ऐसे यात्रियों को लेकर नहीं। वह मैथिल पण्डे का कारपरदाज-एजेंट है। वह कान्यकुब्ज पंडे के कारपरदाज-एजेंट का हक नहीं मारेगा। खंखड़ ने बाकी जजमानों से कहा, आँख टीपकर, "जाने दीजिए, हमेशा का खटखट दूर हुआ!"

यात्रियों में अधिकांश घूटर साह के कर्जदार थे, लेकिन साह-दंपति के विछोह से किसी का दिल छोटा नहीं हुआ।

छोटा हुआ लल्लू की माँ का मन, बूढ़ानाथ के मैथिल पंडे की बात सुनकर। यात्रियों की वंशपंजी पढ़ते हुए लल्लू के दादा का नाम लिया, फिर लल्लू के बाप का। इसके बाद रुककर बोला, "बजरंग चौधरी की बेवा आयी है?" ...आँख रहते अंधा और किसको कहते हैं! नः नः, तीर्थ के पंडे को भला-बुरा नहीं कहना चाहिए। लेकिन, सिंदूर देखकर भी जो बेवा कहे उसको क्या कहा जाये... जै बाबा बूढ़ानाथ!

लल्लू की माँ मन में दुखी हुई, उसका भी कोई दूसरा पंडा क्यों नहीं हुआ? अजगैबीनाथ के पंडाजी ने ऐसी गलती नहीं की; देखते ही उसने कोई दोहा कहा—"सदा सुहागिन सेवती अजगैबी के पाँव!"

दो नीमजवानों में से एक है शशिकांत का छोटा भाई चन्द्रकांत—अपनी भाभी के साथ आया है; अजगैबीनाथ के नाम पर हँसनेवालों में से एक। अजगैबीनाथ की सीढ़ी पर चढ़ते समय रोने लगा—"अब आगे नहीं ऐ बाप... भौजी गे-ए-ए!"

बीच गंगा में हैं, अजगैबीनाथ, टीले पर!

शशिकांत की स्त्री भी सीढ़ी पर रुककर रोने लगी—"चंदरबाबू, कलेजा बाँधिए। बैठिए मत!" लल्लू की माँ ने मीठी झिड़की दी दोनों को—"लाज नहीं आती रे चंदरा! औरतों से भी गया-गुजरा है क्या रे? और, तू क्यों रो रही है?"

खंखड़ ओझा ने चंद्रकांत को सहारा देकर सीधा किया—"अब कहिए बाबू-साहब! है न सचमुच अजगैबीनाथ?" खंखड़ ने शशिकांत की स्त्री की ओर देखा। वह लजाती हुई आँसू पोंछ रही थी।

घूटर साह के पंडे ने न जाने क्यों अजगैबीनाथ के माहात्म्य को विशेष महत्त्व नहीं दिया। साह दंपति को लेकर सीधे वैद्यनाथ-धाम चला गया, लारी से।... अजब महातम! रास्ते में लारी बिगड़ गयी। खंखड़ के यात्रियों से बारह घंटे बाद पहुँचे!

खंखड़ ने अपने खास पंडाजी के घर पर पहुँचकर 'बम वैद्यनाथ' की टेर लगायी—"ओझाजी! खोलिए किवाड़ी! कुल जमा बयालीस में से दो घचपच। बाकी बचे उनतीस मर्दाना, नौ जनाना, दो नीमजवान!"

'बम वैद्यनाथ' टेरते हुए खंखड़ के तोंदियल पंडाजी बाहर आये—"जै हो! जै हो! चलिए अंदर। उत्तरवाले ओसारे पर आप लोग डेरा-डंडा डालिए।... खंखड़! हिसाब-किताब बाद में, पहले यात्रियों का जुगुत लगा दो। पानीकल, पैखाना, माली सबको दिखला दो। भोजन-छाजन...?"

ऊपर की माला से झुककर पंडाइन भी देख रही थी। बोली, "खंखड़! आय-माय लोग कितनी हैं? नौ? नीचे जगह न हो तो ऊपर ले अइयो बरंडा पर, यहाँ भी बहुत जगह है।"

खंखड़ ने लल्लू की माँ की ओर दाँत निपोरकर देखते हुए, धीरे-से कहा, "जैसी मर्ज़ी आप लोगों की। सबके साथ नीचे रहिए, यह भी अच्छा। चाहे, नवो जनि ऊपर जाइए, यह भी अच्छा।"

दिन का समय होता तो आँख की कनखी से लल्लू की माँ को सचेत कर देता—'ऊपर नहीं!' किंतु रात को धुआँकस लालटेन की रोशनी में वह दाँत निपोरने के सिवा और क्या करे? पंडाइन ने अँधेरे में भी खंखड़ के चेहरे पर आये हुए भावों को परख लिया। पिछले साल भी खंखड़ ने पंडाइन-के साथ ऐसी ही चालबाजी की थी।

"लेकिन बाहर-भीतर जाने के लिए—याने लघुशंका, दिसा-टट्टी—सबको नीचे ही

आना होगा।" खंखड़ ने आखिरी 'लेकिन' लगाने की चेष्टा की। पंडाइन ने मानो खंखड़ के सिर पर रोड़ा तानकर मारा, ऊपर की माला से—"खंखड़! राह-घाट की बुद्धि अपनी राह-घाट तक ही रखो; घर में नहीं। ...समझे! यहाँ पहुँचकर जजमानों का हुकुम मत चलाओ। बाहर-भीतर और ऊपर-नीचे की ज़िम्मेवारी तुम्हारे सिर नहीं।..."

पंडाजी बाहर आये। बोले, "क्या बात है, खंखड़?"

खंखड़ का आत्मसम्मान हठात् सजग हुआ—"होगा क्या? पूछिए ऊपर जाकर। पैर की धूल भी नहीं धो पाया हूँ अभी, कि ऊपर से खट-मंगल सुना रही हैं। राह-घाट की बुद्धि कैसी होती है?..."

पंडाइन ने हाँक दी—"मायजी! ए, दुलहिन-बेटी। आइए आप लोग ऊपर। इतने मर्दों के बीच क्यों रहिएगा, जगह रहते?"

खंखड़ बड़बड़ाता हुआ बाहर चला गया—"अच्छी बात। एक ही माघ में जाड़ा नहीं खत्म होता।" पंडाजी उसके पीछे-पीछे गये—"खंखड़! सुन लो। ...जल्दी लौटना खंखड़!"

लल्लू की माँ के साथ सभी औरतें ऊपरवाली माला पर गयीं। शशिकांत की स्त्री ने सीढ़ी पर चढ़ते समय अपने देवर चंद्रकांत से पूछा, "चंदर बाबू! डर तो नहीं लगेगा?" चंद्रकांत की चुप्पी ने उसका पाँव छेंक लिया। लल्लू की माँ बोली, "डरेगा क्यों? लल्लू से तीन साल बड़ा है। इतने लोगों के बीच डरेगा?"

शशिकांत की स्त्री सीढ़ी से उतर गयी—"पहली बार परदेस आया है। जरा समझा-बुझा दें।"

पंडाइन ने बातों-ही-बातों में सभी औरतों के मन से लेकर गठरी तक की थाह ले ली। सोने के पहले लल्लू की माँ के कपाल में 'बम बैदनाथ बाम' मल गयी—"दवा नहीं, जादू है.जादू! अभी तुरत सिर का दर्द कहाँ जाता है, सो देखिए!" डोमन की माँ ने तलहथी फैलायी तो पंडाइन उसका मुँह देखने लगी। बोली, "बेकार लगाने से सिर में दर्द हो जाये। ऐसी दवा है यह!"

डोमन की माँ ने तलहथी समेट ली।... डोमन की माँ ने पंडाइन को सिर्फ चिउड़ा दिया। खंखड़ को खुरमा देने नीचे गयी थी।

डोमन की माँ को सहुआइन की याद आयी, अचानक। सहुआइन की अनुपस्थिति उसके मन में जोर से खटकी इस बार। सिरहाने झोला लेती हुई शशिकांत की स्त्री से बोली, "बहू, जरा पैर टीप दो लल्लू की माँ का।"

लल्लू की माँ बोली, "मैं पैर नहीं टिपवाती।"

डोमन की माँ सतरंजी पर लुढ़कती हुई बोली, "मेरी बहू ने तो मुझे ऐसी आदत लगा दी है कि...। टैन में डोमन ने टीप दिया तो थोड़ी-सी नींद आयी।"

शशिकांत की स्त्री ने डोमन की माँ के पैर पर हाथ दिया... न जाने किसका आशीर्वाद फल जाये, तीर्थस्थान में! डोमन की माँ ने पैर समेटने की चेष्टा की—"क्या करती है बहू?"

लल्लू की माँ ने कहा, "नींद आ जायेगी, जल्दी। बहू टीप रही है, टिपवा लो।"

"या बुला दूँ तुम्हारे बेटे को?" पंडाइन ने जाते-जाते कहा, "जवान बेटे से पैर टिपवाती है, सो भी सतबेटे से; ऐसी बात पहली बार सुन रही हूँ।"

पंडाइन की दाई बरतन धोती हुई बोली, "भिन्न देश के भिन्न रिवाज।"

साथ की अन्य स्त्रियाँ पहले ही सो चुकी थीं। डोमन की माँ ने पंडाइन की बात का कोई जवाब नहीं दिया; पर-परदेश, पर-भूमि में कौन लड़ाई-झगड़ा करे?

शशिकांत की स्त्री को रात-भर नींद नहीं आयी। पास ही, गली में कोई रह-रहकर पुकार उठता था। गले की आवाज़ ठीक... उन्हीं की आवाज़-जैसी! जै बाबा... बैदनाथ!

लल्लू की माँ ने नींद में ही दो बार शशिकांत की स्त्री की पीठ को धीरे-से सहलाकर कहा, "मत रोओ बे...टी...। हाय-य-हा..."

बारह घंटे पहले पहुँचने से क्या होता है? घूटर साह, बारह घंटे बाद पहुँचकर भी सबसे पहले दर्शन कर आया। ...खंखड़ का पंडा बहुत ठंडे पानी का आदमी है। घरवाली के डर से घर में ही जो चूँ नहीं बोलता, बाहर कैसे फूटेगी उसकी बोली? घरघुसरा-पंडा! दिन-भर घर में ही घुसा रहता है। ...हाय पैसा कि हाय पैसा! बीवी, बाल-बच्चे सभी के हाथ हमेशा पसरे ही रहते हैं।...

दर्शन और जलढारी के बाद खंखड़ के जजमान आपस में घुनघुनाकर बातें करने लगे हैं... पंडा और पंडाइन की नज़र, बस, एक ही जजमान पर रहती है, हमेशा। ...देखना है लल्लू की माँ कितनी अशर्फियाँ लुटाती है, दच्छिना में।... शिवगंगा में मुँह धो रखे! एकनजरा पंडा, दूसरी बार से हम लोग भी कानकुबुज पंडा रखेंगे।

डोमन की माँ अपने बेटे के साथ घूटर साह का बासा देख आयी है। आते ही मुँह-हाथ चमकाकर बोली, "बासा है सहुआइन का! हाँ, जिसको बासा कहते हैं। तीन-तीन कलटेरी हैं। तीनों से दिन-भर छुर-छुर गिरता रहता है पानी। नया पोख्ता मकान है। ...सहुआइन पलँग पर सोयी थी! पंडा की घरवाली पूरी छान रही थी,

साह-सहुआइन के लिए। सहुआइन का कानकुबुज पंडा देखने में भी असली पंडा लगता है। कहता था, जजमान तो भगवान दाखिल है।"

सामने फाटक से खंखड़ को आते देख, वह चुप हो गयी। ...यह खंखड़ भी नंबरी फक्कड़ है। शशिकांत की बहू को न जाने किस अघोरी बाबा के अखाड़े पर ले गया था, सो अभी लौटा है। उसने पूछा, "क्या कहा अघोरी बाबा ने? कितना गाँजा लिया? कुछ उम्मेद...?"

सदा रोनेवाली शशिकांत की स्त्री हठात् सनक गयी क्या? दाँत-पर-दाँत पीसती हुई कर्कश कंठ में कलकला उठी—"चुप हरजाई छिनाल! हर काम में टोकेगी, उठते-बैठते छींकेगी, हर बात में आगे बढ़कर लुब-लुबकर रोकेगी। ...रे! सतबेटा-घिनौनी! जाते समय टोककर कलेजा ठंडा नहीं हुआ, तो आते ही..."

"सुनते जाइए! सुन लो सब कोय!" डोमन की माँ दोनों हाथ ऊपर की ओर उठाकर पंचगुहार देने लगी है—"जरा-सा भी मुँह में लगाम इस खलीफा की रखेलिन के? मारे मुक्का के अभी नाक की हड्डी तोड़ती हूँ। नथियावाली पतुरिया? मुझे कहती है सतबेटा-घिनौनी! ...नैहर के खलीफा से बूटेदार चोलिया मशीन पर सिलाकर पहनो जाकर। देवता-पित्तर को क्या मनाने आयी है? तू फीता लेकर सीना नपवायेगी, खलीफा की दाढ़ी में मेहँदी लगायेगी और घरवाला अपने चसम से देखकर भी होश में रहेगा, तेरा? ऐं? पूछूँगी नहीं? गाँव का नाम हँसायेगी पर-परदेस में आकर, टोकूँगी नहीं? रास्ता-भर आँख लड़ाती आयी है, खंखड़वा से...।"

"ए! ए! देखिए, हमको मत लपेटिए...। मुँह सम्हालके।"

लल्लू की माँ सीढ़ी से उतरते समय लुढ़क गयी, जल्दबाज़ी में—"आगे-माँ!"

सुलगते हुए झगड़े पर एक घड़ा पानी पड़ गया मानो। सभी दौड़कर लल्लू की माँ के पास गये... चोट तो नहीं लगी, ज्यादे?

डोमन की माँ, डोमन को धिक्कारते हुए रोने लगी—"रे! दुर-दुर! तू मरद है रे? तेरे सामने मुझे बेपर्द करके गाली देती है। और तू इसकी नाक के नकबेसर में आँख खोसकर खड़ा है?"

अब पंडाइन की खड़ाऊँ खटखटायी—"ए छिः छिः! कहाँ की ललबेगिया सब आयी हैं तीरथ करने, बाबा-धाम! जिसको लड़ाई-झगड़ा करना है, जाकर बाहर मोड़ पर कुँजड़ियों के साथ बैठे।"

लल्लू की माँ ने डोमन की माँ का हाथ पकड़कर कहा, "डोमन की माँ, सुनो, तुम चुप रहो।"

डोमन की माँ ने झटककर हाथ छुड़ा लिया—"तिस पर, पच्छ लेने आयी हैं, यह ऊपर से!"

"तू चुप क्यों नहीं रहती बहू? क्या हुआ? बात क्या है? पगली हो गयी क्या?"

...शशिकांत की स्त्री कैसे न पगली हो! अघोरी बाबा ने गाँजा पीकर आँखें मूँद लीं। इसके बाद फटाफट सबकुछ बता गये—'तुम्हारे साथ एक बेवा आयी है। वही तुम्हारे दुःख का असल कारन है।' गिरोह में डोमन की ही माँ एक बेवा है। हाथों-हाथ पकड़ी गयी है यहाँ आकर। बाबा-धाम में...।

लल्लू की माँ ने डाँट बतायी—"तू अकेली क्यों गयी? जानती है, यह तीरथ है। कितने ठग-ठठेरे भी साधू-बाबा बनकर लोगों को ठगते हैं! उनकी बातों की परतीत करती है?... लगता है, तुम्हारी बुद्धि भी लोप हो रही है, अब।"

शशिकांत की स्त्री फिर भिनभिनाने लगी—"खंखड़...!"

"फिर खंखड़ का नाम लेती है!"

खंखड़ मौका पाकर बाहर चला गया था। ...झगड़े के सिलसिले में न जाने क्या-क्या खुले!

डोमन की माँ को सहुआइन ने बात दी है, काशीजी जाने का आधा खर्च देगी।

...लल्लू की माँ को अच्छी तरह पहचान गयी है वह इस यात्रा में। अंदर-ही-अंदर पेच लगाती है। डोमन की माँ रोती रही, मद्धिम सुर में। आँख-नाक पोंछते समय बोली बोलकर कोसती, एक-एक यात्री को—"कोई नहीं, कोई नहीं, अपना कोई नहीं। बेटे ने भी कह दिया, 'तुम दूसरों की बात में बेकार पड़ने जाती हो। ठीक हुआ है!' हे राम! उठा लो बाबा, अपने धाम में ही।"

गिरोह से सिर्फ़ दस जन काशीजी जा रहे हैं। सात मर्दाना, तीन जनाना। गिरोह से बाहर के साह और सहुआइन को जोड़कर बारह...

डोमन की माँ उदास होकर लौटी, सहुआइन के बासा से। ...साह को हँफनी शुरू हो गयी है। सहुआइन का पेट-मुँह दोनों जारी हैं। डाक्टर-पर-डाक्टर, जकशैन-पर-जकशैन पड़ रहा है। ...अब कैसे जाऊँगी काशीजी! सब तकदीर का फेर!

बारह में से भी चार घट जाएँगे। आठ?...आठ-काठ, मुर्दाघाट? लल्लू की माँ ने गठरी बाँधते हुए कहा, "तकदीर का फेर नहीं, बुद्धि का फेर। टिकस तो कटाना ही नहीं है। रह गया खेवा-खर्चा? आधा खर्चा मैं दूँगी। चलो, डोमन से कहो गठरी बाँधे।"

काशीजी जानेवाले यात्री घर लौटनेवालों के हाथ अपने-अपने घरवालों को चिट्ठी भेज रहे हैं। चंद्रकांत और डोमन चिट्ठी का मजमून लिख रहे हैं। '...मालूम हो कि बाबा बैदनाथ जो बाबा विश्वनाथ ओ गंगा माई की दया से हम लोग बाबा-धाम में अलख जगाकर, काशी धाम...!'

...लल्लू की माँ नहीं लिखवायेगी चिट्ठी-पत्तरी! डोमन की माँ मना रही है उसको—"लल्लू की माँ, दो कलम लिखा दो। डोमन लिख देगा। ...कागद-कलम लेकर बैठा है, तभी से।"

...डोमन और डोमन की माँ ने लल्लू की माँ को हठात् पहचान लिया है। बड़ी दराज़दिल है लल्लू की माँ। आधा खर्च नहीं, डोमन की माँ का पूरा खेवा-खर्चा देगी, डोमन का खर्चा गिरोह-भर के यात्री मिलकर देंगे। मंडली में यही एक पढ़वा रह जायेगा। चंद्रकांत तो वापस जा रहा है अपनी भाभी के साथ। लल्लू की माँ ने बहुत सोचने-विचारने के बाद मोतिया की माँ के नाम एक खत लिखाया। डोमन हँसने लगा।

लल्लू की माँ ने कहा, "लिखना हो तो लिखो। उन लोगों के जाने का समय हो गया। मैं मोतिया की माँ को ही दूँगी चिट्ठी, बस!"

डोमन लिखने लगा—"आगे मखनी को मालूम हो, कि हम लोग आज काशीजी की गाड़ी पकड़ रहे हैं। आगे समाचार, जो बागड़ यदि नहीं बेचा है बिश्नू ने, तो बागड़ बेच देने को कहना बिश्नू से। लल्लू बदमाशी नहीं करे। संझा को उसकी माँ आजकल बहुत मारती-पीटती है। काम कराती है उत्ती जरा लड़की से। बहू से कहियो, मंगलवार को नहाकर अरवाइन करे। भूलोटन के माथे में दो जट छोड़ दे, केश कटाते समय। मेरे काठ के बक्स के पीछे में जो पीपा है, उसमें तंबाकू है। चिलम में डालने के पहले गुड़ जरूर मिला देना, जरा। ...बाबा बैदनाथ और बाबा विश्वनाथ और गंगा माई से तुम लोगों का भला मानती हूँ जो सुनकर दिल आनंद होय...।"

घर लौटने वाले यात्रियों की टोली ने 'बम बैदनाथ' की टेर लगायी। खंखड़ साथ जा रहा है। हर जजमान के घर सात-सात दिन तक सत्संग करेगा... शशिकांत की स्त्री पैर छूने झुकीं तो लल्लू की माँ ने उसको दोनों हाथों से पकड़ लिया—"बहू! बाबा बैदनाथ के दरबार में हम लोगों का पैर मत छुओ, जाओ, सबका कल्यान हो। ...जै बाबा बिश्नाथ!"

काशीजी के अपने पंडे को जानती है लल्लू की माँ। पंडाजी कई बार उसके घर आये हैं। इतने दिनों के बाद वह बिश्नाथ के दर्शन करने जा रही है, अकेली। पंडा का नाम याद है, भोलाजी पंडा। बिसेसरगंज...। पता नहीं भोलाजी पंडा अब है या नहीं? अब जो हो, जाने बाबा बिश्नाथ! अब तो काशीजी की गाड़ी में बैठ गयी है।

...पच्छिम की ओर भागी जा रही है गाड़ी। ...पच्छिम...पच्छिम...पच्छिम! कब से सुनती आ रही है लल्लू की माँ, पच्छिम की बात। पच्छिम के गाँव-घर, खेत-खलिहान, औरत-मर्द, बोली-बानी, सभी का झाँकी-दर्शन गाड़ी की खिड़की से करती रही। ...झाझा स्टेशन पर जो औरत गाड़ी में आयी थी, उसकी हँसुली का काट कितना बढ़िया

था! ...किउल जंक्शन पर एक लड़का ठीक बिश्नू की तरह, हू-ब-हू बिश्नू-जैसा दिखायी पड़ा। और फिर लल्लू की माँ का मन पूरब की ओर भागा।

...आते समय यह भी नहीं देखा कि कैसी तस्वीर बनवाकर लाया है बिश्नू। एक दिन कह रहा था बिश्नू, कि दोनों को एक संग बैठाकर फोटो लूँगा। माँ-बाप से भी हँसी-खिलवाड़ करते हैं पढ़वा लड़के। उसका बाप भी तो वैसा ही है। सुनके बोला, कि ठीक ही तो कहता है। कहो भला, इस बुढ़ापे में जोड़ीवाली तस्वीर छपाने का शौक..!

लल्लू की माँ ऊँघने लगी! ...जोड़ीवाली, बड़ी-सी... स्टेशन की दीवार पर चिपकी हुई तस्वीर। ...लल्लू का बाप! जोड़ा छापी...। ऐं?

चिहुँककर उठ बैठी—यह कैसा सपना? लल्लू का बाप छापी में बैठा-बैठा ही गिर पड़ा, बेजान! जै बाबा बिश्नाथ!

...मुगलसराय! खाँय-खाँय ...बंदर खिड़की पर... डोमन बंदर... बंदर-डोमन। डोमन की माँ की मूँछें! ऐं-य?...

डोमन की माँ पुकारती है—“लल्लू की माँ... कैसा जी है? अरे, बाप! देह तो भट्ठी की तरह जल रही है। रे डोमन! काकी को तो बहुत तेज़ बुखार है।”

सिर धोने के बाद जी कुछ हल्का हुआ।... गाड़ी की खिड़की से झाँकी-दर्शन किया काशी-बिश्नाथ का! पुल के भागते हुए खंभों के बीच से—गंगाजी, काशीजी... वही है धरहरा? जै गंगा महारानी की, जै! जै काशी बिश्नाथ!

भोलाजी पंडा दिन गुनकर आया था, शायद ठीक। लल्लू की माँ की खिड़की से झाँककर अचकचाया—“अरे ज़जमानिन? ...चौधरी भाई कहाँ?”

...जै बाबा बिश्नाथ! सब तुम्हारी दया, सब तुम्हारी माया। नहीं तो भोलाजी पंडा को किसने भेज दिया, समय पर?

सभी यात्री भोलाजी पंडा के डेरे पर गये। भोलाजी पंडा आजकल बिसेसरगंज में नहीं, मानमंदिर गली में रहता है। ठीक दशाश्वमेध की बगल में, पोस्ट-ऑफिस के पिछवाड़े। भोलाजी पंडा के दो जवान लड़के हैं। दोनों पढ़े-लिखे कमाऊ पूत हैं। दोनों बहुएँ भी पढ़ी-लिखी हैं। घरवाली नहीं रही, अब। एक प्यारी बेटी छोड़ गयी है—अन्नू। अपना सभी गुन दे गयी है। अन्नपूर्णा बहुत सेवा-जतन करना जानती है। सभी को पूछकर हाजमा-गोली बाँटती है। कटे-जले की दवा देती है। बोली कैसी मीठी है! फुर्ती कितनी है देह में! लेकिन बहुओं के मन में काफ़ी गरब-गुमान है।

तीन दिन हुए; दिन-रात सेवा कर रही है अन्नपूर्णा, लल्लू की माँ की।

"माँजी! आज जी कैसा है?" कपाल पर हाथ रखकर बोली, "आज तो बुखार नहीं है। परवल का जूस बना दूँ? ...आज देह पोंछ दूँगी।"

...देह पोंछ देगी, अन्नपूर्णा? हाय रे, तकदीर! काशीजी आकर, गंगा की एक झलक देखकर रह गयी, लल्लू की माँ। गंगा नहाने के बदले देहपोंछन?

...आज तीसरा दिन है। यात्री लोग लल्लू की माँ के लिए बैठे रहेंगे क्या? गंगास्नान, विश्वनाथ-अन्नपूर्णा-दर्शन, आस भैरो-काल भैरो, गनेशजी, गोपालजी, दुर्गाजी—सभी देव-देवियों का दर्शन कर चुके हैं। आज विश्वविद्यालय गये हैं। कल रामनगर जायेंगे, दिन-भर रहेंगे; रात में रामलीला देखकर लौटेंगे। ...तकदीर का फेर। ...सबकुछ समझती है लल्लू की माँ। डोमन को, डोमन की माँ को, सबको पहचान गयी है। दैव रे! अन्नपूर्णा नहीं रहती तो इसी यात्रा में काशी-लाभ...।

भोलाजी पंडा चौखट के पास खड़ा है। लल्लू की माँ ने कपड़ा सरका लिया। भोलाजी ने पूछा, "आज तो जी अच्छा है, क्यों जजमानिन? घबड़ाइए मत, कल गंगा-स्नान, बाबा विश्वनाथ का दर्शन सब हो जायेगा।"

अन्नपूर्णा कठौते में पानी ले आयी। पानी नहीं, गंगोत्री!

...जै गंगा! जी जुड़ गया। ...परवल के जूस में इतना स्वाद होता है? बेटी... अन्नपूर्णा... नींद आ रही है।

...डोमन ने बीस रुपया वापस नहीं किया? क्या मतलब है माँ-बेटे के मन में? लगता है, सभी यात्री लल्लू की माँ के भरोसे ही आये थे। कल पाँच-दस के हिसाब से हर आदमी ने माँग की, बारी-बारी बुखार में भी। लल्लू की माँ ने एक नंबरी नोट निकालकर दिया—"कागज पर सभी का नाम लिखकर अस्सी रुपये बाँट दो, बाकी बीस वापस कर देना, मुझे।" लेकिन, डोमन...? अब तो एक बार झाँककर हाल पूछ जाता है, बस—'काकी, क्या हाल है?' डोमन की माँ भी अब जी चुराकर आती-जाती है। धन्न है बेटी अन्नपूर्णा। गीतिया की तरह निरघिन होकर सेवा करती है। ...इतनी उलटी कभी नहीं हुई किसी बीमारी में!...

...लगता है, यात्री लोग लौट आये। अभी ही डोमन की माँ एक बार झाँककर पूछने आयेगी। लल्लू की माँ किसी से बात नहीं करना चाहती। ...वाह री बेटी अन्नपूर्णा, सभी को मना कर रही है—"शोरगुल मत कीजिए। माँ जी सो रही हैं।"

...ऐं? कौन? रात है। या दिन, अन्नू बेटी?

...रात? भोर? ...हर-हर महादेव शम्भो, काशी विश्वनाथ शंकर! ...ठिठुरती हुई आवाज़ें... बगल में कब आकर सो गयी अन्नपूर्णा? गाँव-घर की बात कितने चाव से सुनती है! लल्लू की माँ से परिवार के एक-एक आदमी के बारे में सुन चुकी है। 'रुनकू तोते के लिए क्या ले जाओगी खरीदकर माँजी?...'

चार बजे भोर को ही सभी यात्री निकल पड़े। दिन-भर रामनगर में रहेंगे, रात में रामलीला देखकर लौटेंगे। ...डोमन झाँकी मारकर देखने भी नहीं आया। उसकी माँ को आज प्रातकी गाने का शौक हुआ है—"तेरी गति लखि ना परे हो दयानिधि!"

पुण्य कोई नहीं बाँट देता किसी को। लेकिन बीमारी की छूत लग जाती है।...दूर रहो! दूर रहें लल्लू की माँ से सभी, बीमारी लग जायेगी। लाल बोखार फुलू!

अन्नपूर्णा आँखें मलती हुई उठी—"माँजी!...माँजी!"

...इस लड़की को आँख में बैठा लेने का मन होता है। सोते-उठते, 'माँजी-माँजी' रटती रहती है। बेचारी, बिना माँ की बेटी। भोलाजी पंडा कहता है, साथ जायेगा लल्लू की माँ को पहुँचाने। अन्नपूर्णा को भी ले जायेगी लल्लू की माँ। पंडा भी ब्राह्मण है। कानकुबुज हो या मैथिल, है तो आखिर ब्राह्मण। तिस पर काशी-वासी ब्राह्मण! शाम को लल्लू की माँ ने अन्नपूर्णा से कहा था, "अन्नू, तुमको अपने साथ ले जाऊँगी।" सो अभी उठते ही कह रही है, "माँजी! अभी मैं सपने में तुम्हारे साथ रेलगाड़ी पर चढ़कर बहुत दूर चली गयी थी। हाँ, माँजी! तुम्हारे देश में बड़े-बड़े साँप हैं?... साँप मेरे सामने फन काढ़े खड़ा हो गया। एक भले आदमी ने साँप को डोरी की तरह उठाकर गले में पहन लिया।"

...भोर-भोर, इतनी प्यारी हँसती है अन्नू! लल्लू की माँ भी हँसी—"शिवजी ने दर्शन दिया है।"

"नहीं, शिवजी नहीं। उसने अपना नाम बताया—विष्णु!"

"ऐं?... सच?"

"हाँ, देखो न! अभी तो कलेजा धड़क रहा है साँप के डर से।"

लल्लू की माँ ने अन्नू को छाती से चिपका लिया—ठीक, गीतिया-जैसी देह!...

अन्नपूर्णा अपने बाप के लिए पान लगाने दौड़ी—"आयी!"

मुँह-हाथ धुला गयी है, अन्नू। फिर भी नींद नहीं आ रही है।

...आज भी यदि गंगा-स्नान और विश्वनाथ-दर्शन नहीं कर सकी, तब तो हुआ। कल ही लौट रहे हैं, सभी।... अन्नपूर्णा ने सपने में बिश्नू को साँप लपेटते देखा है। उसने लल्लू के बाप की तस्वीर को लुढ़कते देखा था।... क्या चाहते हैं बाबा विश्वनाथ?

अन्नू से पूछना भूल गयी, सपने में देखे हुए बिश्नू का नाक-नक्शा कैसा था? आज भोलाजी पंडा गंगा-स्नान करने जायेंगे, तो...। छिः-छिः, काशीजी आकर भी लोग चोरी-चमारी करते हैं? डोमन की माँ की गठरी से, कुर्माटोली की दासिन की खोयी हुई रुद्राक्ष की माला निकली। ...माला? लल्लू के बाप के लिए खरीदे शंख, आसनी, माला, चंदन, गोपीचंदन, पनडब्बा, जर्दा? ...लल्लू के लिए! संझा के लिए? भूलोटन के लिए?

रुनकू तोता के लिए? अन्नू ने कुछ नहीं पूछा, लल्लू के बाप के बारे में! कितनी समझदार लड़की है!...

"माँजी... माँजी! इधर देखिए, पहचानिए तो कौन है?"

अरे! लल्लू? अकेला? कैसे? ...अन्नू किसको देखकर हँस रही है, और? बरामदे पर चिरपरिचित हल्की खाँसी सुनकर प्रसन्न-लज्जा से लल्लू की माँ का चेहरा लाल-सुर्ख हो गया। सिर पर कपड़ा सरका लिया। ...अपने भी आये हैं!

अन्नपूर्णा की ऐसी हँसी नहीं देखी किसी ने। लल्लू को कमरे में ले आयी—"पैर छूकर प्रणाम करो!" लल्लू ने लजाकर पाँवलागी की।

माँ ने कहा, "अन्नू दीदी के पैर छुओ!"...अन्नू भागी।

लल्लू की माँ बार-बार आँख मलकर खोलती है, लल्लू को देखती है। आँखों में आँसू टलमला रहे हैं। उधर, बरामदे में पंडा-जजमान-मिलन हो रहा है—"...जै हो, जै हो! बाबा विश्वनाथ की दया! कुशल समाचार?... बेटी अन्नू, एक दँतुअन ला दो चौधरी काका को।... कैसे पहचान गयी देखते ही!"

अन्नू दौड़कर दँतुअन ले आयी। भोलाजी पंडा ने पूछा, "क्यों बेटी, लेडी डॉक्टर? तुम्हारी माँजी आज गंगा-स्नान करेंगी तो?"

"हूँ-उ!" कहती हुई अन्नपूर्णा गंगा-स्नान की तैयारी करने लगी। अंदर जाकर लल्लू की माँ की गठरी से साड़ी निकालने लगी।

भोलाजी पंडा और लल्लू के बाप, आगे-आगे चले।... खाली देह, कंधे पर धोती, गमछी! आश्चर्य! दोनों की लंबाई, चौड़ाई, मुटाई, कितनी मिलती-जुलती है! एक ही उम्र के होंगे। पीछे-पीछे लल्लू और अन्नपूर्णा के बीच, लल्लू की माँ धीरे-धीरे चल रही है... अन्नू सहारा देती है। लल्लू हाथ पकड़ लेता है, गली से बाहर निकलते ही। सड़क पर गंगा-नहनियों की टोलियाँ, छोटी-बड़ी! बाजेवाले शहनाई और खुरदक बजाते हुए आगे-आगे जा रहे हैं।...

श्रीगंगाजी! ...जै-जै गंगे! दशाश्वमेध घाट की पहली सीढ़ी पर खड़ी होकर लल्लू की माँ ने गंगाजी को प्रणाम किया। गंगा की धारा में तैरती हुई नावें... भीड़ कीर्तन, जै-ध्वनि, करताल, साँड़, संन्यासी, कोढ़ी लूले... जै विश्वनाथ!

अन्नपूर्णा का हाथ पकड़कर वह सीढ़ी से नीचे उतरने लगी। ...देह थरथराती है। रोम-रोम पुलक रहे हैं। उसके मन की गंगा में अचानक बाढ़ आ गयी। उमड़ रही है, मन की गंगा... बेचारी सहुआइन, न जाने कैसी है! भगवान कल्याण करें। ...शशिकांत की स्त्री ने कहा था—'गंगाजी से, बाबा विश्वनाथ से मेरी भी अरजी सुनाइएगा।' अरजी सुनो...।

लल्लू की माँ सभी की ओर से प्रार्थना कर रही है। जो नहीं आये हैं, जो नहीं आ

सके! ...लल्लू का बाप तय करके आया है... परयागजी, विन्ध्याचलजी, अयोध्याजी, मथुरा, वृंदावन... लालसा पूरन करो। ...सभी का भला हो। ...शंकर, विष्णु, संझा, बहू, भूलोटन... मिट्टी-मिश्रित लार से भरा गोल मुँह... डा-आ-डी-ई! ...गीता आयी है, ससुराल से। बिश्नू ही जाकर लिवा लाया है। ...रुनकू तोता... चित्रकूट के घाट पर भई सन्तन की भीर! ...चन्दन, रेल, धूप, दीप, बेलपत्र, फूल! ...फूल की चँगेरी लेकर चल रही है अन्नू।..

आखिरी सीढ़ी पर पैर रखते ही तलुवों में गगन-माटी का परस लगा। लल्लू की माँ के मन की उमड़ी हुई गंगा आँखों की राह धार बनकर बह चली। ...लल्लू के सिर पर दो बूँद तीर्थोदक गिरा... टप-टप! सिर सहलाने लगी, लल्लू का। ...लल्लू का बाप गंगा-वंदना कर रहा है, उँगली में जनेऊ लपेटकर!

जनानाघाट पर, पानी में उतरती हुई अन्नू पुकारती है—"माँजी, खड़ी क्यों हैं!... आओ लल्लू!"

अन्नपूर्णा ने आकर लल्लू की माँ का हाथ पकड़ा। ...लल्लू की माँ का भाग्य! खुद, माँ अन्नपूर्णा उसे नहला रही है।

...गंगे! गंगे! जै हो!

पहली डुबकी लेने के एक क्षण पहले लल्लू की माँ को अपनी माँ की सूरत याद आयी—माँ...!

1958

तीसरी कसम, अर्थात् मारे गये गुलफाम

हिरामन गाड़ीवान की पीठ में गुदगुदी लगती है।....

पिछले बीस साल से गाड़ी हाँकता है हिरामन। बैलगाड़ी। सीमा के उस पार, मोरंग राज नेपाल से धान और लकड़ी ढो चुका है। कंट्रोल के जमाने में चोरबाज़ारी का माल इस पार से उस पार पहुँचाया है। लेकिन कभी तो ऐसी गुदगुदी नहीं लगी पीठ में!...

कंट्रोल का जमाना! हिरामन कभी भूल सकता है उस जमाने को! एक बार चार खेप सीमेण्ट और कपड़े की गाँठों से भरी गाड़ी, जोगबनी से बिराटनगर पहुँचाने के बाद हिरामन का कलेजा पोख्ता हो गया था। फारबिसगंज का हर चोर-व्यापारी उसको पक्का गाड़ीवान मानता। उसके बैलों की बड़ाई बड़ी गद्दी से बड़े सेठजी खुद करते, अपनी भाषा में...।

गाड़ी पकड़ी गयी पाँचवीं बार, सीमा के इस पार तराई में।

महाजन का मुनीम उसी की गाड़ी पर गाँठों के बीच चुक्की-मुक्की लगाकर छिपा हुआ था। दारोगा साहब की डेढ़ हाथ लंबी चोरबत्ती की रोशनी कितनी तेज होती है, हिरामन जानता है! एक घंटे के लिए आदमी अंधा हो जाता है, एक छटक भी पड़ जाये आँखों पर! रोशनी के साथ कड़कती हुई आवाज–"ऐ-य! गाड़ी रोको! साले, गोली मार देंगे!..."

बीसों गाड़ियाँ एक साथ कचकचाकर रुक गयीं। हिरामन ने पहले ही कहा था "यह बीस विषावेगा!" दारोगा साहब उसकी गाड़ी में दुबके हुए मुनीमजी पर रोशनी डालकर पिशाची हँसी हँसे–"हा-हा-हा! मुँड़ीमजी ई-ई-ई! ही-ही-ही!... ऐ-य, साला गाड़ीवान, मुँह क्या देखता है रे-ए-ए! कंबल हटाओ इस बोरे के मुँह पर से!" हाथ की छोटी लाठी से मुनीमजी के पेट में खोंचा मारते हुए कहा था, "इस बोरे को! स-स्साला!..."

बहुत पुरानी अखज-अदावत होगी दारोगा साहब और मुनीमजी में। नहीं तो उतना रुपया कबूलने पर भी पुलिस-दारोगा का मन न डोले भला' चार हजार तो गाड़ी पर बैठा-बैठा ही दे रहा था। लाठी से दूसरी बार खोंचा मारा दारोगा ने। "पाँच हजार!" फिर खोंचा–"उतरो पहले।..."

मुनीम को गाड़ी से नीचे उतारकर दारोगा ने उसकी आँखों पर रोशनी डाल दी। फिर दो सिपाहियों के साथ सड़क से बीस-पच्चीस रस्सी दूर झाड़ी के पास ले गये। गाड़ीवान और गाड़ियों पर पाँच-पाँच बंदूकवाले सिपाहियों का पहरा!...हिरामन समझ गया, इस बार निस्तार नहीं।...जेल? हिरामन को जेल का डर नहीं। लेकिन उसके बैल? न जाने कितने दिनों तक बिना चारा-पानी के सरकारी फाटक में पड़े रहेंगे—भूखे-प्यासे। फिर नीलाम हो जायेंगे। भैया और भौजी को वह मुँह नहीं दिखा सकेगा कभी।...नीलाम की बोली उसके कानों के पास गूँज गयी—एक-दो-तीन! दारोगा और मुनीम में बात पट नहीं रही थी शायद।

हिरामन की गाड़ी के पास तैनात सिपाही ने अपनी भाषा में दूसरे सिपाही से धीमी आवाज में पूछा, "का हो? मामला गोल होखी का?" फिर खैनी-तंबाकू देने के बहाने उस सिपाही के पास चला गया।...

एक-दो-तीन! तीन-चार गाड़ियों की आड़। हिरामन ने फैसला कर लिया। उसने धीरे-से अपने बैलों के गले की रस्सियाँ खोल लीं। गाड़ी पर बैठे-बैठे दोनों को जुड़वाँ बाँध दिया। बैल समझ गये उन्हें क्या करना है। हिरामन उतरा, जुती हुई गाड़ी में बाँस की टिकटी लगाकर बैलों के कंधों को बेलाग किया। दोनों के कानों के पास गुदगुदी लगा दी और मन-ही-मन बोला, "चलो भैयन, जान बचेगी तो ऐसी-ऐसी सग्गड़ गाड़ी बहुत मिलेगी।"... एक-दो-तीन! नौ-दो-ग्यारह!...

गाड़ियों की आड़ में सड़क के किनारे दूर तक घनी झाड़ी फैली हुई थी। दम साधकर तीनों प्राणियों ने झाड़ी को पार किया—बेखटक, बे-आहट! फिर एक ले, दो ले—दुलकी चाल! दोनों बैल सीना तानकर फिर तराई के घने जंगलों में घुस गये। राह सूँघते, नदी-नाला पार करते हुए भागे पूँछ उठाकर। पीछे-पीछे हिरामन। रात-भर भागते रहे थे तीनों जन।...

घर पहुँचकर दो दिन तक बेसुध पड़ा रहा हिरामन। होश में आते ही उसने कान पकड़कर कसम खायी थी—अब कभी ऐसी चीजों की लदनी नहीं लादेंगे। चोरबाजारी का माल? तोबा, तोबा!... पता नहीं मुनीमजी का क्या हुआ! भगवान जाने उसकी सग्गड़ गाड़ी का क्या हुआ! असली इस्पात लोहे की धुरी थी। दोनों पहिये तो नहीं, एक पहिया एकदम नया था। गाड़ी में रंगीन डोरियों के फुँदने बड़े जतन से गूँथे गये थे।

दो कसमें खायी हैं उसने? एक चोरबाजारी का माल नहीं लादेंगे। दूसरी—बाँस। अपने हर भाड़ेदार से वह पहले ही पूछ लेता है—"चोरी-चमारीवाली चीज तो नहीं?" और, बाँस? बाँस लादने के लिए पचास रुपये भी दे कोई, हिरामन की गाड़ी नहीं मिलेगी। दूसरे की गाड़ी देखे।

बाँस लदी हुई गाड़ी! गाड़ी से चार हाथ आगे बाँस का अगुआ निकला रहता है और पीछे की ओर चार हाथ पिछुआ। काबू के बाहर रहती है गाड़ी हमेशा। सो बेकाबूवाली लदनी और खरैहिया। शहरवाली बात! तिस पर बाँस का अगुआ पकड़कर चलने वाला भाड़ेदार का महाभकुआ नौकर, लड़की-स्कूल की ओर देखने लगा। बस, मोड़ पर घोड़ागाड़ी से टक्कर हो गयी। जब तक हिरामन बैलों की रस्सी खींचे, तब तक घोड़ागाड़ी की छतरी बाँस के अगुआ में फँस गयी। घोड़ागाड़ीवाले ने तड़ातड़ चाबुक मारते हुए गाली दी थी!...

बाँस की लदनी ही नहीं, हिरामन ने खरैहिया शहर की लदनी भी छोड़ दी। और जब फारबिसगंज से मोरंग का भाड़ा ढोना शुरू किया तो गाड़ी ही पार!...कई वर्षों तक हिरामन ने बैलों को आधीदारी पर जोता। आधा भाड़ा गाड़ीवाले का और आधा बैलवाले का। हिस्स! गाड़ीवानी करो मुफ्त! आधीदारी की कमाई से बैलों के ही पेट नहीं भरते। पिछले साल ही उसने अपनी गाड़ी बनवायी है।

देवी मैया भला करें उस सरकस-कंपनी के बाघ का। पिछले साल इसी मेले में बाघगाड़ी को ढोनेवाले दोनों घोड़े मर गये। चम्पानगर से फारबिसगंज मेला आने के समय सरकस-कंपनी के मैनेजर ने गाड़ीवान-पट्टी में ऐलान करके कहा–"सौ रुपया भाड़ा मिलेगा!" एक-दो गाड़ीवान राजी हुए। लेकिन, उनके बैल बाघगाड़ी से दस हाथ दूर ही डर से डिकरने लगे–बाँ-आँ! रस्सी तुड़ाकर भागे। हिरामन ने अपने बैलों की पीठ सहलाते हुए कहा, "देखो भैयन, ऐसा मौका फिर हाथ न आयेगा। यही मौका है अपनी गाड़ी बनवाने का। नहीं तो फिर आधेदारी...। अरे, पिंजड़े में बंद बाघ का क्या डर? मोरंग की तराई में दहाड़ते हुए बाघों को देख चुके हो। फिर पीठ पर मैं तो हूँ।..."

गाड़ीवानों के दल में तालियाँ पटपटा उठी थीं एक साथ। सभी की लाज रख ली हिरामन के बैलों ने। हुमककर आगे बढ़ गये और बाघगाड़ी में जुट गये–एक-एक करके। सिर्फ दाहिने बैल ने जुतने के बाद ढेर-सा पेशाब किया। हिरामन ने दो दिन तक नाक से कपड़े की पट्टी नहीं खोली थी। बड़ी गद्दी के बड़े सेठजी की तरह नकबंधन लगाये बिना बघाइन गंध बरदास्त नहीं कर सकता कोई।

...बाघगाड़ी की गाड़ीवानी की है हिरामन ने। कभी ऐसी गुदगुदी नहीं लगी पीठ में। आज रह-रहकर उसकी गाड़ी में चंपा का फूल महक उठता है। पीठ में गुदगुदी लगने पर वह अँगोछे से पीठ झाड़ लेता है।

हिरामन को लगता है दो वर्ष से चंपानगर मेले की भगवती मैया उस पर प्रसन्न हैं। पिछले साल बाघगाड़ी जुट गयी। नकद एक सौ रुपये भाड़े के अलावा बुताद, चाह-बिस्कुट और रास्ते-भर बंदर-भालू और जोकर का तमाशा देखा सो फोकट में!

और, इस बार यह जनानी सवारी। औरत है या चंपा का फूल! जब से गाड़ी में बैठी है मह-मह महक रही है।

कच्ची सड़क के एक छोटे-से खड्ड में गाड़ी का दाहिना पहिया बेमौके हिचकोला खा गया। हिरामन की गाड़ी से एक हल्की 'सिस' की आवाज आयी। हिरामन ने दाहिने बैल को दुआली से पीटते हुए कहा, "साला! क्या समझता है, बोरे की लदनी है क्या?"

"अहा! मारो मत?"

अनदेखी औरत की आवाज ने हिरामन को अचरज में डाल दिया। बच्चों की बोली जैसी महीन, फेनूगिलासी बोली!

मथुरामोहन नौटंकी कंपनी में लैला बननेवाली हीराबाई का नाम किस ने नहीं सुना होगा भला! लेकिन हिरामन की बात निराली है। उसने सात साल तक लगातार मेलों की लदनी लादी है, कभी नौटंकी थियेटर या बायस्कोप सिनेमा नहीं देखा। लैला या हीराबाई का नाम भी उसने नहीं सुना कभी। देखने की क्या बात! सो मेला टूटने के पंद्रह दिन पहले आधी रात की वेला में काली ओढ़नी में लिपटी औरत को देखकर उसके मन में खटका अवश्य लगा था। बक्सा ढोनेवाले नौकर ने गाड़ी-भाड़ा में मोल-मोंलाई करने की कोशिश की तो ओढ़नीवाली ने सिर हिलाकर मना कर दिया। हिरामन ने गाड़ी जोतते हुए नौकर से पूछा, "क्यों भैया, कोई चोरी-चमारी का माल-वाल तो नहीं?" हिरामन को फिर अचरज हुआ। बक्सा ढोनेवाले आदमी ने हाथ के इशारे से गाड़ी हाँकने को कहा और अँधेरे में गायब हो गया। हिरामन को मेले में तंबाकू बेचनेवाली बूढ़ी की काली साड़ी की याद आयी थी।

ऐसे में कोई क्या गाड़ी हाँके!

एक तो पीठ में गुदगुदी लग रही है। दूसरे रह-रहकर चंपा का फूल खिल जाता है उसकी गाड़ी में। बैलों को डाँटो तो 'इस-बिस' करने लगती है उसकी सवारी। ...उसकी सवारी! औरत अकेली, तंबाकू बेचनेवाली बूढ़ी नहीं! आवाज सुनने के बाद वह बार-बार मुड़कर टप्पर में एक नजर डाल देता है; अँगोछे से पीठ झाड़ता है। ...भगवान जाने क्या लिखा है इस बार उसकी किस्मत में! गाड़ी जब पूरब की ओर मुड़ी, एक टुकड़ा चाँदनी उसकी गाड़ी में समा गयी। सवारी की नाक पर एक जुगनू जगमगा उठा। हिरामन को सबकुछ रहस्यमय–अजगुत-अजगुत–लग रहा है। सामने चंपानगर से सिंधिया गाँव तक फैला हुआ मैदान!...कहीं डाकिन-पिशाचिन तो नहीं?

हिरामन की सवारी ने करवट ली। चाँदनी पूरे मुखड़े पर पड़ी तो हिरामन चीखते-चीखते रुक गया—अरे बाप ई तो परी है!

परी की आँखें खुल गयीं। हिरामन ने सामने सड़क की ओर मुँह कर लिया और बैलों को टिटकारी दी। वह जीभ को तालू से सटाकर टि-टि-टि-टि आवाज निकालता है। हिरामन की जीभ न जाने कब से सूखकर लकड़ी-जैसी हो गयी थी!

"भैया, तुम्हारा नाम क्या है?"

हू-ब-हू फेनूगिलास!...हिरामन के रोम-रोम बज उठे। मुँह से बोली नहीं निकली। उसके दोनों बैल भी कान खड़े करके इस बोली को परखते हैं।

"मेरा नाम!...नाम मेरा है हिरामन!"

उसकी सवारी मुस्कुराती है।...मुस्कुराहट में खुशबू है।

"तब तो मीता कहूँगी, भैया नहीं।—मेरा नाम भी हीरा है।"

"इस्स!" हिरामन को परतीत नहीं, "मर्द और औरत के नाम में फर्क होता है।"

"हाँ जी, मेरा नाम भी हीराबाई है।"

कहाँ हिरामन और कहाँ हीराबाई, बहुत फर्क है!

हिरामन ने अपने बैलों को झिड़की दी—"कान चुनियाकर गप सुनने से ही तीस कोस मंजिल कटेगी क्या? इस बायें नाटे के पेट में शैतानी भरी है।" हिरामन ने बायें बैल को दुआली की हल्की झड़प दी।

"मारो मत; धीरे-धीरे चलने दो। जल्दी क्या है!"

हिरामन के सामने सवाल उपस्थित हुआ, वह क्या कहकर 'गप' करे हीराबाई से? 'तोहें' कहे या 'अहाँ'? उसकी भाषा में बड़ों को 'अहाँ' अर्थात् 'आप' कहकर संबोधित किया जाता है, कचराही बोली में दो-चार सवाल-जवाब चल सकता है, दिल-खोल गप तो गाँव की बोली में ही की जा सकती है किसी से।

आसिन-कातिक के भोर में छा जानेवाले कुहासे से हिरामन को पुरानी चिढ़ है। बहुत बार वह सड़क भूलकर भटक चुका है। किंतु आज के भोर के इस घने कुहासे में भी वह मगन है। नदी के किनारे धन-खेतों से फूले हुए धान के पौधों की पवनिया गंध आती है। पर्वपावन के दिन गाँव में ऐसी ही सुगंध फैली रहती है। उसकी गाड़ी में फिर चंपा का फूल खिला। उस फूल में एक परी बैठी है।....जै भगवती!

हिरामन ने आँख की कनखियों से देखा, उसकी सवारी....मीता...हीराबाई की आँखें गुजुर-गुजुर उसको हेर रही हैं। हिरामन के मन में कोई अजानी रागिनी बज उठी। सारी देह सिरसिरा रही है। वह बोला, "बैल को मारते हैं तो आपको बहुत बुरा लगता है?"

हीराबाई ने परख लिया, हिरामन सचमुच हीरा है।

चालीस साल का हट्टा-कट्टा, काला-कलूटा, देहाती नौजवान अपनी गाड़ी और अपने बैलों के सिवाय दुनिया की किसी और बात में विशेष दिलचस्पी नहीं लेता। घर में बड़ा भाई है, खेती करता है। बाल-बच्चेवाला आदमी है। हिरामन भाई से बढ़कर भाभी की इज़्ज़त करता है। भाभी से डरता भी है। हिरामन की भी शादी हुई थी, बचपन में ही गौने के पहले ही दुलहिन मर गयी। हिरामन को अपनी दुलहिन का चेहरा याद नहीं।...दूसरी शादी? दूसरी शादी न करने के अनेक कारण हैं। भाभी की जिद्द, कुमारी लड़की से ही हिरामन की शादी करवायेगी। कुमारी का मतलब हुआ पाँच-सात साल की लड़की। कौन मानता है सरधा-कानून? कोई लड़कीवाला दोब्याहू को अपनी लड़की गरज में पड़ने पर ही दे सकता है। भाभी उसकी तीन-सत्त करके बैठी है, सो बैठी है। भाभी के आगे भैया की भी नहीं चलती!...अब हिरामन ने तय कर लिया है, शादी नहीं करेगा। कौन बलाय मोल लेने जाये! ब्याह करके फिर गाड़ीवानी क्या करेगा कोई! और सबकुछ छूट जाये, गाड़ीवानी नहीं छोड़ सकता हिरामन।

हीराबाई ने हिरामन के जैसा निश्छल आदमी बहुत कम देखा है। पूछा, "आपका घर कौन जिल्ला में पड़ता है।" कानपुर नाम सुनते ही जो उसकी हँसी छूटी, तो बैल भड़क उठे। हिरामन हँसते समय सिर नीचा कर लेता है। हँसी बंद होने पर उसने कहा, "वाह रे कानपुर! तब तो नाकपुर भी होगा?" और जब हीराबाई ने कहा कि नाकपुर भी है, तो वह हँसते-हँसते दुहरा हो गया।

"वाह रे दुनिया! क्या-क्या नाम होता है! कानपुर, नाकपुर?" हिरामन ने हीराबाई के कान के फूल को गौर से देखा। नाक की नकछवि के नग देखकर सिहर उठा—लहू की बूँद!

हिरामन ने हीराबाई का नाम नहीं सुना कभी। नौटंकी कंपनी की औरत को वह बाईजी नहीं समझता है।...कंपनी में काम करनेवाली औरतों को वह देख चुका है। सरकस कंपनी की मालकिन, अपनी दोनों जवान बेटियों के साथ बाघगाड़ी के पास आती थी, बाघ को चारा-पानी देती थी, प्यार भी करती थी खूब। हिरामन के बैलों को भी डबलरोटी-बिस्कुट खिलाया था बड़ी बेटी ने।

हिरामन होशियार है। कुहासा छँटते ही अपनी चादर से टप्पर में परदा कर दिया—"बस दो घंटा! उसके बाद रास्ता चलना मुश्किल है। कातिक की सुबह की धूप आप बर्दास्त न कर सकियेगा। कजरी नदी के किनारे तेगछिया के पास गाड़ी लगा देंगे। दोपहरिया काटकर...।"

सामने से आती हुई गाड़ी को दूर से ही देख कर वह सतर्क हो गया। लीक और

बैलों पर ध्यान लगाकर बैठ गया। राह काटते हुए गाड़ीवान ने पूछा, "मेला टूट रहा है क्या भाई?"

हिरामन ने जवाब दिया, वह मेले की बात नहीं जानता। उसकी गाड़ी पर 'बिदागी' (नैहर या ससुराल जाती हुई लड़की) है। न जाने किस गाँव का नाम बता दिया हिरामन ने!

"छत्तापुर-पचीरा कहाँ है?"

"कहीं हो, यह लेकर आप क्या करिएगा?" हिरामन अपनी चतुराई पर हँसा। परदा डाल देने पर भी पीठ में गुदगुदी लगती है।

हिरामन परदे के छेद से देखता है। हीराबाई एक दियासलाई की डिब्बी के बराबर आईने में अपने दाँत देख रही है।...मदनपुर मेले में एक बार बैलों को नन्ही-चित्ती कौड़ियों की माला खरीद दी थी हिरामन ने, छोटी-छोटी, नन्ही-नन्ही कौड़ियों की पाँत।

तेगछिया के तीनों पेड़ दूर से ही दिखलायी पड़ते हैं। हिरामन ने परदे को जरा सरकाते हुए कहा, "देखिए, यही है तेगछिया। दो पेड़ जटामासी बड़ हैं और एक...उस फूल का क्या नाम है, आपके कुरते पर जैसा फूल छपा हुआ है, वैसा ही; खूब महकता है; दो कोस दूर तक गंध जाती है; उस फूल को खमीरा तंबाकू में डालकर पीते भी हैं लोग।"

"और उस अमराई की आड़ से कई मकान दिखाई पड़ते हैं, वहाँ कोई गाँव है या मंदिर?"

हिरामन ने बीड़ी सुलगाने के पहले पूछा, "बीड़ी पीयें? आपको गंध तो नहीं लगेगी?...वही है नामलगर ड्योढ़ी। जिस राजा के मेले से हम लोग आ रहे हैं, उसी का दियाद-गोतिया है।...जा रे जमाना!"

हिरामन ने 'जा रे जमाना' कहकर बात को चाशनी में डाल दिया। हीराबाई ने टप्पर के परदे को तिरछे खोंस दिया।...हीराबाई की दंतपंक्ति।

"कौन जमाना?" ठुड्डी पर हाथ रखकर साग्रह बोली।

"नामलगर ड्योढ़ी का जमाना! क्या था और क्या-से-क्या हो गया!"

हिरामन गप रसाने का भेद जानता है। हीराबाई बोली, "तुमने देखा था वह जमाना?"

"देखा नहीं, सुना है।... राज कैसे गया, बड़ी हैफवाली कहानी है। सुनते हैं, घर में देवता ने जन्म ले लिया। कहिए भला, देवता आखिर देवता है। है या नहीं? इंद्रासन छोड़कर मिरतूभुवन में जन्म ले ले तो उसका तेज कैसे सम्हाल सकता है कोई! सूरजमुखी फूल की तरह माथे के पास तेज खिला रहता। लेकिन नजर का फेर, किसी ने नहीं पहचाना। एक बार उपलैन में लाट साहब मय लाटनी के, हवागाड़ी से आये

थे। लाट ने भी नहीं, पहचाना आखिर लाटनी ने। सूरजमुखी तेज देखते ही बोल उठी—ए मैन राजा साहब, सुनो, यह आदमी का बच्चा नहीं है, देवता है।"

हिरामन ने लाटनी की बोली की नकल उतारते समय खूब डैम-फैट-लैट किया। हीराबाई दिल खोलकर हँसी।...हँसते समय उसकी सारी देह दुलकती है।

हीराबाई ने अपनी ओढ़नी ठीक कर ली। तब हिरामन को लगा कि...लगा कि...

"तब? उसके बाद क्या हुआ मीता?"

"इस्स! कथ्था सुनने का बड़ा शौक है आपको?...लेकिन, काला आदमी, राजा क्या महाराजा भी हो जाये, रहेगा काला आदमी ही। साहेब के जैसा अक्किल कहाँ से पायेगा! हँसकर बात उड़ा दी सभी ने। तब रानी को बार-बार सपना देने लगा देवता! सेवा नहीं कर सकते तो जाने दो, नहीं रहेंगे तुम्हारे यहाँ। इसके बाद देवता का खेल शुरू हुआ। सबसे पहले दोनों दंतार हाथी मरे, फिर घोड़ा, फिर पटपटाँग...।"

"पटपटाँग क्या है?"

हिरामन का मन पल-पल में बदल रहा है। मन में सतरंगा छाता धीरे-धीरे खिल रहा है, उसको लगता है।...उसकी गाड़ी पर देवकुल की औरत सवार है। देवता आखिर देवता है!

"पटपटाँग! धन-दौलत, माल-मवेशी सब साफ़! देवता इंद्रासन चला गया।"

हीराबाई ने ओझल होते हुए मंदिर के कंगूरे की ओर देखकर लंबी साँस ली।

"लेकिन देवता ने जाते-जाते कहा, इस राज में कभी एक छोड़कर दो बेटा नहीं होगा। धन हम अपने साथ ले जा रहे हैं, गुन छोड़ जाते हैं। देवता के साथ सभी देव-देवी चले गये, सिर्फ सरोसती मैया रह गयी। उसका मंदिर है।"

देसी घोड़े पर पाट के बोझ लदे हुए बनियों को आते देखकर हिरामन ने टप्पर के परदे को गिरा दिया। बैलों को ललकारकर बिदेशिया नाच का बन्दना गीत गाने लगा—

"जै मैया सरोसती, अरजी करत बानी;
हमरा पर होखू सहाई हे मैया, हमरा पर होखू सहाई!"

घोड़लद्दे बनियों से हिरामन ने हुलसकर पूछा, "क्या भाव पटुआ खरीदते हैं महाजन?"

लँगड़े घोड़ेवाले बनिये ने बटगमनी जवाब दिया—"नीचे सताइस-अठाइस, ऊपर तीस। जैसा माल, वैसा भाव।"

जवान बनिये ने पूछा, "मेला का क्या हाल-चाल है, भाई? कौन नौटंकी कंपनी का खेल हो रहा है, रौता कंपनी या मथुरामोहन?"

"मेले का हाल मेलावाला जाने!" हिरामन ने फिर छत्तापुर-पचीरा का नाम लिया।

सूरज दो बाँस ऊपर आ गया था। हिरामन अपने बैलों से बात करने लगा—"एक कोस जमीन! जरा दम बाँधकर चलो। प्यास की वेला हो गयी न! याद है, उस बार तेगछिया के पास सरकस कंपनी के जोकड़ और बंदर नचानेवाले साहब में झगड़ा हो गया था। जोकड़वा ठीक बन्दर की तरह दाँत किटकिटाकर किकियाने लगा था...न जाने किस-किस देश-मुलुक के आदमी आते हैं?"

हिरामन ने फिर परदे के छेद से देखा, हीराबाई एक कागज के टुकड़े पर आँख गड़ाकर बैठी है। हिरामन का मन आज हल्के सुर में बँधा है। उसको तरह-तरह के गीतों की याद आती है। बीस-पच्चीस साल पहले, बिदेशिया, बलवाही, छोकरा-नाचवाले एक-से-एक गजल-खेमटा गाते थे! अब तो, भोंपा में भोंपू-भोंपू करके कौन गीत गाते हैं लोग! जा रे जमाना! छोकरा-नाच के गीत की याद आयी हिरामन को—

"सजनवा बैरी हो ग'य हमारो! सजनवा..!
अरे, चिठिया हो तो सब कोई बाँचे; चिठिया हो तो...
हाय! करमवा, होय करमवा...
कोई न बाँचे हमारो, सजनवा...हो करमवा...!"

गाड़ी की बल्ली पर उँगलियों से ताल देकर गीत को काट दिया हिरामन ने। छोकरा-नाच के मनुवाँ नटुवा का मुँह हीराबाई-जैसा ही था।...कहाँ चला गया वह जमाना? हर महीने गाँव में नाचवाले आते थे। हिरामन ने छोकरा-नाच के चलते अपनी भाभी की न जाने कितनी बोली-ठोली सुनी थी। भाई ने घर से निकल जाने को कहा था।

आज हिरामन पर माँ सरस्वती सहाय हैं, लगता है। हीराबाई बोली, "वाह, कितना बढ़िया गाते हो तुम!"

हिरामन का मुँह लाल हो गया। वह सिर नीचा करके हँसने लगा।

आज तेगछिया पर रहनेवाले महावीर स्वामी भी सहाय हैं हिरामन पर। तेगछिया के नीचे एक भी गाड़ी नहीं। हमेशा गाड़ी और गाड़ीवानों की भीड़ लगी रहती है यहाँ। सिर्फ एक साइकिलवाला बैठकर सुस्ता रहा है। महावीर स्वामी को सुमरकर हिरामन ने गाड़ी रोकी। हीराबाई परदा हटाने लगी। हिरामन ने पहली बार आँखों से बात की हीराबाई से—साइकिलवाला इधर ही टकटकी लगाकर देख रहा है।

बैलों के खोलने के पहले बाँस की टिकटी लगाकर गाड़ी को टिका दिया। फिर साइकिलवाले की ओर बार-बार घूरते हुए पूछा, "कहाँ जाना है? मेला? कहाँ से आना हो रहा है? बिसनपुर से? बस, इतनी ही दूर में थसथसाकर थक गये?...जा रे जवानी!"

साइकिलवाला दुबला-पतला नौजवान मिनमिनाकर कुछ बोला और बीड़ी सुलगाकर उठ खड़ा हुआ।

हिरामन दुनिया-भर की निगाह से बचाकर रखना चाहता है हीराबाई को। उसने चारों ओर नजर दौड़ाकर देख लिया—कहीं कोई गाड़ी या घोड़ा नहीं।

कजरी नदी की दुबली-पतली धारा तेगछिया के पास आकर पूरब की ओर मुड़ गयी है। हीराबाई पानी में बैठी हुई भैंसों और उनकी पीठ पर बैठे हुए बगुलों को देखती रही।

हिरामन बोला, "जाइए, घाट पर मुँह-हाथ धो आइए!"

हीराबाई गाड़ी से नीचे उतरी। हिरामन का कलेजा धड़क उठा। नहीं, नहीं! पाँव सीधे हैं, टेढ़े नहीं। लेकिन, तलुवा इतना लाल क्यों है? हीराबाई घाट की ओर चली गयी, गाँव की बहू-बेटी की तरह सिर नीचा करके धीरे-धीरे। कौन कहेगा कि कंपनी की औरत है।... औरत नहीं, लड़की। शायद कुमारी ही है।

हिरामन टिकटी पर टिकी गाड़ी पर बैठ गया। उसने टप्पर में झाँककर देखा। एक बार इधर-उधर देखकर हीराबाई के तकिये पर हाथ रख दिया। फिर तकिया पर केहुनी डाल कर झुक गया, झुकता गया। खुशबू उसकी देह में समा गयी। तकिये के गिलाफ पर कढ़े फूलों को उँगलियों से छूकर उसने सूँघा, हाय रे हाय! इतनी सुगंध! हिरामन को लगा, एक साथ पाँच चिलम गाँजा फूँककर वह उठा है। हीराबाई के छोटे आईने में उसने अपना मुँह देखा। आँखें उसकी इतनी लाल क्यों हैं?

हीराबाई लौटकर आयी तो उसने हँसकर कहा, "अब आप गाड़ी का पहरा दीजिए, मैं आता हूँ तुरत।"

हिरामन ने अपनी सफरी झोली से सहेजी हुई गंजी निकाली। गमछा झाड़कर कंधे पर लिया और हाथ में बालटी लटकाकर चला। उसके बैलों ने बारी-बारी से 'हुँक-हुँक' करके कुछ कहा। हिरामन ने जाते-जाते उलटकर कहा, "हाँ, हाँ, प्यास सभी को लगी है। लौटकर आता हूँ तो घास दूँगा, बदमाशी मत करो!"

बैलों ने कान हिलाए।

नहा-धोकर कब लौटा हिरामन, हीराबाई को नहीं मालूम। कजरी की धारा को देखते-देखते उसकी आँखों में रात की उचटी हुई नींद लौट आयी थी। हिरामन पास के गाँव से जलपान के लिए दही-चूड़ा-चीनी ले आया है।

"उठिए, नींद तोड़िए! दो मुट्ठी जलपान कर लीजिए!"

हीराबाई आँख खोलकर अचरज में पड़ गयी। एक हाथ में मिट्टी के नये बरतन में दही, केले के पत्ते। दूसरे हाथ में बालटी-भर पानी। आँखों में आत्मीयतापूर्ण अनुरोध!

"इतनी चीजें कहाँ से ले आये?"

"इस गाँव का दही नामी है।...चाह तो फारबिसगंज जाकर ही पाइएगा।"

हिरामन की देह की गुदगुदी मिट गयी। हीराबाई ने कहा, "तुम भी पत्तल बिछाओ।...क्यों? तुम नहीं खाओगे तो समेटकर रख लो अपनी झोली में। मैं भी नहीं खाऊँगी।"

"इस्स!" हिरामन लजाकर बोला, "अच्छी बात है! आप खा लीजिए पहले।"

"पहले-पीछे क्या? तुम भी बैठो।"

हिरामन का जी जुड़ा गया। हीराबाई ने अपने हाथ से उसका पत्तल बिछा दिया, पानी छींट दिया, चूड़ा निकालकर दिया। इस्स! धन्न है, धन्न है! हिरामन ने देखा, भगवती मैया भोग लगा रही है। लाल होठों पर गोरस का परस!...पहाड़ी तोते को दूध-भात खाते देखा है?

दिन ढल गया।

टप्पर में सोयी हीराबाई और जमीन पर दरी बिछाकर सोये हिरामन की नींद एक ही साथ खुली।...मेले की ओर जानेवाली गाड़ियाँ तेगछिया के पास रुकी हैं। बच्चे कचर-पचर कर रहे हैं।

हिरामन हड़बड़ाकर उठा। टप्पर के अंदर झाँककर इशारे से कहा—दिन ढल गया! गाड़ी में बैलों को जोतते समय उसने गाड़ीवानों के सवालों का कोई जवाब नहीं दिया। गाड़ी हाँकते हुए बोला, "सिरपुर बाजार के इसपिताल की डागडरनी हैं। रोगी देखने जा रही हैं। पास ही कुड़मागाम।"

हीराबाई छत्तापुर-पचीरा का नाम भूल गयी। गाड़ी जब कुछ दूर आगे बढ़ आयी तो उसने हँसकर पूछा, "पत्तापुर-छपीरा?"

हँसते-हँसते पेट में बल पड़ गये हिरामन के—"पत्तापुर-छपीरा! हा हा! वे लोग छत्तापुर-पचीरा के ही गाड़ीवान थे, उनसे कैसे कहता! ही-ही!"

हीराबाई मुस्कुराती हुई गाँव की ओर देखने लगी।

सड़क तेगछिया गाँव के बीच से निकलती है। गाँव के बच्चों ने परदेवाली गाड़ी देखी और तालियाँ बजा-बजाकर रटी हुई पंक्तियाँ दुहराने लगे--

"लाली-लाली डोलिया में
लाली रे दुलहिनिया
पान खाये...!"

हिरामन हँसा।...दुलहिनिया...लाली-लाली डोलिया! दुलहिनिया पान खाती है,

दुलहा की पगड़ी में मुँह पोंछती है। ओ दुलहिनिया, तेगछिया गाँव के बच्चों को याद रखना। लौटती बेर गुड़ का लड्डू लेती आइयो। लाख बरिस तेरा दुलहा जीये!...कितने दिनों का हौसला पूरा हुआ है हिरामन का! ऐसे कितने सपने देखे हैं उसने! वह अपनी दुलहिन को लेकर लौट रहा है। हर गाँव के बच्चे तालियाँ बजाकर गा रहे हैं। हर आँगन से झाँककर देख रही हैं औरतें। मर्द लोग पूछते हैं, "कहाँ की गाड़ी है, कहाँ जायेगी?" उसकी दुलहिन डोली का परदा थोड़ा सरकाकर देखती है। और भी कितने सपने....

गाँव से बाहर निकलकर उसने कनखियों से टप्पर के अंदर देखा, हीराबाई कुछ सोच रही है। हिरामन भी किसी सोच में पड़ गया। थोड़ी देर के बाद वह गुनगुनाने लगा—

"सजन रे झूठ मति बोलो, खुदा के पास जाना है।
नहीं हाथी, नहीं घोड़ा, नहीं गाड़ी—
वहाँ पैदल ही जाना है। सजन रे....।"

हीराबाई ने पूछा, "क्यों मीता? तुम्हारी अपनी बोली में कोई गीत नहीं क्या?"

हिरामन अब बेखटक हीराबाई की आँखों में आँखें डालकर बात करता है। कंपनी की औरत भी ऐसी होती हैं? सरकस कंपनी की मालकिन मेम थी। लेकिन हीराबाई! गाँव की बोली में गीत सुनना चाहती है। वह खुलकर मुस्कुराया—"गाँव की बोली आप समझिएगा?"

"हूँ ऊँ-ऊँ!" हीराबाई ने गर्दन हिलायी। कान के झुमके हिल गये। हिरामन कुछ देर तक बैलों को हाँकता रहा चुपचाप। फिर बोला, "गीत जरूर ही सुनियेगा? नहीं मानियेगा?...इस्स! इतना शौक गाँव का गीत सुनने का है आपको! तब लीक छोड़नी होगी। चालू रास्ते में कैसे गीत गा सकता है कोई!" हिरामन ने बायें बैल की रस्सी खींचकर दाहिने को लीक से बाहर किया और बोला, "हरिपुर होकर नहीं जायेंगे तब।"

चालू लीक को काटते देखकर हिरामन की गाड़ी के पीछेवाले गाड़ीवान ने चिल्लाकर पूछा, "काहे हो गाड़ीवान, लीक छोड़कर बेलीक कहाँ उधर?"

हिरामन ने हवा में दुआली घुमाते हुए जवाब दिया—"कहाँ है बेलीक? वह सड़क ननपुर तो नहीं जायेगी।" फिर अपने-आप बड़बड़ाया, "इस मुलुक के लोगों की यही आदत बुरी है। राह चलते एक सौ जिरह करेंगे। अरे भाई, तुमको जाना है, जाओ। ...देहाती भुच्च सब!"

ननपुर की सड़क पर गाड़ी लाकर हिरामन ने बैलों की रस्सी ढीली कर दी। बैलों ने दुलकी चाल छोड़कर कदमचाल पकड़ी।

हीराबाई ने देखा, सचमुच ननपुर की सड़क बड़ी सूनी है। हिरामन उसकी

आँखों की बोली समझता है—"घबड़ाने की बात नहीं। यह सड़क भी फारबिसगंज जायेगी, राह-घाट के लोग बहुत अच्छे हैं...एक घड़ी रात तक हम लोग पहुँच जायेंगे।"

हीराबाई को फारबिसगंज पहुँचने की जल्दी नहीं। हिरामन पर उसको इतना भरोसा हो गया है कि डर-भय की कोई बात ही नहीं उठती है मन में। हिरामन ने पहले जी-भर मुस्कुरा लिया। कौन गीत गाये वह! हीराबाई को गीत और कथा दोनों का शौक है...इस्स! महुआ घटवारिन? वह बोला, "अच्छा, जब आपको इतना शौक है तो सुनिये महुआ घटवारिन का गीत। इसमें गीत भी है, कथ्था भी है।"

...कितने दिनों के बाद भगवती ने यह हौसला भी पूरा कर दिया। जै भगवती! आज हिरामन अपने मन को खलास कर लेगा। वह हीराबाई की थमी हुई मुस्कुराहट को देखता रहा।

"सुनिये! आज भी परमार नदी में महुआ घटवारिन के कई पुराने घाट हैं। इसी मुलुक की थी महुआ ! थी तो घटवारिन, लेकिन सौ सतवन्ती में एक थी। उसका बाप दारू-ताड़ी पीकर दिन-रात बेहोश पड़ा रहता। उसकी सौतेली माँ साक्षात राकसनी! बहुत बड़ी नजर-चालक। रात में गाँजा-दारू-अफीम चुराकर बेचनेवाले से लेकर तरह-तरह के लोगों से उसकी जान-पहचान थी। सबसे घुट्टी-भर हेल-मेल। महुआ कुमारी थी। लेकिन काम कराते-कराते उसकी हड्डी निकाल दी थी राकसनी ने। जवान हो गयी, कहीं शादी-ब्याह की बात भी नहीं चलायी। एक रात की बात सुनिये!"

हिरामन ने धीरे-धीरे गुनगुनाकर गला साफ किया—

"हे अ-अ-अ सावना-भादवा के-र-उमड़ल नदिया-गे मै-यो-ओ-ओ,
मैयो गे रैनि भयावनि-हे-ए-ए-ए;
तड़का-तड़के धड़के करेज-आ-आ मोरा,
कि हमहुँ जे बार-नान्ही रे-ए-ए...।"

ओ माँ, सावन-भादों की उमड़ी हुई नदी, भयावनी रात, बिजली कड़कती है, मैं बारी-क्वारी नन्ही-बच्ची, मेरा कलेजा धड़कता है। अकेली कैसे जाऊँ घाट पर? सो भी एक परदेशी राही-बटोही के पैर में तेल लगाने के लिए! सत-माँ ने अपनी बज्जर-किवाड़ी बंद कर ली। आसमान में मेघ हड़बड़ा उठे और हरहराकर बरसा होने लगी। महुआ रोने लगी, अपनी माँ को याद करके। आज उसकी माँ रहती तो ऐसे दुरदिन में कलेजे से सटाकर रखती अपनी महुआ बेटी को। गे मइया, इसी दिन के लिए, यही दिखाने के लिए तुमने कोख में रखा था? महुआ अपनी माँ पर गुस्सायी—क्यों वह अकेली मर गयी; जी-भर कोसती हुई बोली।

हिरामन ने लक्ष्य किया, हीराबाई तकिये पर केहुनी गड़ाकर, गीत में मगन एकटक उसकी ओर देख रही है।...खोयी हुई सूरत कैसी भोली लगती है!

हिरामन ने गले में कँपकँपी पैदा की—

"हूँ-ऊँ-ऊँ-रे डाइनियाँ मैयो मोरी-ई-ई,
नोनवा चटाई काहे नाहिं मारलि सौरी-घर-अ-अ।
एहि दिनवाँ खातिर छिनरो धिया
तेंहु पोसलि कि नेनू-दूध उटगन...।"

हिरामन ने दम लेते हुए पूछा, "भाखा भी समझती हैं कुछ या खाली गीत ही सुनती हैं?"

हीरा बोली, "समझती हूँ। उटगन माने उबटन—जो देह में लगाते हैं।"

हिरामन ने विस्मित होकर कहा, "इस्स!"...सो रोने-धोने से क्या होय! सौदागर ने पूरा दाम चुका दिया था महुआ का। बाल पकड़कर घसीटता हुआ नाव पर चढ़ा और माँझी को हुकुम दिया, नाव खोलो, पाल बाँधो! पालवाली नाव परवाली चिड़िया की तरह उड़ चली। रात-भर महुआ रोती-छटपटाती रही। सौदागर के नौकरों ने बहुत डराया-धमकाया—"चुप रहो, नहीं तो उठाकर पानी में फेंक देंगे।" बस, महुआ को बात सूझ गयी। भोर का तारा मेघ की आड़ से जरा बाहर आया, फिर छिप गया। इधर महुआ भी छपाक् से कूद पड़ी पानी में।....सौदागर का एक नौकर महुआ को देखते ही मोहित हो गया था। महुआ की पीठ पर वह भी कूदा। उलटी धारा में तैरना खेल नहीं, सो भी भरी भादों की नदी में। महुआ असल घटवारिन की बेटी थी। मछली भी भला थकती है पानी में! सफरी मछली-जैसी फरफराती, पानी चीरती भागी चली जा रही है। और उसके पीछे सौदागर का नौकर पुकार-पुकारकर कहता है—"महुआ जरा थमो, तुमको पकड़ने नहीं आ रहा, तुम्हारा साथी हूँ। जिंदगी-भर साथ रहेंगे हम लोग।" लेकिन...।

हिरामन का बहुत प्रिय गीत है यह। महुआ घटवारिन गाते समय उसके सामने सावन-भादों की नदी उमड़ने लगती है; अमावस्या की रात और घने बादलों में रह-रहकर बिजली चमक उठती है। उसी चमक में लहरों से लड़ती हुई बारी-कुमारी महुआ की झलक उसे मिल जाती है। सफरी मछली की चाल और तेज हो जाती है। उसको लगता है, वह खुद सौदागर का नौकर है। महुआ कोई बात नहीं सुनती। परतीत करती नहीं। उलटकर देखती भी नहीं। और वह थक गया है, तैरते-तैरते।...

इस बार लगता है महुआ ने अपने को पकड़ा दिया। खुद ही पकड़ में आ गयी है। उसने महुआ को छू लिया है, पा लिया है, उसकी थकन दूर हो गयी है। पंद्रह-बीस साल तक उमड़ी हुई नदी की उलटी धारा में तैरते हुए उसके मन को किनारा मिल गया। आनंद के आँसू कोई रोक नहीं मानते।...

उसने हीराबाई से अपनी गीली आँखें चुराने की कोशिश की। किंतु हीरा तो उसके मन में बैठी न जाने कब से सबकुछ देख रही थी। हिरामन ने अपनी काँपती हुई बोली को काबू में लाकर बैलों को झिड़की दी—"इस गीत में न जाने क्या है कि सुनते ही दोनों थसथसा जाते हैं। लगता है सौ मन बोझ लाद दिया किसी ने।"

हीराबाई लंबी साँस लेती है। हिरामन के अंग-अंग में उमंग समा जाती है।

"तुम तो उस्ताद हो मीता!"

"इस्स!"

आसिन-कातिक का सूरज दो बाँस दिन रहते ही कुम्हला जाता है। सूरज डूबने से पहले ही ननपुर पहुँचना है, हिरामन अपने बैलों को समझा रहा है—"कदम खोलकर और कलेजा बाँधकर चलो...ए...छिः छिः! बढ़के भैयन! ले-ले-ले-ए हे-य!"

ननपुर तक वह अपने बैलों को ललकारता रहा। हर ललकार के पहले वह अपने बैलों को बीती हुई बातों की याद दिलाता—याद नहीं, चौधरी की बेटी की बरात में कितनी गाड़ियाँ थीं; सबको कैसे मात किया था! हाँ, वही कदम निकालो। ले-ले-ले! ननपुर से फारबिसगंज तीन कोस! दो घंटे और!

ननपुर के हाट पर आजकल चाय भी बिकने लगी है। हिरामन अपने लोटे में चाय भरकर ले आया।... कंपनी की औरत को जानता है वह, सारा दिन, घड़ी-घड़ी-भर में, चाय पीती तहती है। चाय है या जान!

हीरा हँसते-हँसते लोट-पोट हो रही है—"अरे, तुमसे किसने कह दिया कि क्वारे आदमी को चाय नहीं पीनी चाहिए?"

हिरामन लजा गया। क्या बोले वह?...लाज की बात। लेकिन वह भोग चुका है एक बार। सरकस कंपनी की मेम के हाथ की चाय पीकर उसने देख लिया है। बड़ी गरम तासीर!

"पीजिए गुरुजी!" हीरा हँसी।

"इस्स!"

ननपुर हाट पर ही दीया-बाती जल चुकी थी। हिरामन ने अपना सफरी लालटेन जलाकर पिछवा में लटका दिया।...आजकल शहर से पाँच कोस दूर के गाँववाले भी अपने को शहरू समझने लगे हैं। बिना रोशनी की गाड़ी को पकड़कर चालान कर देते हैं। बारह बखेड़ा।

"आप मुझे गुरुजी मत कहिए।"

"तुम मेरे उस्ताद हो हमारे शास्तर में लिखा हुआ है, एक अच्छा सिखानेवाला भी गुरु और एक राग सिखानेवाला भी उस्ताद!"

"इस्स! शास्तर-पुरान भी जानती हैं!...मैंने क्या सिखाया? मैं क्या...?"

हीरा हँसकर गुनगुनाने लगी—"है-अ-अ-अ-सावना-भादवा के-र...।"

हिरामन अचरज के मारे गूँगा हो गया।...इस्स! इतना तेज जेहन! हू-ब-हू महुआ घटवारिन!

गाड़ी सीताधार की एक सूखी धारा की उतरायी पर गड़गड़ाकर नीचे की ओर उतरी। हीराबाई ने हिरामन का कंधा धर लिया एक हाथ से। बहुत देर तक हिरामन के कंधे पर उसकी उँगलियाँ पड़ी रहीं। हिरामन ने नजर फिराकर कंधे पर केंद्रित करने की कोशिश की, कई बार। गाड़ी चढ़ाई पर पहुँची तो हीरा की ढीली उँगलियाँ फिर तन गयीं।

सामने फारबिसगंज शहर की रोशनी झिलमिला रही है। शहर से कुछ दूर हट कर मेले की रोशनी...टप्पर में लटके लालटेन की रोशनी में छाया नाचती है आस-पास। ...डबडबायी आँखों से, हर रोशनी सूरजमुखी फूल की तरह दिखायी पड़ती है।

फारबिसगंज तो हिरामन का घर-दुआर है!

न जाने कितनी बार वह फारबिसगंज आया है। मेले की लदनी लादी है। किसी औरत के साथ? हाँ, एक बार। उसकी भाभी जिस साल आयी थी गौने में। इसी तरह तिरपाल से गाड़ी को चारों ओर से घेरकर बासा बनाया गया था।...

हिरामन अपनी गाड़ी को तिरपाल से घेर रहा है, गाड़ीवान-पट्टी में। सुबह होते ही रौता नौटंकी कंपनी के मैनेजर से बात करके भरती हो जायेगी हीराबाई। परसों मेला खुल रहा है। इस बार मेले में पालचट्टी खूब जमी है।...बस, एक रात। आज रात भर हिरामन की गाड़ी में रहेगी वह।...हिरामन की गाड़ी में नहीं, घर में!

"कहाँ की गाड़ी है?...कौन, हिरामन! किस मेले से? किस चीज की लदनी है?"

गाँव-समाज के गाड़ीवान, एक-दूसरे को खोजकर, आसपास गाड़ी लगाकर बासा डालते हैं। अपने गाँव के लालमोहर, धुन्नीराम और पलटदास वगैरह गाड़ीवानों के दल को देखकर हिरामन अचकचा गया। उधर पलटदास टप्पर में झाँककर भड़का। मानो बाघ पर नजर पड़ गयी। हिरामन ने इशारे से सभी को चुप किया। फिर गाड़ी की ओर कनखी मारकर फुसफुसाया—"चुप! कंपनी की औरत है, नौटंकी कंपनी की।"

"कंपनी की—ई-ई-ई?"

"??...?? XX...!"

एक नहीं, अब चार हिरामन! चारों ने अचरज से एक-दूसरे को देखा।...कंपनी नाम में कितना असर है! हिरामन ने लक्ष्य किया, तीनों एक साथ सटक-दम हो गये। लालमोहर ने जरा दूर हटकर बतियाने की इच्छा प्रकट की, इशारे से ही। हिरामन ने टप्पर की ओर मुँह करके कहा, "होटिल तो नहीं खुला होगा कोई, हलवाई के यहाँ से पक्की ले आवें!"

"हिरामन, जरा इधर सुनो।...मैं कुछ नहीं खाऊँगी अभी। लो, तुम खा आओ।"

"क्या है, पैसा? इस्स!"...पैसा देकर हिरामन ने कभी फारबिसगंज में कच्ची-पक्की नहीं खायी। उसके गाँव के इतने गाड़ीवान हैं, किस दिन के लिए? वह छू नहीं सकता पैसा। उसने हीराबाई से कहा, "बेकार, मेला-बाजार में हुज्जत मत कीजिए। पैसा रखिए।" मौका पाकर लालमोहर भी टप्पर के करीब आ गया। उसने सलाम करते हुए कहा, "चार आदमी के भात में दो आदमी खुशी से खा सकते हैं। बासा पर भात चढ़ा हुआ है। हें-हें-हें! हम लोग एकहि गाँव के हैं। गौंवाँ-गरामिन के रहते होटिल और हलवाई के यहाँ खायेगा हिरामन?"

हिरामन ने लालमोहर का हाथ टीप दिया—"बेसी भचर-भचर मत बको।"

गाड़ी से चार रस्सी दूर जाते-जाते धुन्नीराम ने अपने कुलबुलाते हुए दिल की बात खोल दी—"इस्स! तुम भी खूब हो हिरामन! उस साल कंपनी का बाग, इस बार कंपनी की जनानी!"

हिरामन ने दबी आवाज में कहा, "भाई रे, यह हम लोगों के मुलुक की जनाना नहीं कि लटपट बोली सुनकर भी चुप रह जाये। एक तो पच्छिम की औरत तिस पर कंपनी की!"

धुन्नीराम ने अपनी शंका प्रकट की—"लेकिन कंपनी में तो सुनते हैं पतुरिया रहती है।"

"धत्!" सभी ने एक साथ उसको दुरदुरा दिया, "कैसा आदमी है! पतुतिया रहेगी कंपनी में भला! देखो इसकी बुद्धि!...सुना है, देखा तो नहीं है कभी!"

धुन्नीराम ने अपनी गलती मान ली। पलटदास को बात सूझी—"हिरामन भाई, जनाना जात अकेली रहेगी गाड़ी पर? कुछ भी हो, जनाना आखिर जनाना ही है। कोई जरूरत ही पड़ जाये!"

यह बात सभी को अच्छी लगी। हिरामन ने कहा, "बात ठीक है। पलट, तुम लौट जाओ, गाड़ी के पास ही रहना। और देखो, गपशप जरा होशियारी से करना। हाँ!"

...हिरामन की देह से अतर-गुलाब की खुशबू निकलती है। हिरामन करमसाँड़ है। उस बार महीनों तक उसकी देह से बघाइन गंध नहीं गयी। लालमोहर ने हिरामन की गमछी सूँघ ली—"ए-ह!"

हिरामन चलते-चलते रुक गया—"क्या करें लालमोहर भाई, जरा कहो तो! बड़ी जिद्द करती है, कहती है, नौटंकी देखना ही होगा।"

"फोकट में ही?"

"और गाँव नहीं पहुँचेगी यह बात?"

हिरामन बोला, "नहीं जी! एक रात नौटंकी देखकर जिंदगी-भर बोली-ठोली कौन सुने?...देशी मुर्गी विलायती चाल!"

धुन्नीराम ने पूछा, "फोकट में देखने पर भी तुम्हारी भौजाई बात सुनायेगी?"

लालमोहर के बासा के बगल में, लकड़ी की दुकान लादकर आये हुए गाड़ीवानों का बासा है। बासा के मीर-गाड़ीवान मियाँजानू बूढ़े ने सफरी गुड़गुड़ी पीते हुए पूछा, "क्यों भाई, मीनाबाजार की लदनी लादकर कौन आया है?"

मीनाबाजार। मीनाबाजार तो पतुरिया-पट्टी को कहते हैं।...क्या बोलता है यह बूढ़ा मियाँ? लालमोहर ने हिरामन के कान में फुसफुसाकर कहा, "तुम्हारी देह मह-मह महकती है। सच।"

लहसनवाँ लालमोहर का नौकर गाड़ीवान है। उम्र में सबसे छोटा है। पहली बार आया है तो क्या? बाबू-बबुआइनों के यहाँ बचपन से नौकरी कर चुका है। वह रह-रहकर वातावरण में कुछ सूँघता है, नाक सिकोड़कर। हिरामन ने देखा, लहसनवाँ का चेहरा तमतमा गया है।...कौन आ रहा है धड़धड़ाता हुआ?--"कौन, पलटदास? क्या है?"

पलटदास आकर खड़ा हो गया चुपचाप। उसका मुँह भी तमतमाया हुआ था। हिरामन ने पूछा, "क्या हुआ? बोलते क्यों नहीं?"

क्या जवाब दे पलटदास। हिरामन ने उसको चेतावनी दे दी थी, [illegible] होशियारी से करना। वह चुपचाप गाड़ी की आसनी पर जाकर बैठ गया, हिरामन की जगह पर। हीराबाई ने पूछा, "तुम भी हिरामन के साथ हो?" पलटदास ने गरदन हिलाकर हामी भरी। हीराबाई फिर लेट गयी।... चेहरा-मोहरा और बोली-बानी देख-सुनकर, पलटदास का कलेजा काँपने लगा; न जाने क्यों। हाँ! रामलीला में सिया सुकुमारी इसी तरह थकी लेटी हुई थी। जै! सियावर रामचंद्र की जै!... पलटदास के मन में जै-जैकार होने लगा। वह दास-बैस्नव है, कीर्तनिया है। थकी हुई सीता महारानी के चरण टीपने की इच्छा प्रकट की उसने, हाथ की उँगलियों के इशारे से; मानो हारमोनियम की पटरियों पर नचा रहा हो। हीराबाई तमककर बैठ गयी--"अरे, पागल है क्या? जाओ, भागो!..."

पलटदास को लगा गुस्सायी हुई कंपनी की औरत की आँखों से चिनगारी निकल रही है--छटक्-छटक्! वह भागा।...

पलटदास क्या जवाब दे! वह मेला से भी भागने का उपाय सोच रहा है। बोला, "कुछ नहीं। हमको व्यापारी मिल गया। अभी ही टीशन जाकर माल लादना है। भात में तो अभी देर है। मैं लौट आता हूँ तब तक।"

खाते समय धुन्नीराम और लहसनवाँ ने पलटदास की टोकरी-भर निंदा की।

छोटा आदमी है। कमीना है। पैसे-पैसे का हिसाब जोड़ता है। खाने-पीने के बाद लालमोहर के दल ने अपना बासा तोड़ दिया। धुन्नी और लहसनवाँ गाड़ी जोतकर हिरामन के बासा पर चले, गाड़ी की लीक धरकर। हिरामन ने चलते-चलते रुककर, लालमोहर से कहा, "जरा मेरे इस कंधे को सूँघो तो। सूँघकर देखो न?"

लालमोहर ने कंधा सूँघकर आँखें मूँद लीं। मुँह से अस्फुट शब्द निकला--"ए-ह!"

हिरामन ने कहा, "जरा-सा हाथ रखने पर इतनी खुशबू!...समझे!"

लालमोहर ने हिरामन का हाथ पकड़ लिया--"कंधे पर हाथ रखा था? सच? सुनो हिरामन, नौटंकी देखने का ऐसा मौका फिर कभी हाथ नहीं लगेगा। हाँ!"

"तुम भी देखोगे?"

लालमोहर की बत्तीसी चौराहे की रोशनी में झिलमिला उठी।

बासा पर पहुँचकर हिरामन ने देखा, टप्पर के पास खड़ा बतिया रहा है कोई, हीराबाई से। धुन्नी और लहसनवाँ ने एक ही साथ कहा, "कहाँ रह गये पीछे? बहुत देर से खोज रही है कंपनी...!"

हिरामन ने टप्पर के पास जाकर देखा--अरे, यह तो वही बक्सा ढोनेवाला नौकर है, जो चंपानगर मेले में हीराबाई को गाड़ी पर बिठाकर अँधेरे में गायब हो गया था।

"आ गये हिरामन! अच्छी बात, इधर आओ।... यह लो अपना भाड़ा और यह लो अपनी दच्छिना! पच्चीस-पच्चीस, पचास।"

हिरामन को लगा, किसी ने आसमान से धकेलकर धरती पर गिरा दिया। किसी ने क्यों, इस बक्सा ढोनेवाले आदमी ने। कहाँ से आ गया? उसकी जीभ पर आयी हुई बात जीभ पर ही रह गयी...इस्स! दच्छिना! वह चुपचाप खड़ा रहा।

हीराबाई बोली, "लो, पकड़ो! और सुनो, कल सुबह रौता कंपनी में आकर मुझसे भेंट करना। पास बनवा दूँगी।...बोलते क्यों नहीं?"

लालमोहर ने कहा, "इलाम-बकसीस दे रही है मालकिन, ले लो हिरामन!" हिरामन ने कटकर लालमोहर की ओर देखा।...बोलने का जरा भी ढंग नहीं इस लालमोहरा को।

धुन्नीराम की स्वगतोक्ति सभी ने सुनी, हीराबाई ने भी--गाड़ी-बैल छोड़कर नौटंकी कैसे देख सकता है कोई गाड़ीवान, मेले में।

हिरामन ने रुपया लेते हुए कहा, "क्या बोलेंगे!" उसने हँसने की चेष्टा की।... कंपनी की औरत कंपनी में जा रही है। हिरामन का क्या! बक्सा ढोनेवाला रास्ता दिखाता हुआ आगे बढ़ा--"इधर से।" हीराबाई जाते-जाते रुक गयी। हिरामन के बैलों को संबोधित करके बोली, "अच्छा, मैं चली भैयन!"

बैलों ने, भैया शब्द पर कान हिलाये।

"??...?? x...x...!"

"भा-इ-यो, आज रात! दि रौता संगीत नौटंकी कंपनी के स्टेज पर! गुलबदन देखिए, गुलबदन! आपको यह जानकर खुशी होगी कि मथुरामोहन कंपनी की मशहूर एक्ट्रेस मिस हीरादेवी, जिसकी एक-एक अदा पर हजार जान फिदा हैं, इस बार हमारी कंपनी में आ गयी हैं। याद रखिए। आज की रात। मिस हीरादेवी गुलबदन...!"

नौटंकीवालों के इस ऐलान से मेले की हर पट्टी में सरगर्मी फैल रही है।... हीराबाई? मिस हीरादेवी? लैला, गुलबदन...? फिलिम एक्ट्रेस को मात करती है।

...तेरी बाँकी अदा पर मैं खुद हूँ फिदा,
तेरी चाहत को दिलबर बयाँ क्या करूँ!
यही खाहिश है कि इ-इ-इ तू मुझको देखा करे
और दिलोजान मैं तुमको देखा करूँ।"

...किर्र-र्र-र्र-र्र... कड़ड़ड़ड़ड़ड़र्र-र्र-घन-घन-धड़ाम!

हर आदमी का दिल नगाड़ा हो गया है!

लालमोहर दौड़ता-हाँफता बासा पर आया—"ऐ, ऐ हिरामन, यहाँ क्या बैठे हो, चलकर देखो जै-जैकार हो रहा है! मय बाजा-गाजा, छापी-फाहरम के साथ हीराबाई की जै-जै कर रहा है।"

हिरामन हड़बड़ाकर उठा। लहसनवाँ ने कहा, "धुन्नी काका, तुम बासा पर रहो, मैं भी देख आऊँ।"

धुन्नी की बात कौन सुनता है! तीनों जन नौटंकी कंपनी की ऐलानिया पार्टी के पीछे-पीछे चलने लगे। हर नुक्कड़ पर रुककर, बाजा बंद करके ऐलान किया जाता है। ऐलान के हर शब्द पर हिरामन पुलक उठता है। हीराबाई का नाम, नाम के साथ अदा-फिदा वगैरह सुनकर उसने लालमोहर की पीठ थपथपा दी—"धन्न है, धन्न है! है या नहीं?"

लालमोहर ने कहा, "अब बोलो! अब भी नौटंकी नहीं देखोगे?" सुबह से ही धुन्नीराम और लालमोहर समझा रहे थे, समझाकर हार चुके थे—"कंपनी में जाकर भेंट कर आओ। जाते-जाते पुरसिस कर गयी हैं।" लेकिन हिरामन की बस एक बात—"धत्, कौन भेंट करने जाये! कंपनी की औरत, कंपनी में गयी। अब उससे क्या लेना-देना! चीन्हेगी भी नहीं!"

वह मन-ही-मन रूठा हुआ था। ऐलान सुनने के बाद उसने लालमोहर से कहा, "जरूर देखना चाहिए, क्यों लालमोहर?"

दोनों आपस में सलाह करके रौता कंपनी की ओर चले। खेमे के पास पहुँचकर हिरामन ने लालमोहर को इशारा किया, पूछताछ करने का भार लालमोहर के सिर। लालमोहर कचराही बोलना जानता है। लालमोहर ने एक काले कोटवाले से कहा, "बाबू साहेब, जरा सुनिये तो!"

काले कोटवाले ने नाक-भौं चढ़ाकर कहा—"क्या है? इधर क्यों?"

लालमोहर की कचराही बोली गड़बड़ा गयी—तेवर देखकर बोला, "गुलगुल... नहीं-नहीं...बुल-बुल...नहीं...।"

हिरामन ने झट-से सम्हाल दिया—"हीरादेवी किधर रहती हैं, बता सकते हैं?"

उस आदमी की आँखें हठात् लाल हो गयीं। सामने खड़े नेपाली सिपाही को पुकारकर कहा, "इन लोगों को क्यों आने दिया इधर?"

"हिरामन!"...वही फेनूगिलासी आवाज किधर से आयी? खेमे के परदे को हटाकर हीराबाई ने बुलाया—"यहाँ आ जाओ, अंदर!...देखो, बहादुर! इसको पहचान लो। यह मेरा हिरामन है। समझे!"

नेपाली दरबान हिरामन की ओर देखकर जरा मुस्कुराया और चला गया। काले कोटवाले से जाकर कहा, "हीराबाई का आदमी है। नहीं रोकने बोला!"

लालमोहर पान ले आया नेपाली दरबान के लिए—"खाया जाय!"

"इस्स! एक नहीं, पाँच पास। चारों अठनिया! बोली कि जब तक मेले में हो, रोज रात में आकर देखना। सबका खयाल रखती है। बोली कि तुम्हारे और साथी हैं, सभी के लिए पास ले जाओ। कंपनी की औरतों की बात निराली होती है! है या नहीं?"

लालमोहर ने लाल कागज के टुकड़ों को छूकर देखा—"पा-स! वाह रे हिरामन भाई!...लेकिन पाँच पास लेकर क्या होगा? पलटदास तो फिर पलटकर आया ही नहीं है अभी तक।"

हिरामन ने कहा, "जाने दो अभागे को। तकदीर में लिखा नहीं।...हाँ, पहले गुरुकसम खानी होगी सभी को, कि गाँव-घर में यह बात एक पंछी भी न जान पाये।"

लालमोहर ने उत्तेजित होकर कहा, "कौन साला बोलेगा, गाँव में जाकर? पलटा ने अगर बदमाशी की तो दूसरी बार से फिर साथ नहीं लाऊँगा।"

हिरामन ने अपनी थैली आज हीराबाई के जिम्मे रख दी है। मेले का क्या ठिकाना! किस्म-किस्म के पॉकिटकाट लोग हर साल आते हैं। अपने साथी-संगियों का

भी क्या भरोसा! हीराबाई मान गयी। हीराबाई ने कपड़े की काली थैली को अपने चमड़े के बक्स में बंद कर दिया। बक्से के ऊपर भी कपड़े का खोल और अंदर भी झलमल रेशमी अस्तर! मन का मान-अभिमान दूर हो गया।

लालमोहर और धुन्नीराम ने मिलकर हिरामन की बुद्धि की तारीफ की; उसके भाग्य को सराहा बार-बार। उसके भाई और भाभी की निंदा की, दबी जवान से हिरामन के जैसा हीरा भाई मिला है, इसलिए ! कोई दूसरा भाई होता तो...।

लहसनवाँ का मुँह लटका हुआ है। ऐलान सुनते-सुनते न जाने कहाँ चला गया कि घड़ी-भर साँझ होने के बाद लौटा है। लालमोहर ने एक मालिकाना झिड़की दी है, गाली के साथ—"सोहदा कहीं का!"

धुन्नीराम ने चूल्हे पर खिचड़ी चढ़ाते हुए कहा, "पहले यह फैसला कर लो कि गाड़ी के पास कौन रहेगा!"

"रहेगा कौन, यह लहसनवाँ कहाँ जायेगा?"

लहसनवाँ रो पड़ा—"हे-ए-ए मालिक, हाथ जोड़ते हैं। इक्को झलक! बस, एक झलक!"

हिरामन ने उदारतापूर्वक कहा, "अच्छा-अच्छा, एक झलक क्यों, एक घंटा देखना। मैं आ जाऊँगा।"

नौटंकी शुरू होने के दो घंटे पहले ही नगाड़ा बजना शुरू हो जाता है। और नगाड़ा शुरू होते ही लोग पतंगों की तरह टूटने लगते हैं। टिकटघर के पास भीड़ देखकर हिरामन को बड़ी हँसी आयी—"लालमोहर, उधर देख, कैसी धक्कमधुक्की कर रहे हैं लोग!"

"हिरामन भाय!"

"कौन, पलटदास! कहाँ की लदनी लाद आये?" लालमोहर ने पराये गाँव के आदमी की तरह पूछा।

पलटदास ने हाथ गलते हुए माफी माँगी—"कसूरवार हैं, जो सजा दो तुम लोग, सब मंजूर है। लेकिन सच्ची बात कहें कि सिया सुकुमारी...।"

हिरामन के मन का पुरइन नगाड़े के ताल पर विकसित हो चुका है। बोला, "देखो पलटा, यह मत समझना कि गाँव-घर की जनाना है। देखो, तुम्हारे लिए भी पास दिया है; पास ले लो अपना, तमाशा देखो।"

लालमोहर ने कहा, "लेकिन एक शर्त पर पास मिलेगा। बीच-बीच में लहसनवाँ को भी...।"

पलटदास को कुछ बताने की जरूरत नहीं। वह लहसनवाँ से बातचीत कर आया है अभी।

लालमोहर ने दूसरी शर्त सामने रखी—"गाँव में अगर यह बात मालूम हुई किसी तरह... ।"

"राम-राम!" दाँत से जीभ को काटते हुए कहा पलटदास ने।

पलटदास ने बताया—"अठनिया फाटक इधर है।" फाटक पर खड़े दरबान ने हाथ से पास लेकर उनके चेहरे को बारी-बारी से देखा। बोला, "यह तो पास है कहाँ से मिला?"

अब लालमोहर की कचराही बोली सुने कोई! उसके तेवर देखकर दरबान घबरा गया—"मिलेगा कहाँ से?...अपनी कंपनी से पूछ लीजिए जाकर। चार ही नहीं, देखिए एक और है।" जेब से पाँचवाँ पास निकालकर दिखाया लालमोहर ने।

एक रुपयावाले फाटक पर नेपाली दरबान खड़ा था। हिरामन ने पुकारकर कहा, "ए सिपाही दाजू, सुबह को ही पहचनवा दिया और अभी भूल गये?"

नेपाली दरबान बोला, "हीराबाई का आदमी है सब। जाने दो। पास है तो फिर काहे को रोकता है?"

अठनिया दर्जा!

तीनों ने 'कपड़घर' को अंदर से पहली बार देखा। सामने कुरसी-बेंचवाले दर्जे हैं। परदे पर राम-बन-गमन की तस्वीर है। पलटदास पहचान गया। उसने हाथ जोड़कर नमस्कार किया, परदे पर अंकित रामसिया सुकुमारी और लखनलला को। "जै हो, जै हो!" पलटदास की आँखें भर आयीं।

हिरामन ने कहा, "लालमोहर, छापी सभी खड़े हैं या चल रहे हैं?"

लालमोहर अपने बगल में बैठे दर्शकों से जान-पहचान कर चुका है। उसने कहा, "खेला अभी परदा के भीतर है। अभी जमिनका दे रहा है, लोग जमाने के लिए।"

पलटदास ढोलक बजाना जानता है, इसलिए नगाड़े के ताल पर गरदन हिलाता है और दियासलाई पर ताल काटता है। बीड़ी आदान-प्रदान करके हिरामन ने भी एकाध जान-पहचान कर ली। लालमोहर के परिचित आदमी ने चादर से देह को ढकते हुए कहा, "नाच शुरू होने में अभी देर है, तब तक एक नींद ले लें।...सब दर्जा से अच्छा अठनिया दर्जा। सबसे पीछे सबसे ऊँची जगह पर है। जमीन पर गरम पुआल! हे-हें कुरसी-बेंच पर बैठकर इस सरदी के मौसम में तमाशा देखनेवाले अभी घुच-घुच कर उठेंगे चाह पीने।"

उस आदमी ने अपने संगी से कहा, "खेला शुरू होने पर जगा देना। नहीं-नहीं, खेला शुरू होने पर नहीं, हिरिया जब स्टेज पर उतरे, हमको जगा देना।"

हिरामन के कलेजे में जरा आँच लगी।...बड़ा लटपटिया आदमी मालूम पड़ता है। उसने लालमोहर को आँख के इशारे से कहा, "इस आदमी से बतियाने की जरूरत नहीं।"

...घन-घन-घन-धड़ाम! परदा उठ गया। हे-ए, हे-ए, हीराबाई शुरू में ही उतर गयी स्टेज पर! कपड़घर खचमखच भर गया है। हिरामन का मुँह अचरज से खुल गया। लालमोहर को न जाने क्यों ऐसी हँसी आ रही है। हीराबाई के गीत के हर पद पर वह हँसता है, बेवजह।

गुलबदन दरबार लगाकर बैठी है। ऐलान कर रही है : जो आदमी तख्तहजारा बनाकर ला देगा, मुँहमाँगी चीज इनाम में दी जायेगी।...अजी, है कोई ऐसा फनकार, तो हो जाये तैयार, बनाकर लाये तख्तहजारा-आ! किड़किड़-किर्रि—! अलबत्त नाचती है। क्या गला है! मालूम है, यह आदमी कहता है कि हीराबाई पान-बीड़ी, सिगरेट-जर्दा कुछ नहीं खाती!...ठीक कहता है। बड़ी नेमवाली रंडी है।...कौन कहता है कि रंडी है! दाँत में मिस्सी कहाँ है। पौडर से दाँत धो लेती होगी। हरगिज नहीं!... कौन आदमी है, बात की बेबात करता है! कंपनी की औरत को पतुरिया कहता है! तुमको बात क्यों लगी? कौन है रंडी का भड़वा? मारो साले को! मारो! तेरी...।

हो-हल्ले के बीच, हिरामन की आवाज कपड़घर को फाड़ रही है—"आओ, एक-एक की गरदन उतार लेंगे।"

लालमोहर दुआली से पटापट पीटता जा रहा है सामने के लोगों को। पलटदास एक आदमी की छाती पर सवार है।—"साला, सिया सुकुमारी को गाली देता है, सो भी मुसलमान होकर?"

धुन्नीराम शुरू से ही चुप था। मारपीट शुरू होते ही कपड़घर से निकलकर बाहर भागा।

काले कोटवाले नौटंकी के मैनेजर नेपाली सिपाही के साथ दौड़े आये। दारोगा साहब ने हंटर से पीट-पाट शुरू की। हंटर खाकर लालमोहर तिलमिला उठा; कचराही बोली में भाषण देने लगा—"दारोगा साहब, मारते हैं, मारिए। कोई हर्ज नहीं। लेकिन यह पास देख लीजिए, एक पास पॉकिट में भी है। देख सकते हैं हुजूर। टिकस नहीं पास!...तब हम लोगों के सामने कंपनी की औरत को कोई बुरी बात कहे तो कैसे छोड़ देंगे?"

कंपनी के मैनेजर की समझ में आ गयी सारी बात। उसने दारोगा को समझाया—"हुजूर, मैं समझ गया। यह सारी बदमाशी मथुरामोहन कंपनीवालों की है। तमाशे में झगड़ा खड़ा करके कंपनी को बदनाम...नहीं हुजूर, इन लोगों को छोड़ दीजिए, हीराबाई के आदमी हैं। बेचारी की जान खतरे में है। हुजूर से कहा था न!"

हीराबाई का नाम सुनते ही दारोगा ने तीनों को छोड़ दिया। लेकिन तीनों की दुआली छीन ली गयी। मैनेजर ने तीनों को एक रुपयेवाले दरजे में कुर्सी पर बिठाया—"आप लोग यहीं बैठिए। पान भिजवा देता हूँ।"

कपड़घर शांत हुआ और हीराबाई स्टेज पर लौट आयी।

नगाड़ा फिर घनघना उठा।

थोड़ी देर बाद तीनों को एक साथ ही धुन्नीराम का खयाल हुआ—अरे, धुन्नीराम कहाँ गया?

"मालिक, ओ मालिक!" लहसनवाँ कपड़घर के बाहर चिल्लाकर पुकार रहा है, "ओ लालमोहर मा-लि-क!"

लालमोहर ने तारस्वर में जवाब दिया—"इधर से, इधर से! एकटकिया फाटक से।" सभी दर्शकों ने लालमोहर की ओर मुड़कर देखा। लहसनवाँ को नेपाली सिपाही लालमोहर के पास ले आया। लालमोहर ने जेब से पास निकालकर दिखा दिया। लहसनवाँ ने आते ही पूछा, "मालिक, कौन आदमी क्या बोल रहा था? बोलिए तो जरा। चेहरा दिखला दीजिए, उसकी एक झलक!"

लोगों ने लहसनवाँ की चौड़ी और सपाट छाती देखी। जाड़े के मौसम में भी खाली देह!...चेले-चाटी के साथ हैं ये लोग!

लालमोहर ने लहसनवाँ को शांत किया।

...तीनों-चारों से मत पूछे कोई, नौटंकी में क्या देखा। किस्सा कैसे याद रहे! हिरामन को लगता था, हीराबाई शुरू से ही उसी की ओर टकटकी लगाकर देख रही है, गा रही है, नाच रही है। लालमोहर को लगता था, हीराबाई उसी की ओर देखती है। वह समझ गयी है, हिरामन से भी ज्यादा पावरवाला आदमी है लालमोहर! पलटदास किस्सा समझता है।...किस्सा और क्या होगा, रमैन की ही बात है। वही राम, वही सीता, वही लखनलला और वही रावन! सिया सुकुमारी को रामजी से छीनने के लिए रावन तरह-तरह का रूप धरकर आता है। राम और सीता भी रूप बदल लेते हैं। यहाँ भी तख्तहजारा बनानेवाला माली का बेटा राम है। गुलबदन सिया सुकुमारी है। माली के लड़के का दोस्त लखनलला है और सुलतान है रावन।...धुन्नीराम को बुखार है तेज! लहसनवाँ को सबसे अच्छा जोकर का पार्ट लगा है...चिरैया तोंहके लेके ना, जइबै नरहट के बजरिया! वह उस जोकर से दोस्ती लगाना चाहता है।...नहीं लगावेगा दोस्ती, जोकर साहब?

हिरामन को एक गीत की आधी कड़ी हाथ लगी है—"मारे गये गुलफाम!' कौन था यह गुलफाम! हीराबाई रोती हुई गा रही थी—"अजी हाँ, मारे गये गुलफाम!" टिड़िड़िड़ि...बेचारा गुलफाम!

तीनों को दुआली वापस देते हुए पुलिस के सिपाही ने कहा, "लाठी-दुआली लेकर नाच देखने आते हो?"

दूसरे दिन मेले-भर में यह बात फैल गयी—मथुरामोहन कंपनी से भागकर आयी है हीराबाई, इसलिए इस बार मथुरामोहन कंपनी नहीं आयी है।...उसके गुंडे आये हैं ...हीराबाई भी कम नहीं। बड़ी खेलाड़ औरत है। तेरह-तेरह देहाती लठैत पाल रही है।...'वाह मेरी जान' भी कहे तो कोई! मजाल है!

दस दिन-दिन रात!...

दिन-भर भाड़ा ढोता हिरामन। शाम होते ही नौटंकी का नगाड़ा बजने लगता। नगाड़े की आवाज सुनते ही हीराबाई की पुकार कानों के पास मँडराने लगती—भैया ...मीता...हिरामन...उस्ताद...गुरुजी! हमेशा कोई-न-कोई बाजा उसके मन के कोने में बजता रहता, दिन-भर। कभी हारमोनियम, कभी नगाड़ा, कभी ढोलक और कभी हीराबाई की पैजनी। उन्हीं साजों की गत पर हिरामन उठता-बैठता, चलता-फिरता। नौटंकी कंपनी के मैनेजर से लेकर परदा खींचनेवाले तक उसको पहचानते हैं। ...हीराबाई का आदमी है।

पलटदास हर रात नौटंकी शुरू होने के समय श्रद्धापूर्वक स्टेज को नमस्कार करता, हाथ जोड़कर। लालमोहर, एक दिन अपनी कजराही बोली सुनाने गया था हीराबाई को। हीराबाई ने पहचाना ही नहीं। तब से उसका दिल छोटा हो गया है। उसका नौकर लहसनवाँ उसके हाथ से निकल गया है, नौटंकी कंपनी में भर्ती हो गया है। जोकर से उसकी दोस्ती हो गयी है। दिन-भर पानी भरता है, कपड़े धोता है। कहता है गाँव में क्या है जो जायेंगे! लालमोहर उदास रहता है। धुन्नीराम घर चला गया है, बीमार होकर।

हिरामन आज सुबह से तीन बार लदनी लादकर स्टेशन आ चुका है। आज न जाने क्यों उसको अपनी भौजाई की याद आ रही है।...धुन्नीराम ने कुछ कह तो नहीं दिया, बुखार की झोंक में! यहीं कितना अटर-पटर बक रहा था—गुलबदन, तखतहजारा! ...लहसनवाँ मौज में है। दिन-भर हीराबाई को देखता होगा। कल कह रहा था, हिरामन मालिक, तुम्हारे अकबाल से खूब मौज में हूँ। हीराबाई की साड़ी धोने के बाद कठौते का पानी अतरगुलाब हो जाता है। उसमें अपनी गमछी डुबाकर छोड़ देता हूँ। लो, सूँघोगे?...हर रात, किसी-न-किसी के मुँह से सुनता है वह—हीराबाई रंडी है। कितने लोगों से लड़े वह! बिना देखे ही लोग कैसे कोई बात बोलते हैं! राजा को भी लोग पीठ-पीछे गाली देते हैं!...आज वह हीराबाई से मिलकर कहेगा, नौटंकी कंपनी में रहने से बहुत बदनाम करते हैं लोग। सरकस कंपनी में क्यों नहीं काम करती?...सबके

सामने नाचती है, हिरामन का कलेजा दप-दप जलता रहता है उस समय। सरकस कंपनी में बाघ को...उसके पास जाने की हिम्मत कौन करेगा! सुरक्षित रहेगी हीराबाई! किधर की गाड़ी आ रही है?

"हिरामन, ए हिरामन भाय!" लालमोहर की बोली सुनकर हिरामन ने गरदन मोड़कर देखा।...क्या लादकर लाया है लालमोहर?

"तुमको ढूँढ़ रही है हीराबाई, इशटीशन पर। जा रही है।" एक ही साँस में सुना गया। लालमोहर की गाड़ी पर ही आयी है मेले से।

"जा रही है? कहाँ? हीराबाई रेलगाड़ी से जा रही है?"

हिरामन ने गाड़ी खोल दी। मालगुदाम के चौकीदार से कहा, "भैया, जरा गाड़ी-बैल देखते रहिए। आ रहे हैं।"

"उस्ताद!" जनाना मुसाफिरखाने के फाटक के पास हीराबाई ओढ़नी से मुँह-हाथ ढककर खड़ी थी। थैली बढ़ाती हुई बोली, "लो! हे भगवान! भेंट हो गयी, चलो, मैं तो उम्मीद खो चुकी थी। तुमसे अब भेंट नहीं हो सकेगी।...मैं जा रही हूँ गुरुजी!"

बक्सा ढोनेवाला आदमी आज कोट-पतलून पहनकर बाबूसाहब बन गया है। मालिकों की तरह कुलियों को हुक्म दे रहा है—"जनाना दर्जा में चढ़ाना। अच्छा?"

हिरामन हाथ में थैली लेकर चुपचाप खड़ा रहा। कुरते के अंदर से थैली निकालकर दी है हीराबाई ने।...चिड़िया की देह की तरह गर्म है थैली।

"गाड़ी आ रही है।" बक्सा ढोनेवाले ने मुँह बनाते हुए हीराबाई की ओर देखा। उसके चेहरे का भाव स्पष्ट है—इतना ज्यादा क्या है...?

हीराबाई चंचल हो गयी। बोली, "हिरामन, इधर आओ, अंदर। मैं फिर लौटकर जा रही हूँ मथुरामोहन कंपनी में। अपने देश की कंपनी है...बनैली मेला आओगे न?"

हीराबाई ने हिरामन के कंधे पर हाथ रखा...इस बार दाहिने कंधे पर। फिर अपनी थैली से रुपया निकालते हुए बोली, "एक गरम चादर खरीद लेना...।"

हिरामन की बोली फूटी, इतनी देर के बाद—"इस्स! हरदम रुपैया-पैसा! रखिए रुपैया!...क्या करेंगे चादर?"

हीराबाई का हाथ रुक गया। उसने हिरामन के चेहरे को गौर से देखा। फिर बोली, "तुम्हारा जी बहुत छोटा हो गया है। क्यों मीता?...महुआ घटवारिन को सौदागर ने खरीद जो लिया है गुरुजी!"

गला भर आया हीराबाई का। बक्सा ढोनेवाले ने बाहर से आवाज दी—"गाड़ी आ गयी।"

हिरामन कमरे से बाहर निकल आया। बक्सा ढोनेवाले ने नौटंकी के जोकर-जैसा मुँह बनाकर कहा, "लाटफारम से बाहर भागो। बिना टिकट के पकड़ेगा तो तीन महीने की हवा...।"

हिरामन चुपचाप फाटक से बाहर जाकर खड़ा हो गया।...टीशन की बात, रेलवे का राज! नहीं तो इस बक्सा ढोनेवाले का मुँह सीधा कर देता हिरामन।...

हीराबाई ठीक सामनेवाली कोठरी में चढ़ी। इस्स! इतना टान! गाड़ी में बैठकर भी हिरामन की ओर देख रही है, टुकुर-टुकुर।...लालमोहर को देखकर जी जल उठता है, हमेशा पीछे-पीछे; हरदम हिस्सादारी सूझती है।

गाड़ी ने सीटी दी। हिरामन को लगा, उसके अन्दर से कोई आवाज निकलकर सीटी के साथ ऊपर की ओर चली गयी—कू-उ-उ-इ-स्स...!

...छि-ई-ई-छक्क! गाड़ी हिली। हिरामन ने अपने दाहिने पैर के अँगूठे को बायें पैर की एड़ी से कुचल लिया। कलेजे की धड़कन ठीक हो गयी।...हीराबाई हाथ की बैंगनी साफी से चेहरा पोंछती है। साफी हिलाकर इशारा करती है...अब जाओ! आखिरी डब्बा गुजरा; प्लेटफार्म खाली...सब खाली...खोखले ...मालगाड़ी के डब्बे! दुनिया ही खाली हो गयी मानो! हिरामन अपनी गाड़ी के पास लौट आया।

हिरामन ने लालमोहर से पूछा, "तुम कब तक लौट रहे हो गाँव?"

लालमोहर बोला, "अभी गाँव जाकर क्या करेंगे? यही तो भाड़ा कमाने का मौका है! हीराबाई चली गयी, मेला अब टूटेगा।"

—"अच्छी बात। कोई समाद देना है घर?"

लालमोहर ने हिरामन को समझाने की कोशिश की। लेकिन हिरामन ने अपनी गाड़ी गाँव की ओर जानेवाली सड़क की ओर मोड़ दी।... अब मेले में क्या धरा है! खोखला मेला!

रेलवे लाइन की बगल से बैलगाड़ी की कच्ची सड़क गयी है दूर तक। हिरामन कभी रेल पर नहीं चढ़ा है। उसके मन में फिर पुरानी लालसा झाँकी, रेलगाड़ी पर सवार होकर गीत गाते हुए जगरनाथ-धाम जाने की लालसा।... उलटकर अपने खाली टप्पर की ओर देखने की हिम्मत नहीं होती है। पीठ में आज भी गुदगुदी लगती है। आज भी रह-रहकर चंपा का फूल खिल उठता है, उसकी गाड़ी में। एक गीत की टूटी कड़ी पर नगाड़े का ताल कट जाता है, बार-बार!...

उसने उलटकर देखा, बोरे भी नहीं, बाँस भी नहीं, बाघ भी नहीं...परी...देवी... मीता...हीरादेवी...महुआ घटवारिन—को-ई नहीं। मरे हुए मुहूर्तों की गूँगी आवाजें मुखर होना चाहती हैं। हिरामन के होठ हिल रहे हैं। शायद वह तीसरी कसम खा रहा है—कंपनी की औरत की लदनी...।

हिरामन ने हठात् अपने दोनों बैलों को झिड़की दी, दुआली से मारते हुए बोला, "रेलवे लाइन की ओर उलट-उलटकर क्या देखते हो?" दोनों बैलों ने कदम खोलकर चाल पकड़ी। हिरामन गुनगुनाने लगा—"अजी हाँ, मारे गये गुलफाम...!"

1956

एक लोकगीत के विद्यापति!

(भूमिका!...

महाकवि विद्यापति पर 'खोज' करते समय मैंने अनुभव किया, एक अध्याय का शीर्षक रखना पड़ेगा—'खेतिहर-मजदूरों और गाड़ीवानों के कवि विद्यापति।' क्योंकि, पूर्णिया-सहरसा के इलाके में आज भी विद्यापति की पदावली गा-गाकर—भाव दिखलाकर नाचनेवालों की मंडली पायी जाती है। इन मंडलियों के नायक—भैंसवार, चरवाहे और गाड़ी हाँकनेवाले ही होते हैं, प्रायः। मैथिल पंडितों से पूछा, यह कैसे हुआ? बोले, आप किस फेर में पड़े हैं? इन्हीं मूर्खों के कारण आज विद्यापति की दुर्दशा हो रही है। ऐरे-गैरे-नत्थू-खैरे जिसके जी में जब आया—विद्यापति के नाम पर 'चार पदावली' जोड़ दी। ...आप गुमराह हो गये हैं!...

मिथिला के पंडितों की वर्जना-वाणियों को अनसुनी करके मैंने सहर्ष सहरसा (या सहर्षा?)—यात्रा की तैयारी शुरू कर दी।

...कनचीरा गाँव एक ऐसा गाँव है, जिस पर दो-दो जिला के जिला अधिकारियों का शासन चलता है। आधा गाँव सहरसा में, आधा गाँव पूर्णिया में।

...कनचीरा की विद्यापति-मंडली का नाम—दोनों जिला की जनता लेती है।

...जिस दिन कनचीरा गाँव पहुँचा, गाँव में एक अघट घटना घट गयी थी। दस साल से इलाके का प्रतिनिधित्व करनेवाले नेताजी चुनाव में चारों खाने चित हो गये थे। इसलिए, उस रात को नाचने-गाने का दूसरा ही मतलब निकाला जा सकता है, इस डर से 'विद्यापति-मंडली' के 'नायक' जनकदास ने नाच करने की अनुमति नहीं दी।

दूसरी रात को उन्होंने, बहुत खुशामद करवाने के बाद अनुमति दी। नायक जनकदास ने बहुत तर्क किया और घुमा-फिराकर, बार-बार यह कहा कि, 'विद्यापति नाच' का जन्म उसी के परिवार में ही, पहली बार हुआ था! विस्तारपूर्वक उन्होंने, कभी कुछ नहीं कहा। और, उनको जब यह विश्वास हो गया कि 'विद्यापति-नाच-मंडली' के नाम पर, खर्च करने के लिए हजार-दो हजार सरकार के खजाने से लेकर मैं नहीं निकला हूँ—तब, उन्होंने मृदंग पर थाप दी!

रात-भर नाच देखता रहा। गाय चरानेवाला लड़का। साड़ी पहनकर बिरहिनी-राधा बन गयी और रो-रोकर गाने लगी—'कतेक दिवस हरि खेपब हो, तुम एसकरि नारी!'

दूसरे दिन, जनकदास से इस नाच की उत्पत्ति का इतिहास पूछा तो, वह बोला—पता नहीं कब से हमारे खानदान में इस नाच की 'मूलगैनी' चली आ रही है। जनकदास की इस उदासी का कारण था—मेरा टेपरेकार्डर। ...चुपचाप सब गीत फीता में आप भर लिये, चालाकी से। फोकट में अपना काम बना लिया आपने?

और, अंततः पचास रुपये नकद देने के बावजूद उसने मेरे इस प्रश्न का कोई जवाब नहीं दिया कि खेतिहर-मजदूर, चरवाहे और गाड़ीवानों ने कैसे और कब विद्यापति की पदावली को गा-गाकर नाचना शुरू किया। जनकदास की पलानी में पुआल पर लेटा रहा दिन-भर—उसको दया नहीं आयी। उसकी बेबा जवान बेटी ने मेरी ओर से वकालत की—तब भी वह नहीं पसीजा—अपने खानदान की 'हँसाई' की बात भला कौन 'गजट' में 'छापी' करवाना चाहेगा?

बूढ़ा जनकदास बैलों को खोलकर चराने चला गया।

मैं उसकी पलानी में पड़ा रहा और उसके बाद ही एक कहानी सुनी या सपना देखा अथवा—'भरम' में पड़ गया—नहीं कह सकता।)

बैशाख शुक्ल चतुर्दशी का चाँद, एक घड़ी साँझ को जबर्दस्ती पनघट पर रोक रहा है, गाँव की लड़कियों को। कोसी की दुबली-पतली धारा में जलकेलि कर रही हैं, वे। इसी समय गाँव के दक्षिण छोर से एक पुकार सुनायी पड़ी—कोइली बेटी-ई-ई-ई!!

कोइली को होश हुआ—बप्पा बुला रहे हैं। जरूर कोई बात है। बप्पा कभी इस तरह व्यग्र होकर नहीं पुकारते अपनी मातृहीना बच्ची को!

वह, कमर पर गगरी रखकर चली। सखियों ने कहा, "जा-जा। तेरा संबंध लेकर कहीं का नाई आया होगा।"

कोइली ऐंठकर बोली, "कतऽ चतुरान मरि-मरि जावत...!"

"बेटी! अतिथि आये हैं, एक। उच्च वर्ण के अतिथि!"

कोइली तुनककर बोली, "उच्च वर्ण के हैं तो हम नीच-जन के घर क्यों आये हैं? उन्हें ब्राह्मण टोली का रास्ता दिखला दीजिए।"

"नहीं बेटी, गाँव में किसी ने रात-भर के लिए भी जगह नहीं दी। हर दरवाजे से भगा दिया, गृहपतियों ने। बेचारा ज्वर से बेकल है।"

बाँस की 'फरकी' पर गीली साड़ी पसारती हुई कोइली बोली, "बप्पा! तुम दिन-दिन बच्चा होते जा रहे हो। जरा सोचो—जिस आदमी पर गाँव के लोगों ने 'परतीत' नहीं किया उसको तुमने अपनी मड़ैया में जगह दे दी।... दिन काल कैसा बीत रहा है सो नहीं देखते। अब तो भला का बदला बुरा भोगना पड़ता है।..."

बाहर, मड़ैया में लेटा हुआ अतिथि ज्वर में बड़बड़ाने लगा—समुचित औषदे ने रहय बेयाधि! हे हरि, हे हरि...!!

कोइली चौंकी। अतिथि का प्रलाप सुनकर उसकी देह सिहर उठी, "इतनी मधुर वाणी!"

कोइली ने झाँककर देखा, एक दिव्य पुरुष मड़ैया में लेटा हुआ है, "कुंचित-केश, गौर वर्ण।... पैर में छाले पड़ गये हैं?... किंतु, किंतु... बप्पा! इस अतिथि को तो तुम जल भी नहीं पिला सकते! हम अछूत हैं और यह निश्चय ही ब्राह्मण-संतान है... क्या करोगे?"

बाप ने कहा, "मेरा मृदंग ले आओ!... धृनागि धिन्ना! धड़िंग-धड़िंगा—गणपति गंगा!!"

पाँच दिनों तक कोइली की मड़ैया में उसका अतिथि ज्वर से बेसुध पड़ा रहा। जिस दिन स्वस्थ हुआ—चारों ओर देखकर तनिक कुंठित हुआ—फिर अपनी राह लग गया।

विद्यापति कवि राजा शिवसिंह से रूठकर न जाने कहाँ चले गये हैं। चारों ओर ढिंढोरा पीट दिया गया है—राजा शिवसिंह और रानी लखिमा ठकुरानी 'खटपासी' लेकर पड़ी हैं। जब तक विद्यापति लौटकर नहीं आते—वे अन्न-जल स्पर्श भी नहीं करेंगे!!

चारों ओर दूत दौड़े!... खोजो, खोजो। कहाँ है कवि विद्यापति?

राजा 'लवेजान' है। रानी अंतिम साँस ले रही है—विद्यापति कहाँ? कहाँ हो कवि?

पूरब से खबर आयी—विद्यापति इधर कहीं नहीं!

पश्चिम से लोग खोजकर आये—उधर नहीं।

दक्षिण, समुद्रतट तक दूत ढूँढ़ आया—निराश होकर।

उत्तर राज नेपाल से संवाद मिला—विद्यापति यहाँ हैं।

तुरत, राज्य-मंत्री विदा हुए।

नेपाल-नरेश ने एक दिन और बिलमाने की चेष्टा की। मंत्री बोले—राजा-रानी के प्राण ओष्ठगत हैं। हा-विद्यापति-हा-विद्यापति रटकर जान दे देंगे—वे!

रूठे हुए विद्यापति ने स्वयं आतुरता प्रकट की और कवि को लेकर राजा शिवसिंह के मंत्री लौटे—सदल-बल।

एक गाँव के पास आकर कवि ने कहा, "यहाँ पालकी रोको!"

"क्या है महाराज?"

"यहाँ...यहाँ...इस गाँव में मेरा कुछ खो गया है।"

"क्या खो गया है?"

"हाँ, इसी गाँव में। क्या खो गया है सो नहीं कह सकता। लेकिन कुछ अवश्य खोया है, मेरा इस गाँव में! पता लगाओ।"

सिपाहियों ने मंत्रीजी से कहा। मंत्री ने कवि से पूछा, "महाराज! क्या खोया है यह जाने बिना आखिर किस चीज का पता लगावें।"

कवि बोले, "मैं जब आ रहा था... इसी गाँव में आकर साँझ हुई थी। गाँव में किसी ने मुझे टिकने नहीं दिया। सभी ने दुरदुरा दिया। तब गाँव से बाहर एक सुंदर मड़ैया... रक्तचंपा के दो पेड़ हैं, लिपे-पुते दो-तीन मिट्टी के घर हैं। घर का मालिक एक बूढ़ा है। उसकी जवान, विधवा बेटी...।"

इतनी लंबी हुलिया के बाद भला मुजरिम छिपा रहे?

तुरत, मड़ैया को घेर लिया सिपाहियों ने। बूढ़ा, बैल खोलकर चराने के लिए जा रहा था। सिपाहियों ने उसे गिरफ्तार किया, "बीमार आदमी को खूब लूटा तुम लोगों ने।"

"लूटा? किसको? हरि-हरि!"

"चौप साले! तुम्हारी बेटी कहाँ है?"

कोइली उस समय कोसी के घाट पर सखियों के साथ गा रही थी—'कमलनयन मनमोहन रे कहि गेल अनेके...।'

बाप ने कातर स्वर में पुकारा, "बेटी! राजा के सिपाही-ई-ई!!"

गाँव के बाहर ही कोइली को सारी बात मालूम हो चुकी थी। सखियों ने ताना मारा, "जा-जा तेरा कमलनयन मनमोहन आया है फिर! घुँघराले बालों वाला, गीत जोड़नेवाला!!"

कोइली नहीं, नागिन फुफकारती हुई आयी, "मैंने कहा था न, बप्पा! उस दिन तुमने नहीं सुना। अब भोगो भलाई का बदला!..."

हवलदार चिल्लाया, "जल्दी निकालो, चोरी का माल!"

मंत्री बोले, "समय बर्बाद मत करो!"

कोइली बोली, "लेकिन, निकालूँ क्या? कहाँ हैं आपके राजकवि? कहिए महाराज?"

कोइली को देखते ही महाकवि मूक हो गये!

कोइली हँसी, "क्या खोया है आपका?"

"पता नहीं। लेकिन कुछ खोया है मेरा अवश्य!"

कोइली बोली, "मैं बताती हूँ। महाराज जब हमारी मड़ैया में अचेत अवस्था में थे तब बेहोशी में पदावली बार-बार दुहराते थे।"

कवि बोले, "हाँ, हाँ, मेरी पदावली...ठीक, ठीक।"

मंत्री चिल्लाए, "समय नहीं है। जल्दी निकालो।"

हवलदार ने कहा, "कहाँ है पदावली? चोर...!"

कोइली के नथुने फड़के, "चोर? नहीं, हमने चोरी नहीं की। ज्वर से बेकल कवि के कंठ से जो पदावली निकली उन्हें हमने चुराया नहीं—रख अवश्य लिया—सुरक्षित।"

"कहाँ है पदावली?"

कोइली बोली, "बप्पा! निकालो मृदंग।"

कोइली अपने पैरों में घुँघरू बाँधती हुई बोली, "जानते हैं दिनमणि ठाकुर—हमने इनकी पदावली चोरी नहीं की।... हमने इन्हें अपने हाथ का जल तक नहीं पिलाया—एक घूँट, इन्हें स्पर्श नहीं किया।... रागिनी को बप्पा बुलाते थे, रोज। रागिनी ही इनकी सेवा करती थी और, पदावली? वह तो बप्पा के मृदंग और मेरे घुँघरू में सुरक्षित है!"

मन्त्री बोले, "देर हो रही है। शीघ्र निकालो।"

कोइली बोली, "ठीक है, पालकी उठाइए। हम राह चलते-चलते महाकवि की थाती लौटा देंगे।"

"राह चलते?"

"हाँ। बप्पा, दो मृदंग पर हाथ!"

रुकी हुई पालकी उठी।

पालकी के अगल-बगल में कोइली और कोइली का बूढ़ा बाप!... बूढ़ा मृदंग बजाता—पदावली की पंक्तियाँ मुखरित होतीं और कोइली के घुँघरू उन पदों को सुर देते।

महाकवि अपनी भूली हुई पदावली की पंक्तियाँ दुहराने लगे।

दस कोस तक कोइली, राह के किनारे दौड़-दौड़कर नाचती रही। उसका बूढ़ा बाप मृदंग बजाता रहा।

पालकी के अगल-बगल दौड़ती-नाचती कोइली एक जगह 'झमा' कर गिर पड़ी। मृदंग का ताल टूट गया। डोली रुकी। सभी रुके।... कोइली के पैर, लहूलुहान हैं!

कोइली ने पानी माँगा!

किंतु बूढ़ा बाप मृदंग बजा ही रहा था। उसकी उँगलियाँ अब भी नाच रही थीं—मृदंग की सूखी चमड़ी पर।

महाकवि को हठात् ज्ञान हुआ। पालकी से कूदकर उतरे और नदी की ओर दौड़े।...

महाकवि के हाथ से चुल्लू-भर पानी पीकर कोइली ने आँखें खोलीं, "महाराज! अब हमारे पास आपका कुछ नहीं।"

कोइली ने आँखें मूँद लीं।

कवि ने पुकारकर कहा, "देवी! मुझे क्षमा करती जाओ। ये पदावली मेरी नहीं, तुम्हारी है। तुम्हारी ही...!!"

जनकदास ने स्वीकार किया—पहले इस नाच में 'राधा' बनती थी—मूलगैने की बड़ी बेटी ही। राधा बनती थी, पदावली गाती थी और पैर में घुँघरू बाँधकर नाचती थी।

[और, विद्यापति-नाच की पदावली स्वयं विद्यापति ने उसके परिवार को दी थी—इस बात की भी उसने पुष्टि की। किंतु उसने बार-बार अनुनय किया, यह बात किसी 'गज़ट' में छापी हो तो उसको पैसा जरूर मिले—इसका मैं खयाल रखूं।]

मई, 1962

पंचलाइट

पिछले पंद्रह महीने से दंड-जुरमाने के पैसे जमा करके महतो टोली के पंचों ने पेट्रोमेक्स खरीदा है इस बार, रामनवमी के मेले में। गाँव में सब मिलाकर आठ पंचायतें हैं। हरेक जाति की अलग-अलग 'सभाचट्टी' है। सभी पंचायतों में दरी, जाजिम, सतरंजी और पेट्रोमेक्स हैं--पेट्रोमेक्स, जिसे गाँववाले पंचलाइट कहते हैं।

पंचलाइट खरीदने के बाद पंचों ने मेले में ही तय किया--दस रुपये जो बच गये हैं इससे पूजा की सामग्री खरीद ली जाए--बिना नेम-टेम के कल-कब्जेवाली चीज़ का पुन्याह नहीं करना चाहिए। अंग्रेजबहादुर के राज में भी पुल बनाने से पहले बलि दी जाती थी।

मेले से सभी पंच दिन-दहाड़े ही गाँव लौटे; सबसे आगे पंचायत का छड़ीदार पंचलाइट का डिब्बा माथे पर लेकर और उसके पीछे सरदार दीवान और पंच वगैरह। गाँव के बाहर ही ब्राह्मणटोले के फुटंगी झा ने टोक दिया--"कितने में लालटेन खरीद हुआ महतो?"

"...देखते नहीं हैं, पंचलैट है! बामनटोली के लोग ऐसे ही ताब करते हैं। अपने घर की ढिबरी को भी बिजली-बत्ती कहेंगे और दूसरों के पंचलैट को लालटेन!"

टोले-भर के लोग जमा हो गये। औरत-मर्द, बूढ़े-बच्चे सभी काम-काज छोड़कर दौड़े आये, "चल रे चल! अपना पंचलैट आया है, पंचलैट!"

छड़ीदार अगनू महतो रह-रहकर लोगों को चेतावनी देने लगा--"हाँ, दूर से, जरा दूर से! छू-छा मत करो, ठेस न लगे!"

सरदार ने अपनी स्त्री से कहा, "साँझ को पूजा होगी; जल्दी से नहा-धोकर चौका-पीढ़ी लगाओ।"

टोले की कीर्तन-मंडली के मूलगैन ने अपने भगतिया पच्छकों को समझाकर कहा, "देखो, आज पंचलैट की रोशनी में कीर्तन होगा। बेताले लोगों से पहले ही कह देता हूँ, आज यदि आखर धरने में डेढ़-बेढ़ हुआ, तो दूसरे दिन से एकदम बैकाट!"

औरतों की मंडली में गुलरी काकी गोसाईं का गीत गुनगुनाने लगीं। छोटे-छोटे बच्चों ने उत्साह के मारे बेवजह शोरगुल मचाना शुरू किया।

सूरज डूबने के एक घंटा पहले से ही टोले-भर के लोग सरदार के दरवाज़े पर आकर जमा हो गये—पंचलैट, पंचलैट!

पंचलैट के सिवा और कोई गप नहीं, कोई दूसरी बात नहीं। सरदार ने गुड़गुड़ी पीते हुए कहा, "दुकानदार ने पहले सुनाया, पूरे पाँच कौड़ी पाँच रुपया। मैंने कहा कि दुकानदार साहेब, यह मत समझिए कि हम लोग एकदम देहाती हैं। बहुत-बहुत पंचलैट देखा है। इसके बाद दुकानदार मेरा मुँह देखने लगा। बोला, लगता है आप जाति के सरदार हैं! ठीक है, जब आप सरदार होकर खुद पंचलैट खरीदने आये हैं तो जाइए, पूरे पाँच कौड़ी में आपको दे रहे हैं।"

दीवानजी ने कहा, "अलबत्ता चेहरा परखनेवाला दुकानदार है। पंचलैट का बक्सा दुकान का नौकर देना नहीं चाहता था। मैंने कहा, देखिए दुकानदार साहेब, बिना बक्सा पंचलैट कैसे ले जाएँगे! दुकानदार ने नौकर को डाँटते हुए कहा, क्यों रे! दीवानजी की आँख के आगे 'धुर-खेल' करता है; दे दो बक्सा!"

टोले के लोगों ने अपने सरदार और दीवान को श्रद्धा-भरी निगाहों से देखा। छड़ीदार ने औरतों की मंडली में सुनाया—"रास्ते में सन्न-सन्न बोलता था पंचलैट!"

लेकिन...ऐन मौके पर 'लेकिन' लग गया! रूदल साह बनिये की दुकान से तीन बोतल किरासन तेल आया और सवाल पैदा हुआ, पंचलैट को जलाएगा कौन!

यह बात पहले किसी के दिमाग में नहीं आयी थी। पंचलैट खरीदने के पहले किसी ने न सोचा। खरीदने के बाद भी नहीं। अब, पूजा की सामग्री चौके पर सजी हुई है, कीर्तनिया लोग खोल-ढोल-करताल खोलकर बैठे हैं और पंचलैट पड़ा हुआ है। गाँववालों ने आज तक कोई ऐसी चीज़ नहीं खरीदी, जिसमें जलाने-बुझाने का झंझट हो। कहावत है न, भाई रे, गाय लूँ? तो दुहे कौन?...लो मज़ा! अब इस कल-कब्जेवाली चीज़ को कौन बाले!

यह बात नहीं कि गाँव-भर में कोई पंचलैट बालनेवाला नहीं। हरेक पंचायत में पंचलैट है, उसके जलानेवाले जानकार हैं। लेकिन सवाल है कि पहली बार नेम-टेम करके, शुभ-लाभ करके, दूसरी पंचायत के आदमी की मदद से पंचलैट जलेगा? इससे तो अच्छा है कि पंचलैट पड़ा रहे। ज़िंदगी-भर ताना कौन सहे! बात-बात में दूसरे टोले के लोग कूट करेंगे—तुम लोगों का पंचलैट पहली बार दूसरे के

हाथ से....! न, न! पंचायत की इज़्ज़त का सवाल है। दूसरे टोले के लोगों से मत कहिए!

चारों ओर उदासी छा गयी। अँधेरा बढ़ने लगा। किसी ने अपने घर में आज ढिबरी भी नहीं जलाई थी।...आज पंचलैट के सामने ढिबरी कौन बालता है!

सब किए-कराए पर पानी फिर रहा था। सरदार, दीवान और छड़ीदार के मुँह में बोली नहीं। पंचों के चेहरे उतर गये थे। किसी ने दबी हुई आवाज़ में कहा, "कल-कब्ज़ेवाली चीज़ का नखरा बहुत बड़ा होता है।"

एक नौजवान ने आकर सूचना दी—"राजपूत टोली के लोग हँसते-हँसते पागल हो रहे हैं। कहते हैं, कान पकड़कर पंचलैट के सामने पाँच बार उठो-बैठो, तुरंत जलने लगेगा।"

पंचों ने सुनकर मन-ही-मन कहा, "भगवान ने हँसने का मौका दिया है, हँसेंगे नहीं?" एक बूढ़े ने आकर खबर दी, "रूदल साह बनिया भारी बतंगड़ आदमी है। कह रहा है, पंचलैट का पम्पू ज़रा होशियारी से देना!"

गुलरी काकी की बेटी मुनरी के मुँह में बार-बार एक बात आकर मन में लौट जाती है। वह कैसे बोले? वह जानती है कि गोधन पंचलैट बालना जानता है। लेकिन, गोधन का हुक्का-पानी पंचायत से बंद है। मुनरी की माँ ने पंचायत में फरियाद की थी कि गोधन रोज़ उसकी बेटी को देखकर 'सलम-सलम' वाला सलीमा का गीत गाता है—'हम तुमसे मोहोब्बत करके सलम!" पंचों की निगाह पर गोधन बहुत दिन से चढ़ा हुआ था। दूसरे गाँव से आकर बसा है गोधन, और अब तक टोले के पंचों को पान-सुपारी खाने के लिए भी कुछ नहीं दिया। परवाह ही नहीं करता है। बस, पंचों को मौका मिला। दस रुपया जुरमाना! न देने से हुक्का-पानी बंद।...आज तक गोधन पंचायत से बाहर है। उससे कैसे कहा जाए! मुनरी उसका नाम कैसे ले? और उधर जाति का पानी उतर रहा है।

मुनरी ने चालाकी से अपनी सहेली कनेली के कान में बात डाल दी—"कनेली! ...चिगो, चिध-ऽ-ऽ, चिन...!" कनेली मुस्कराकर रह गयी—"गोधन तो बंद है!" मुनरी बोली, "तू कह तो सरदार से!"

"गोधन जानता है पंचलैट बालना!" कनेली बोली।

"कौन, गोधना? जानता है बालना? लेकिन...।"

सरदार ने दीवान की ओर देखा और दीवान ने पंचों की ओर। पंचों ने एकमत होकर हुक्का-पानी बंद किया है। सलीमा का गीत गाकर आँख का इशारा मारनेवाले गोधन से गाँव-भर के लोग नाराज़ थे। सरदार ने कहा, "जाति

की बंदिश क्या, जबकि जाति की इज्ज़त ही पानी में बही जा रही है! क्यों जी दीवान?"

दीवान ने कहा, "ठीक है।"

पंचों ने भी एक स्वर में कहा, "ठीक है। गोधन को खोल दिया जाए।"

सरदार ने छड़ीदार को भेजा। छड़ीदार वापस आकर बोला, "गोधन आने को राज़ी नहीं हो रहा है। कहता है, पंचों की क्या परतीत है? कोई कल-कब्जा बिगड़ गया तो मुझे दंड-जुरमाना भरना पड़ेगा।"

छड़ीदार ने रोनी सूरत बनाकर कहा, "किसी तरह गोधन को राजी करवाइए, नहीं तो कल से गाँव में मुँह दिखाना मुश्किल हो जाएगा।"

गुलरी काकी बोली, "ज़रा मैं देखूँ कहके!"

गुलरी काकी उठकर गोधन के झोंपड़े की ओर गयी और गोधन को मना लाई। सभी के चेहरे पर नयी आशा की रोशनी चमकी। गोधन चुपचाप पंचलैट में तेल भरने लगा। सरदार की स्त्री ने पूजा की सामग्री के पास चक्कर काटती हुई बिल्ली को भगाया। कीर्तन-मंडली का मूलगैन मुरछल के बालों को सँवारने लगा। गोधन ने पूछा, "इसपिरिट कहाँ है? बिना इसपिरिट के कैसे जलेगा?"

...लो मज़ा! अब यह दूसरा बखेड़ा खड़ा हुआ! सभी ने मन-ही-मन सरदार, दीवान और पंचों की बुद्धि पर अविश्वास प्रकट किया—बिना बूझे-समझे काम करते हैं ये लोग! उपस्थित जन-समूह में फिर मायूसी छा गयी। लेकिन गोधन बड़ा होशियार लड़का है। बिना स्पिरिट के ही पंचलैट जलाएगा—"थोड़ा गरी का तेल ला दो!" मुनरी दौड़कर गयी और एक मलसी गरी का तेल ले आयी। गोधन पंचलैट में पम्प देने लगा।

पंचलैट की रेशमी थैली में धीरे-धीरे रोशनी आने लगी। गोधन कभी मुँह से फूँकता, कभी पंचलैट की चाबी घुमाता। थोड़ी देर के बाद पंचलैट से सनसनाहट की आवाज़ निकलने लगी और रोशनी बढ़ती गयी; लोगों के दिल का मैल दूर हो गया। गोधन बड़ा काबिल लड़का है!

अंत में पंचलाइट की रोशनी से सारी टोली जगमगा उठी तो कीर्तनिया लोगों ने एक स्वर में, महावीर स्वामी की जय-ध्वनि के साथ कीर्तन शुरू कर दिया। पंचलैट की रोशनी में सभी के मुस्कराते हुए चेहरे स्पष्ट हो गये। गोधन ने सबका दिल जीत लिया। मुनरी ने हसरतभरी निगाह से गोधन की ओर देखा। आँखें चार हुईं और आँखों-ही-आँखों में बातें हुईं—"कहा-सुना माफ़ करना! मेरा क्या कसूर!"

सरदार ने गोधन को बहुत प्यार से पास बुलाकर कहा, "तुमने जाति की इज़्ज़त रखी है। तुम्हारा सात खून माफ़। खूब गाओ सलीमा का गाना।"

गुलरी काकी बोली, "आज रात मेरे घर में खाना गोधन।"

गोधन ने फिर एक बार मुनरी की ओर देखा। मुनरी की पलकें झुक गयीं।

कीर्तनिया लोगों ने एक कीर्तन समाप्त कर जय-ध्वनि की—'जय हो! जय हो!' ...पंचलैट के प्रकाश में पेड़-पौधों का पत्ता-पत्ता पुलकित हो रहा था।